スーパーの神様

二人のカリスマ（上）

江上 剛

PHP
文芸文庫

○本表紙デザイン＋ロゴ＝川上成夫

スーパーの神様　二人のカリスマ（上）　目次

主な登場人物

藤田俊雄《ふじたとしお》　スーパーマーケット、フジタヨーシュウ堂の社長。軍隊の生活を体験し、戦後、勤務先の会社を辞めて商人になることを決意する。体は大きいが、慎重な性格。

焼け跡の男（仲村力也《なかむらりきや》）　南方の激戦地で生き残り、俊雄と出会う。後にスーパーサカエの社長となり、俊雄と劇的な再会を果たす。

藤田とみゑ　俊雄の母。最初の夫である藤田進との間に二人の子どもを授かる。進の死後、俊雄の父となる野添勝一と結婚するが、離婚する。自ら商売を切り盛りする。

野添《のぞえ》勝一《しょういち》　俊雄の父。地主の家に生まれたこともあり、仕事をせず遊びまわり、とみゑを苦労させる。

藤田貞夫《さだお》　藤田進ととみゑの長男。懸命に働き、俊雄の学費も用立てるなど、俊雄にとっては恩人のような存在であり、商売の師である。妻は**菊乃**。

藤田正夫《まさお》　藤田進ととみゑの次男。進の死後はとみゑ、貞夫と離れて育つ。

緑川武秀《みどりかわたけひで》　とみゑの弟。浅草で洋品店「洋秀堂」を開く。貞夫は洋秀堂で商売を学ぶ。

森本保夫《もりもとやすお》　貞夫が緑川武秀にのれん分けしてもらって開いた「洋秀堂」の一号店員。

谷口裕之《たにぐちひろゆき》　平塚にある百貨店、桜屋の社長。俊雄が尊敬する経営者であり、頼りにする相談相手でもある。

大館誠一《おおだてせいいち》　東京帝国大に学ぶ。父は西東京鉄道の創業者で、政治家。スーパーマーケットセイヨーを展開し、俊雄や仲村力也とライバルとなる。

斉木直之《さいきなおゆき》　四井銀行千住支店長として、俊雄の出店計画を支援する。

大木将史《おおきまさし》　会社設立のスポンサー探しのためにフジタヨーシュウ堂を訪ねるが、社員となり、フジタヨーシュウ堂を大きく変えていく。

第一章　焼け跡

一

俊雄《としお》は東京駅に降り立った。

兵隊服は汚れ、汗ばんでいる。鼻を近づけると、饐《す》えた臭いがたちどころに鼻孔を刺す。

戦争が終わり、香川県にあった所属部隊が解散になったのが九月末。今は、一〇月四日だ。汽車を乗り継ぎ、ようやく東京駅に着いた。

見上げると、優美な姿を誇ったドーム天井が無くなってしまっている。空襲で投下された焼夷弾《しょういだん》で焼け落ちたのだと聞いた。歪んだ鉄骨がまるで蔦《つた》のように絡み合い、その間から青空がのぞいている。

「どけ、どけ」

荒々しく背中を押される。

感慨にふけっている最中は、不思議と無音に感じた。心と耳の回線が切れてしまったのかもしれない。

しかし周囲を見渡すと、自分と同じように薄汚れた兵隊服を着た男たちがひしめいている。皆、配属先や戦地から帰還してきた者たちだ。

痩《や》せて、目だけが大きく出っ張ったような印象を受ける。顔は汚れ、髭《ひげ》も無様に伸びている。

しかし黄色い歯をむき出しにして笑う顔は、鬱屈《うっくつ》も屈託《くったく》も感じられない完全な安《あん》堵《ど》感、解放感に溢《あふ》れている。

死なかった。生き残った。たったそれだけが猛烈《もうれつ》に嬉しい。まさか生きて東京駅に立つことができるとは、誰も想像だにしていなかっただろう。

「おい、でかいの。タバコ、持っているか？」

振り向くと、小柄だががっしりとした体軀《たいく》の細い目の男が立っている。顎《あご》の張った顔だ。不敵で意志が強い印象だ。

俊雄は背が高い。六尺の大男と言われている。一八〇センチ以上だ。だから少し首を折り曲げるようにして、猫背気味に男を見下ろした。

「タバコは吸いませんので」

俊雄は申し訳なさそうに言う。

「そうかい。なら仕方がねぇな」

男はさほど残念そうではない。

念のため俊雄は、ポケットを探った。すると、なんとタバコがあった。軍で支給された「朝日」をそのままポケットに入れて放置していたのだ。帰還のどさくさですっかり忘れていた。

「あっ、すみません。タバコ、ありました」

俊雄は笑顔で男にタバコを渡した。包みには皺《しわ》が寄っているが、未開封だ。

「おっ、朝日じゃないか。嬉しいね。もらっていいのか」

「どうぞ、どうぞ」

俊雄は、男に押し付けるように渡した。

男は、朝日の封を開けると、マッチで火を点《つ》け、美味《うま》そうに煙を吐いた。

「マッチだけはお持ちだったのですね」

俊雄は、男の用意周到さが愉快だと思った。

「悪いね。タバコだけを切らしたんだ。それにしてもあんた、変な人だね」

男は、俊雄を見上げて言う。

男の吐く、タバコの煙が顔に当たる。

「タバコを差し上げたのに変な人とは、随分な言いようですね」

俊雄は、腹を立てたわけではない。むしろ男のあっさりとした言い方を好ましいと思った。

「答えを教えてやる。一緒に歩こうか」

男は、タバコの煙をくゆらせながら人混みをかき分けて歩く。

何があるのかと俊雄はその後に続く。

急に視界が広がった。

幅広の行幸《みゆき》通りがまっすぐ伸びている。その先には緑をたたえた皇居が見える。戦争前と変わらぬ姿に安らぎを覚える。視界に入る丸ビル等、主要な建物は健在だ。

「丸ビルは焼けなかったのですね」

俊雄はつぶやく。

「アメリカさんはよく考えている。日比谷《ひびや》の第一生命館にはマッカーサー様がいらっしゃるらしい」

ダグラス・マッカーサー元帥は占領軍総司令官だ。男はかなりの情報通で何でもよく知っている。

男は、ぴょこりと皇居に向かって頭を下げた。

「アメリカさんは、皇居は焼かんかったようやな。皇居が残っていたら、日本もやり直しがきくわな」

男は心地よさそうに口を上に向けて煙を吐いた。男のアクセントに関西弁が混じり始めた。大阪出身なのだろうか。

男は神田《かんだ》方面へどんどん歩を進める。丸の内とは景色が一変する。どこまでも焼け跡が広がっている。

墓標のように点々とビルが見える。

しかしそれらは大部分が崩れ落ち、骨組みがむき出しになっている。もはや使い物にならないだろう。

それにしても東京は、こんなに広かったのか。

不思議な心地よさを覚える。

終戦が近づく頃、東京は徹底的に焼かれた。

特に昭和二〇年三月一〇日の下町を狙ったアメリカ軍による空襲は最悪のものだった。

彼らは日本の家屋を研究し、従来より性能の良い焼夷弾を開発した。キル・レシオ（Kill Ratio）、すなわち殺人指数を高める工夫をしたのだ。

そしてわざわざ風の強い日を選んでB－29爆撃機を低空飛行させ、爆撃機の風まで利用して下町を中心に東京の街を、人を焼き払った。

一〇万人が亡くなり、一〇〇万人が被災した。

戦闘員ではない。普通に生活をしていた男や女、老人、子どもたちだ。彼らの夢や幸せは、炎に焼かれて灰となった。

俊雄は、焼け跡を眺めながら拳《こぶし》を強く握りしめた。涙は出ない。怒りが湧き上がろうとする。それをなんとか抑える。

怒りをぶつける相手が見えないからだ。アメリカにか、それともこんな愚《おろ》かな戦争に突入した日本にか。

神田駅近くまで来ると、バラックやテントがひしめくように立ち並んでいる。それらにまるで甘い蜜に蟻《あり》がたかるように人が集まっている。物を売る声や怒号が飛び交う。煮炊きする煙や湯気が立ち昇る。

「ずいぶん活気がありますね」

「闇市《やみいち》や」

「闇市？」

俊雄が聞き返す。

「みんな生きるために必死なんや」

男が答える。

「こんなにたくさんの物があったのですね」

俊雄は驚きを持って聞いた。

「軍の退蔵物資や田舎の連中が持ち込んだものや」

男は答える。

俊雄は、ふいに男が言った「変な人」という自分に対する評価の答えを聞かされていないことを思い出した。

「ところで、私がどうして変な人なんですか?」

「ああ、そのことや。見てみろ。みんな物々交換しとるやろ。原始時代に戻ったようや。金なんかいらん。物を交換して、必要なものを買うとる。これや」

男は、タバコを見せた。俊雄が男に与えた朝日だ。

「これがあれば、すいとんを腹いっぱい食うことができる。人を殺しても食いもんを手に入れるような奴ばかりの時に、あんたみたいに軽々しくタバコをやったらあかん。一本吸ったから、残りは返す。これは金以上のもんや」

男は、口角を引き上げた歪んだ笑みを浮かべて、俊雄に朝日を返した。

「受け取れません。一度、あなたに差し上げたものですから」

俊雄は拒否した。

「だから変わってると言うんや。返させてくれ」

男は頭を下げた。

俊雄は微笑した。

「あなたも変わっていますね」

タバコを受け取り、ポケットに戻した。

「ははは、俺か。俺は変わってると言うよりも運がええんや」

「運？　ですか」

「徴兵されてな。すぐに南方に送られる予定やった。しかし、たまたま上官に用事を言いつけられているうちに、乗るはずやった輸送船が出てしもた。乗り遅れたわけや。しもたなと思ったが、その輸送船は敵に沈められて、みんな死んでしもた。しかし、その後で俺が乗った輸送船は無事にフィリピンのミンダナオ島に着いた。しかし、地獄やった。死にに行ったようなもんやった。もうあかんと思うた」

男は、顔をこちらに向けた。

「これ見てみろや」

右耳を指さした。

その耳は、上半分がちぎれたように無くなっている。肉が赤黒く醜《みにく》く盛り上がり、見るからに異様だ。

「ああ……」

俊雄は、その無残な形になんと言っていいか分からず口ごもった。それまで男は顔の左側面しか見せていなかったため、気付かなかったのだ。

「ジャングルを逃げている時に敵に撃たれてな。弾が顔をかすめて耳に当たったった。

俺は、気絶してその場に倒れたんや。仲間は俺を置き去りにしてその場を去った。俺が死んだと思ったんやな。気づいたら、俺は捕虜《ほりよ》になっていたんや。そのお蔭で、生き延びた。仲間は、玉砕《ぎよくさい》や。天皇陛下バンザイ！　や」

「二回も助かったのですね」

「ああ、俺は二回、生き残った。死んでたまるかと念じとったからな。命は大事にせなあかん。あんたは内地勤務か」

男は聞いた。

「陸軍船舶特別幹部候補生でした」

俊雄は答えた。

「なんや、特攻か」

二

藤田《ふじた》俊雄は、一九二四年（大正一三年）東京・目黒《めぐろ》に生まれた。実家は、食品等を扱う商店を営んでいたが、俊雄はそれをあまり手伝うことなく、商業専門学校に通い、四四年（昭和一九年）に繰上卒業し、財閥系鉱山会社に就職した。

しかし、その就職に何か夢や希望を抱いていたわけではない。成人になれば徴兵され、死ぬことが決められた運命だったからだ。

　俊雄が商業学校に通う頃、実家の商売は浅草《あさくさ》の洋品店に変わっていた。母のとみゑが離婚し、俊雄の異父兄の貞夫《さだお》とともに始めた商売だった。

　俊雄は貞夫の援助で学校に進学させてもらった。その恩情に応えようと、とみゑに学校を卒業したら商売を手伝うことを相談した。

　しかし、とみゑは俊雄の申し出を言下に拒絶した。理由は、兄弟で同じ商売をしたらいけないというものだった。

　とみゑはさらに言った。

「せっかく学校に行かせてもらったのだから、どこかきちんとしたところに勤めなさい。あなたは背が高いし、愛想も言えないから、商売向きではない」

　俊雄は、とみゑの言うことがよく理解できた。

　言われてみれば、商人は小柄で腰が低く、頭を下げていないといけない。

　しかし俊雄は背が高い。決して威圧的な雰囲気はないのだが、とみゑの言う通り体格的には商人向きではないかもしれない。

　それにお世辞を言うのも得意ではない。要するに要領が悪いのだ。

　商業専門学校の軍事教練の際、銃剣を持って敵に見立てた藁人形《わらにんぎよう》を突かねばならなかった。

敵が上陸してきたらこれで突くんだ、と教官である現役の配属将校が大きな声で発破をかける。

同級生たちは、それに合わせて真面目《まじめ》に、必死に藁人形に突撃する。しかし彼らは、陰で、「こんなことをしてもなんにもならない。敵は機関銃を持っている。バババババと撃たれて、お終いさ」と教練をバカにしていた。

だが将校の前では、真面目そのものだ。鬼畜米英の精神の塊になる。

俊雄は違った。軍事教練が嫌いだったこともあるが、こんな非合理な教練が役に立つとも思えないという考えが露骨に顔や態度に出た。

大きな声で突撃もしない。必死さが無い。

将校はそれを見逃さない。

貴様！　と飛んできて、俊雄の頰《ほほ》を思い切りビンタする。

俊雄は、倒れもせず、じっと将校を見つめる。反省したと思えないその様子に、将校は興奮して、さらに貴様！　とヒステリックに叫び、何度もビンタを繰り返す。

同級生たちは、教練の後、俊雄に、お前は要領が悪いな、適当にやればいいのにとバカにしたような表情でアドバイスをした。

あの将校は酒が好きなんだ。俺の家は、あいつに酒を持って行っているぜ。お前もそうしろと助言する者もいた。

俊雄は、頬を腫《は》らして帰宅した。とみゑは、冷やしておきなさいと言うだけだった。

教官に付け届けを贈ろうかとも、もっと要領よくしなさいとも言わない。

俊雄は、とみゑの毅然《きぜん》とした態度に、なんとも言えない心地よさを感じた。母は強いと実感する瞬間だった。

しかし一方、一緒に商売をせず会社に勤めなさいと言うとみゑに、言い難い寂しさを覚えていた。

それには、俊雄の複雑な家庭の事情が影響を与えていたのだ。

——なぜ母は一緒に商売をやろうと言ってくれないのか。

その理由は父の存在にあるのだろう。

とみゑは俊雄の父、野添勝一《のぞえしょういち》とは再婚だった。

二人がいつ、どのように出会ったのかは分からないが、とみゑは前夫、藤田進《すすむ》に早く死なれ、二人の子どもを抱えて苦労していたことは間違いない。

その一人が、今、とみゑと商売をしている貞夫である。

とみゑは神田の老舗乾物屋の娘として、何不自由なく暮らしていた。

ところが、父が早く亡くなったため家業はみるみる勢いを無くし、ついに破綻《はたん》する。それまでお嬢様ともてはやされていたのが、たちまち困窮《こんきゅう》してしまったのだ。

とみゑの母は、生きるためにとみゑを残して再婚してしまった。

やむを得ず、とみゑは親戚の家に預けられ、そこで暮らしていたが、しばらくして母の嫁ぎ先で暮らすようになった。

——いったい、どのような思いで暮らしたことだろうか。

俊雄は、とみゑが気丈に振る舞う姿を見ては、そのことを想像して涙ぐむことがある。

実母を頼ったものの、そこではとみゑは全くの余計者だ。実母と義父と、義父の子どもたちとの暮らしの中に異物としてのとみゑがいる。

やがてとみゑは恋する年齢へと成長した。

その時、出会ったのが当時新聞記者をしていた藤田進だ。とみゑは進と結婚する。

ようやく幸せを勝ち得たとみゑだったが、進は健康を害し、早くに亡くなる。残されたのはとみゑと二人の息子だった。

その後、とみゑは勝一と出会い、再婚する。

ところが勝一は、庄屋の息子で、いわゆるボンボン育ちで苦労知らずだ。

そんな勝一が結婚したとみゑは六歳も年上で再婚。勝一は初婚。しかもとみゑは二人の子持ちである。

新婚のうちはいいだろうが、やがて勝一はとみゑに不満を抱くようになる。

俊雄は、勝一の気持ちが分からないでもない。

年上で、苦労してきたとみゑは何かと気が回る。できすぎる妻をうっとうしく思う夫は多い。

子どもを抱えて苦労している様子を見て可哀想だから結婚してやったのに、と勝一は思っていたかもしれない。その思いはとみゑにとって決して心地がいいものではない。同情が愛に転ずるのは難しい。

とみゑは、勝一の地元である川越《かわごえ》で商売を始める。

自分で煮豆を作り販売したり、乾物を売ったり……。

自分で稼ぐ。それが、苦労の末に得た、とみゑの生き方だった。

男に頼って生きることは、女にとって苦労を背負うだけのことになる。その強い思いがとみゑを商売の道へ導いたのだ。

とみゑには商売の才能があった。やはり商家生まれの遺伝ということだろうか。

神田の老舗乾物屋で両親が働く姿を見ていたからだろうか。客の気持ちを推し量る才能があった。

客が甘い豆を求めていたら、少し味付けの薄かった豆の砂糖の量を増やして煮直した。

出汁昆布《だしこんぶ》が欲しいと言われたが、店頭にない。すると、すぐに仲間の店に店員を遣《や》り、客が帰る前に出汁昆布を手に入れた。

寒くなると思えば、客に温かい茶を振る舞い、暑くなると思えば、冷たい水あめを出した。

店を開けている間は、たとえ客がいなくとも決して座ることはない。夜、とみゑのむくんだ足を俊雄がもみほぐす。

「座ればいいのに」と俊雄が言うと、きりりとした表情で、「どこにお客様の目があるか分からないでしょう。座るような怠け者と見られたらダメなのよ」と叱った。

朝は、誰よりも早く起き、店先ばかりではなく、いわゆる向こう三軒両隣をきれいに掃き清めた。

「こうすると、店が輝いてみえる。客は知らず知らずにそれに惹きつけられるのだよ」

勝一は、眠そうな目をしてとみゑが働く様子を眺めていた。

商売が順調になればなるほど、それに比例して夫婦の気持ちは離れていく。

店の数は増えた。川越以外にも店を作った。

とみゑはますます商売に精を出す。

勝一は、そんなとみゑを恨めし気に見ながら、店の金を持ち出しては、女遊びを繰り返す。

まるで、働き者のとみゑに対する当てつけのようだ。

自分の満たされない思いを女と酒で紛らわせていたのだ。商売には、まったく関心を示さない。

勝一は、土地持ちの家の出ではあるが、現金があるわけではない。勝一が遊ぶ原資は、とみゑが商売で稼ぐ金だ。

当然、とみゑとの諍《いさか》いが絶えない。

勝一が店の金を持ち出そうとすると、とみゑが「仕入れの金です」と言って止める。

しかし勝一はそんなことに耳を貸さない。女遊びより、とみゑを苦しめることが楽しいかのようだ。

とみゑのすごいところは、客の前では怒りや涙を見せないところだ。

勝一を非難した後や、悔しくて涙を流さんばかりになる時は、店の奥に行き、「えいっ」と自分を叱咤《しった》する掛け声をかけた。そして笑顔で客に接した。

それがまた勝一には嫌だった。まるで自分への当てつけのようではないか。

勝一が遊興に店の金を消費してしまうと、当然、資金繰りができなくなる。

ある夜、仕事を終えたとみゑがきちんと着物を着て薄く化粧を施している。店に出ている時は化粧の匂いが商品に移ると言って、まったく化粧をしないのだが……。

俊雄は不思議というより、胸騒ぎがしてとみゑの様子を見つめていた。化粧の理由を尋ねていいのか、悪いのか、迷っていたのだ。

しかし俊雄は勇気を奮い起こしてとみゑに、

「どこかに行くの」

と訊いた。

とみゑは化粧の手を止め、俊雄に向き直った。厳しい表情だが、どこか悲しみが漂っていた。きれいだ……と俊雄は思った。とみゑは目鼻立ちがくっきりと整った上品な顔立ちをしていた。それが化粧をしているので一段と美しく輝いていた。

「私は今からお金を借りに行きます」

とみゑは俊雄も知っている人物の名前を挙げた。近所に住む資産家だった。俊雄はとみゑの決然と覚悟を決めた迫力に圧《お》され、何も言えない。

「俊雄は何も心配しなくてよろしい。昔から商人はこつこつと利益を蓄えて、それを元手にして商売を拡大していったものです。他人様《ひとさま》のお金を当てにしてはいけません。しかしうちには今、お金がありません。その時は借金をせざるを得ません。辛いけれど、借りたお金をきちんと返せば、それもまた信用になります」

とみゑの目に光るものが見えた。涙だった。

せっかくの化粧が流れてしまう、と俊雄は的外れなことに気をとられてしまった。

とみゑは立ち上がり、帯を両手でぽんと叩くと、

「さあ、行ってくるわね」

と固い笑みを浮かべて出かけて行った。

俊雄はその夜、まんじりともせずとみゑを待っていた。

とみゑは深夜に戻ってきた。そして俊雄の枕元で「はあ」と深いため息をついた。

次にとみゑが借金に行くことがあれば、絶対に一緒に行き、とみゑを守ると俊雄は心に強く誓った。

しかし翌朝、とみゑはいつも通り明るく店先に立っていた。

貞夫は、何も言わない。とみゑと共に商売で苦労しているのだが、勝一が自分の本当の父ではないため、遠慮をしているのだろう。

実は、貞夫が異父兄であることを知ったのは、俊雄が五歳の時で、貞夫は一八歳

だった。それまではよく働く真面目な従業員だと思っていた。

勝一のことを「だんなさん」、とみゑのことを「おかみさん」と呼んでいたのだから、俊雄が思い違いをしたのも仕方がない。

とみゑの子には貞夫ともう一人、弟の正夫《まさお》がいるが、正夫は里子に出したままで引き取ってはいない。勝一との生活では、貞夫を引きとるだけで精一杯だったのだろう。

実の母をおかみさんと呼ぶ暮らしとはどんなものだろう。心をしめつけられるような辛さではないだろうか。

ましてや義父の勝一がとみゑを苦しめていれば、その辛さは想像するに余りある。

貞夫はじっと我慢して勝一の所業を見ていた。ごくたまに憎々し気な視線を向けることはあるが、そんな時でも笑顔を絶やさない。

俊雄には不思議だった。その笑顔は偽物ではない。腹が立っているにちがいないのに、なぜあのような笑顔を見せることができるのだろうか。

「夢があるからです」

貞夫は俊雄にぽつりと言ったことがある。

――夢……。

夢があれば、怒りを忘れることができるのか。

俊雄は、とみゑと貞夫の窮状を見かねて、商売を手伝うと申し出たことがある。

しかし二人は、口を揃えて、

「俊雄はしっかりと勉強すればよい」

と言って、俊雄の申し出に取り合わなかった。

俊雄が勉強をしていると喜ぶのは、勝一も同じだった。

勝一は、一人息子の俊雄には優しかった。

「どうして母さんに優しくしないのか」

俊雄が勝一に問う。

勝一は、これ以上ないほどの悲し気な笑みを浮かべて、

「大人になれば分かる」

と言うだけだった。

幼い俊雄には、意味が分かるはずがない。説明しても仕方がない。勝一の悲し気な笑みは、そう饒舌《じょうぜつ》に語っていた。

自分の中にも勝一の血が流れている。そう思った時、俊雄は心の中で、勝一なるものを否定する思いが強くなっていく。

とみゑが、陰で勝一の悪口を俊雄に吹き込むわけではない。むしろ「私が悪い」

と自分を責めるほどだ。

しかし、とみゑの悲しさを感じるたびに、俊雄は自分の中の勝一を否定した。

勝一の気持ちが分かるかと問われれば、今でも分からないと答えるだろう。

分かりたくもない。分かれば、勝一と同じになってしまうという恐れを感じるのだ。

俊雄は、体つき、顔つきが勝一に似ている。だから大人になったら勝一のようになってしまうのではないか、自分も堅実ではなく、ふらふらと女と酒で身を持ち崩すのではないかと懸念が募るのを抑えられない。

一方、勝一の思いが全く分からないのかと問われれば、少しだけ分かると言わざるを得ない。

勝一は寂しかったのだ。よくできる妻であるとみゑには何をやってもかなわない。

自分のいる場所が無い。それならば居場所を外に見つけるしかないではないか。

勝一が、俊雄に言いたかったことはそういうことだろう。

しかし情けない。もし居場所が無いなら、安易に女と酒に逃げず自分で努力したらどうなのか。自分は絶対に勝一のようにはならない。俊雄は絶えず父である勝一を否定しながら成長した。

三

とみゑと勝一は、俊雄が一四歳の時に離婚した。

とみゑは、店はすべて勝一に譲り、自分は出ていくと言った。あれほど精を出して切り盛りしていたのに、何の未練も見せない。せっかく築いた店だからと言って、惜しんでいては別れることができなくなる。

勝一は、俊雄に一緒に残るかと聞いた。

「嫌です」

俊雄は明確に答えた。母、とみゑを選んだのだ。我ながら語気の強さにたじろぐ気がした。

「そうか」

勝一はあっさりと納得した。こだわりの無さは、勝一の良さでもあった。

しかし寂しさはひとしおではなさそうに見えた。別れる時、俊雄は、少しだけ涙ぐんだ。

もう二度と会わない。勝一の背中に呟《つぶや》いた。その時、勝一がつけていたポマードの匂いがふいに鼻孔を刺激した。甘く濃厚な匂いだった。

その後、勝一は再婚したと聞く。今では音信不通と言ってよい。

俊雄は必死で勝一を忘れようとした。忘れることがとみゑへ孝を尽くすことになる。

青年の潔癖性に由来するのかもしれないが、自分の体の中にある、女にだらしない浪費家の血を否定することは、とみゑと一緒に生きると決めた自分の責務だと思った。

勝一と別れたとみゑは、俊雄を連れて貞夫が営む浅草の洋品店に身を寄せた。貞夫は、とみゑの商売を手伝っていたが、川越の店を離れ、浅草で働くようになっていたのだ。勤務店は、とみゑの弟である緑川武秀《みどりかわたけひで》が経営する洋秀堂《ようしゅうどう》だ。

武秀は、父の死で実家が没落した後、とみゑと同様に苦労して育った。早くから商売の才能を発揮し、浅草の足袋《たび》屋を皮切りに、洋服や洋品を扱う店を開いて、独立した。店名は、洋品の「洋」と武秀の「秀」とを合わせ、名付けたものだ。

独立してますます生来の商才に磨きがかかり、店は大きくなった。そして浅草店以外にも数店を経営するまでになっていた。

貞夫はそんな武秀のもとで働き、のれん分けをしてもらえるようになったのだった。

俊雄は、とみゑがいずれ勝一と別れ、川越を離れる覚悟を決めていたと思っていた。

そうなったら、頼りになるのは貞夫だ。だから、貞夫を一人前の商人に育ててもらおうと、自分の店から出し、洋品の商売で成功している弟の武秀に預けたのだ。

貞夫には商才だけでなく、生きるために必要な真面目さ、必死さがある。それさえあれば、必ず武秀のところで育ってくれるだろう、そう考えたに違いない。

とみゑの期待通り、貞夫は厳しい武秀の指導にもめげず、無事に勤め上げた。

そして貞夫はとみゑに、一緒にやろうと声をかけたのだ。

「一から出直すから」

とみゑは俊雄に言った。

決意に満ちた表情で、気圧されるほどの迫力だった。

俊雄は、ただ「はい」と答えた。

この時とみゑは野添の姓を捨て、前夫の藤田姓に変わった。

「あなたは今日から藤田俊雄よ」

とみゑは決然と言った。

貞夫の店は、三〇坪ほどの小さな二階建て。一階は店舗、二階が住居になっており、六畳、四畳半、三畳の部屋があった。

そこにとみゑ、俊雄、貞夫、貞夫の妻の菊乃《きくの》。店員は一〇人もいたが、その内、住み込み店員が三人。これだけの人間が住むには、広くはない。

二階にも商品が置かれており、寝る場所さえ十分ではなかった。俊雄は三畳の部屋をあてがわれ、勉強に勤《いそ》しんだ。夜になると、机に向かっている俊雄の隣では住み込みの店員がいびきをかいて寝ていた。

「お前はしっかり勉強をしなさい」

とみゑは言った。

「俊雄の学費は俺が稼ぐから安心しろ」

貞夫が言った。自信に満ちていた。以前、とみゑと一緒に乾物屋や煮豆屋を営んでいた頃とは全く表情が違う。

独立して自分の店を持ったことが貞夫を強くしていた。

商売は順調だった。お蔭で俊雄は、横浜の商業専門学校に通うことができた。

俊雄が疑問に思っていたことがある。

貞夫は毎日、必死で商売に汗を流している。それなのになぜ自分は学校に行き、勉強することを許されているのだろうかということだ。

とみゑも、貞夫の家に身を寄せている手前、俊雄に商売を手伝うように命じてもいいはずだ。

異父兄の貞夫が稼いだ金を自分が使うのは、俊雄には心苦しさが伴っていた。とみゑは、学校など行かないで貞夫に協力して商売を手伝いなさいと、なぜ言ってくれないのだろうか。

そう言ってくれさえすれば、家計を圧迫する学校など、すぐにやめて商売を手伝うのに……。

とみゑは、俊雄の思いを斟酌《しんしゃく》せず、

「せっかく学校に行かせてもらえるのだから、しっかり勉強して勤め人になりなさい」

と言う。

これは表向きの理由ではないだろうか。

勝一と外見が似ている俊雄に、商売は不向きではないかとの懸念を抱いていたのだろう。

外見だけではない。勝一の浪費癖や女にだらしないところなどを俊雄が受け継いでいるのではないかとも思っていたのではないか。

もし、そう思われているなら無性に寂しいが、どうしようもない。とみゑが貞夫を選んで商売を始め、順調に行っている。自分は、そこに割り込むという選択肢はない。

しかし、よく考えてみれば、それほど商売がしたいのだろうか。自分でも商人向きの性格ではないと思わないでもない。ただ、勝一のようにとみゑを苦しめるような男になりたくない。それだけだ。父勝一を否定する。これだけは守りたい。母とみゑのために。

貞夫は、「夢がある」と言った。夢があるから苦労に耐えることができる。俊雄は、夢を持つことができないでいた。夢を持つことが怖い。なぜなら徴兵されて、死ぬ運命であることがはっきりしていたからだ。

日本はアメリカと激しい戦争をしている。

大本営は勇ましく勝利を誇っているが、誰もそんなことを信じていない。町は、毎日、涙で溢れている。兵士を送り出す涙と、白木の骨箱を迎える涙だ。あれは自分の姿だ。そう思うと夢を持つこと自体が辛くなる。

夢など持たずに戦地に赴《おもむ》き、死んだ方がどれだけ気楽だろうか。

――とみゑと商売しようが、会社に就職しようが、どちらでもたいして変わらない。夢は、すぐに途切れてしまう。

俊雄は、とみゑに言われるまま就職活動を行い、財閥系の企業に就職が決まった。昭和一九年四月のことだ。配属先は秋田県の鉱山である。

鉱山と言っても山にトンネルを掘っているだけではない。山の中に一万人以上も住む町ができている。

役場、学校、劇場、旅館、病院などなんでも揃っている。俊雄は、その鉱山運営会社の総務部に配属になった。

そして予想通り、すぐに召集令状が来た。

覚悟はしていたものの、実際に赤紙を見た時は、非常に気持ちが落ち込んだ。召集令状の赤い色が血の色に見えた。銃弾が胸を貫く。瞬《またた》く間に広がる赤い血。ああ、こんな紙切れ一枚で死ぬのか。この野郎！

怒りに任せて、破り捨てたくなる。

「死なないでおくれよ」

出征前、東京に戻った俊雄に、とみゑは、千人針を刺しながら呻《うめ》いた。涙を我慢しているのが伝わって来る。

「ああ、なんとかする」

俊雄は頼りない返事をする。

どのように答えても、とみゑを安心させることなどできない。戦地に行けば、自分の運命を自分で決めることはできない。もどかしい。

せめてもの救いは、専門学校を卒業しているので一兵卒《いっぺいそつ》ではなく、訓練終了後は、下士官《かしかん》になることぐらいだ。

下士官であることで命が長らえるということはない。しかし、どうせ死ぬなら最下級の兵としてより、いくらかでも階級が上の方がいいような気がする。ささやかな慰めに過ぎないが……。

「お前は軍事教練もあまり得意じゃなかったから、虐《いじ》められるんじゃないよ」

とみゑが心配そうに言う。

「分かっているよ」

最も嫌っていた軍事教練が、これからは本番として毎日続くと思うと、憂鬱極まりない。

俊雄は、戦争は許せないなどと大義を掲げているわけではない。

体格が良い割には、運動が得意ではないことに加え、敵とは言え、相手を殺すという行為をしている自分が想像できないからだ。

学友たちは、殺さなきゃ自分が殺されるんだぞと言い、軍事教練に真剣に取り組んでいた。

しかし俊雄の優しさなのか、あるいはもっと根源的な人間の弱さなのか分からないが、敵を倒すという行為に熱意が湧いてこない。

――どうせ死ぬ身だ。

運命に身を任せるしかない。

昭和二〇年一月、俊雄は香川県観音寺《かんおんじ》市豊浜《とよはま》の陸軍船舶特別幹部候補生隊に入隊した。

三期生である。同期入隊は約二〇〇〇人。皆、俊雄と同じように専門学校や大学を卒業した若者ばかりである。

「お前たちは、日本本土を守る楯《たて》になるのだ。見事に散るのが大和魂《やまとだましい》だ」

グラウンドに集合させられた俊雄たちの頭上に上官の大声が響く。

幹部候補生隊とは、まるで教育部隊のようだが、実際は、特攻隊員を早期に養成する部隊だった。

米軍に追い詰められていた日本軍は、陸軍、海軍問わず特攻が賞賛されていた。航空機、特殊潜航艇などありとあらゆる機材を使って特攻を繰り返していた。一発必中というわけだ。俊雄たち若者の命は完全な消耗品《しょうもうひん》だった。

「おい、まさか特攻に配属されるとは思わなかったぞ」

兵舎に戻ると同期生の一人が頭を抱える。

「七生報国の精神だ。俺が死んで国、両親が助かるなら、仕方がない。おい、藤田はどうなんだ?」

別の同期生が聞く。

「どこにいても変わりはない気がします」

俊雄は醒めた口調で言った。

「俺は嫌だ。一期生はみんな死んだ。二期生ももうすぐ死ぬ。次は俺たちだ」

同期生が急に頭髪を掻きむしり、泣き叫び始めた。

慌てて別の同期生が口をふさぐ。「上官に聞かれたらみんながビンタだ。いい加減にしないか」

泣き叫んでいた同期生は、口と鼻を手でふさがれ、苦しさにもがく。

分かった、分かったと目を剝《む》いて訴えている。

ようやくふさいでいた手が離れた。ごぼっごぼっと苦しそうな息を吐く。

泣き叫んでいた同期生が言うことは正しい。

一期生の約一〇〇〇人はフィリピンのルソン島などに送られ、ほとんどが特攻などで死んだ。

――夢は持たない。持つと辛い。母は貞夫がしっかり面倒を見てくれるから心配することはないだろう。

俊雄は、青い顔で息を吐く同期生を見つめていた。苦しい、辛いと声を上げても、苦しさや辛さが増すだけで解決にはならない。

我慢するしかないのだ。

＊＊＊

訓練が始まった。

俊雄たちが乗るのは、とても外洋に出て行くことができるような船舶ではない。ベニヤ板張りの一人乗りモーターボート。それに一二〇キロの爆雷を操縦席の左右に積み込んで敵の戦艦に近づき、投下するというものだ。

「お前らは爆雷を投下すれば、すぐに逃げるんだ。七秒で爆発する」

上官は、ボートを指さしながら教える。

――七秒で逃げられるものか。

俊雄は心の中で、上官をなじった。

俊雄たち訓練生は、実際は、爆雷を抱いたまま戦艦に体当たりすることを要求されていた。

戦況は悪化の一途を辿っていた。

昭和一九年一〇月二三日から二五日にかけてフィリピンのレイテ沖海戦で日本の連合艦隊は、大敗北を喫し、武蔵《むさし》、瑞鶴《ずいかく》などの主力艦を失っていた。

同年一一月二四日にはマリアナ基地を飛び立った米軍のＢ－29約七〇機が初めて

東京を空襲した。

俊雄が入隊した昭和二〇年一月には、米軍は日本軍が守るフィリピンのルソン島に上陸。首都マニラでは悲惨な市街戦が展開された。同年二月一九日には硫黄島《いおうじま》の戦いが始まり、ついに三月一七日に守備隊は玉砕する。

こうして米軍は太平洋における制空・制海権を握り、日本本土各地の空襲を続けていた。

日本政府は最高戦争指導会議において本土決戦を決定した。

俊雄は本土決戦の要員の一人だったのである。

空も海も、そして潜水艦によって海中も、日本中が米軍に包囲されている。

どこにも出ることができない。そのため敵艦が近くまで来た場合、このボートで近づき、体当たりするのだ。小さなボートなら見つからないとでも考えているのだろう。

おかしくて笑いしか出ない。

こんなベニヤ張りのボートで鋼鉄の敵艦に向かって行けば、その途中で波にさらわれるか、敵艦からの機銃掃射《きじゅうそうしゃ》で瞬く間に海の藻屑《もくず》と化すだろう。

「お前たちは、見事に死ぬことが国に尽くすことなのだ」

上官は唾《つば》を飛ばしながら叫ぶ。

俊雄は、上官を見ていて、自分の資質に気付いた。

それは合理的でないことを言われたり、押し付けられたりすれば、怒りを覚えるということだ。

自分がなぜ軍事教練を嫌悪《けんお》していたかがようやく分かった。

それはこんな竹やりで人形を突くような訓練をしても無意味だと、本能的に悟っていたからだ。

訓練は瀬戸内海で実行された。海は凪《な》いでいる。風も無い。空は青い。このまま眠ることができれば、どれだけ幸せか。

「こら！　しっかり漕がんか」

上官が怒鳴る。

長さ九メートル、幅二・四五メートルの木製の大型カッター船に左右六人ずつの訓練生が座る。

オールは、両手で抱えなければならないほどの太さだ。子どもの太腿《ふともも》くらいはあるだろう。

近くの島まで競争でカッターを漕ぐ。

オールが重い。腕が痺《しび》れてくる。そのうち尻が痛くなる。見ると、ズボンに血が滲《にじ》んでいる。尻と木がこすれて尻の皮が破れたのだ。オールにも血がつく。指の皮もはがれた。

「漕げ！　もっと漕げ！」

上官が怒鳴る。汗が飛び散る。手が汗と血でぬるぬるとし、オールが滑る。手から離れそうになるが、そんなことをしようものならビンタが飛んでくる。

急に上官の怒声が消えた。空を見上げる。遠くから航空機の爆音が聞こえてくる。それが急速に近づく。

上官の表情が恐怖で強張《こわば》る。皆が空を見上げ、漕ぐのを止めた。

「飛び込め！　船の下にもぐれ！」

上官が叫ぶやいなや、自ら海に飛び込んだ。

俊雄も慌てて飛び込む。仲間たちが次々と海に飛び込む。

その時、ものすごい爆音とともに、航空機の起こす風で波が立ち、同時にバリバリバリリと耳をつんざくような音がした。

機銃掃射だ。

俊雄は慌てて息を吸いこみ、カッター船の下に潜り込む。仲間も潜っている。

目の前に恐怖におののく仲間の顔が見える。息が苦しいが、耐えるしかない。海面に顔を出せば、撃たれてしまう。

突然、目の前の海が真っ赤に染まった。目を剝き、頰を膨らませていた仲間の口が開いた。がぼがぼとその口に海水が入っていく。泡が海面に昇っていく。仲間の両手が力なくだらりと下がる。激しく動かしていた足も止まった。

　息が苦しくなり、俊雄は海面に顔を出した。大きく息を吸った。青い空が視界を覆《おお》った。

「大丈夫だ。グラマンは行ってしまったぞ」

　仲間が言った。

「おい、こいつを引き上げろ」

　上官が指示する。

　仲間が数人撃たれたのだ。一人は既に死んでいた。俊雄の目の前にいた仲間だ。東京帝国大学の哲学科を卒業した男だった。訓練の終わりには、持参した聖書を静かに読んでいたのを覚えている。

　カッター船に遺体が乗せられた。傷を負った者は呻きながら船べりに摑まっている。

　俊雄たち無事だった者がオールを握り、カッター船を漕いで港に戻った。

「ちきしょう、馬鹿にしやがって」

　上官が悔しさをぶつけた。

　毎日、グラマンがまるで遊覧飛行のように飛んでくる。

そして基地内や港を機銃で乱射する。下にいる兵士や一般人たちが逃げ惑うのを楽しんでいる。

パイロットの表情まで見えるほど低空を飛ぶ。それに対してどうしようもない。

俊雄は、悔しさに歯ぎしりした。

四

——ある夏の日……。

「兵隊さん、西瓜《すいか》、いらんかね」

仲間と基地に帰る途中の俊雄に老婆が声をかけて来た。

小柄な老婆なのに大きな西瓜を二つも抱えている。

「もう西瓜が出る頃か。美味そうだな」

「美味いよ。ほっぺたが落ちるよ。うちの畑で採れたんだ」

自慢げな顔をする。

「買ってやろうか」

俊雄は財布を取り出した。

「いいのか？　軍曹に叱られないか」

仲間が心配そうに言う。

「大丈夫だよ。軍曹に半分、分けてやればいい」

俊雄は財布から代金を出した。その時だった。雲の間から、一機のグラマンが突然現れた。

「伏せろ！」

俊雄は叫んだ。

仲間は頭を抱えてその場に伏せた。

しかし老婆は事態が摑めず、ウロウロしている。

「ばあさん、伏せるんだ」

俊雄は叫んだ。

老婆が西瓜を抱いたまま、悲しそうな目を俊雄に向けた。泣いているような、笑っているような名状しがたい表情だ。

バリバリという機銃の音がした。

弾が老婆の背中から腹を貫通した。悲鳴も上げずに老婆が倒れた。弾が、地面に伏せている俊雄の体のすぐ近くに跳ねた。砂煙が高く上がる。

俊雄は顔を上げた。グラマンのパイロットが陽気な顔で右手を挙げているのが見えた。視線が合った。

グラマンは主翼を二、三度振ると、去って行った。後には、何事も無かったかのように夏の日差しが老婆から流れ出た赤い血をてらてらと光らせていた。

人が死ぬのはなんとあっけないことだろうか。神も仏も、いったい誰を選んで生かしたり、死なせたりするのだろうか。

あのグラマンのパイロットは老婆だけを狙ったのか。旅の途中の座興のように人を殺した。人の生死は神の範疇ではないのか。

俊雄は、老婆の傍に佇《たたず》み、嗚咽《おえつ》を抑えることができなかった。

地面に転がった西瓜を持ち上げると、老婆の手の指を広げ、そこに代金を握らせた。

――生きる。

俊雄は、初めて生きることに執着しようと決めた。

老婆から西瓜の代わりに残りの人生を受け取ったような気になったのだ。

気まぐれで殺されてたまるか。なにもアメリカに文句を言っているのではない。自分を兵隊にした日本に対しても怒っている。人間の命をなんと思っているのだ。弄《もてあそ》ぶんじゃない。

――生きてやる。

国も、軍隊も何も信用できない。信用できるのは自分だけだ。

俊雄は、いつまでも老婆の遺体を見つめていた。

＊＊＊

戦況はますます悪化していった。それは食に現れた。支給される食事が貧しくなり、それに連れて上官の表情が険しくなった。

ある時、麦混じりの飯と味噌汁、梅干しだけの夕食の日があった。

それも量が十分でない。訓練で腹をすかせた俊雄たちの椀には飯が少ない。それに比べて上官たちの椀には飯が山盛りとなっている。

浅ましい、と俊雄は軽蔑《けいべつ》の目で上官たちを見つめた。

すると、一人の上官が立ち上がって俊雄の傍に来た。

「貴様、今、俺を見たな」

突然、俊雄の襟首《えりくび》を摑んで無理やり立たそうとする。

「見てません」

否定しても体が吊り上げられる。俊雄が立ち上がる。

大柄な俊雄からすると、上官を見下ろすことになった。

「その飯を持て」

俊雄は言われるままに飯の椀を両手で胸のところまで持ち上げた。

上官が、

「歯を食いしばれ」

と言い、腕を頭上高く上げる。

飯椀ごとビンタするつもりなのだ。

俊雄は痛みを覚悟した。

「止めろ。飯を食わせてやれ」

別の上官が声を張り上げた。

俊雄を殴ろうとしていた上官は、声の方を振り向き、腕を下ろすと「ちっ」と舌打ちをした。

俊雄は、自分を守ってくれた上官を見て、小さく低頭した。

そして席につき、急いで飯をかきこんだ。まだ良識が少しは残っていると思った。彼は、カッター船がグラマンに襲われた時の上官だった。

俊雄たちの先輩たちは次々と戦地に送られて行った。もうすぐ自分たちの番だと覚悟を決めていた八月六日の朝のことだ。

俊雄の足下から地響きが聞こえ、揺れた気がした。

「なんだ、なんだ」

訓練でグラウンドにいた皆が騒いでいる。西の方向を指さしている。

俊雄は、目を見張った。むくむくと濃い灰色の雲が湧きおこっている。入道雲ではない。もっと巨大で不気味だ。灰色の雲の中に稲妻が走っている。

「広島の方向だぞ」

「タンクが爆発したのか」

「いや、爆弾だぞ」

「あんなでかい爆弾があるのか」

皆が口々に言う。

俊雄は、その雲の不気味さに膝から下の震えが止まらない。何かとてつもないことが起こっている。

「新型爆弾じゃないか」

誰かが口にした。その時、俊雄の目にも、他の仲間たちの目にもその灰色雲の下で多くの人が苦しみ、悶《もだ》えている姿が見えていたのだろう。突然、誰もが無言になった。

俊雄は、死ぬものと覚悟して兵士になった。しかしまだ死んでいない。それなのに死ぬことを考えたこともない人々が大勢死んでいく。

いったい神や仏は、どのようにして死にゆく人を選んでいるのか。全くの気まぐれなのか。それとも自分にはまだ生かしておくだけの価値があるというのか。

俊雄が所属していた部隊の何人かは、新型爆弾即ち原子爆弾投下の翌日に広島行きを命じられた。被災者救済のためだ。幸いにも俊雄はその役目を免《まぬが》れた。

「顔の皮ふが焼けただれた男が『兵隊さん、どうなんですか』と近づいてきたが、何も答えられず、水筒の水を与えることしかできなかったよ。自分もどうなるか分からなかったからな」

と広島入りした者が言った。言葉にできないほど、凄惨《せいさん》な状況だったと言う。

戦争が終わったのは、原子爆弾が投下されて九日後の八月一五日だった。

五

「特攻でよう生き残ったな」

闇市を眺めながら、男はぽつりと言った。

「私も運がいいんです。特攻に行く前に戦争が終わりました」

俊雄は言った。

「そうか、そら良かったな。それにしても大勢が死んだ。国や軍にとっちゃ、俺たち兵隊や庶民はカスみたいなもんや。いくらでも補充が利く消耗品や。そう思うとめちゃくちゃ腹が立たんか？」

男は、俊雄を見つめた。その目の奥に悲しみの暗さを湛《たた》えている。今、男は、戦地で呻き、嘆きながら死んでいった仲間たちの顔を思い浮かべているのだろう。

俊雄の目の前に、グラマンで胸を撃ち抜かれた仲間や、西瓜を売ろうとした老婆が屈託のない笑顔で立っていた。

「本当に理不尽です」

俊雄は呟いた。目頭が潤み、男の顔が滲んだ。

「これからは、カスや消耗品にも命があるちゅうところを見せてやらなあかん。そのためにも俺は二回も生き残った運を大事に使おうと思っとる。お互い運だけは大事にしようや」

男は、汚れた手で涙を拭った。

「大事にします。ところで今からどうされるのですか？」

「広島に帰る」

「広島の方なのですか？」

俊雄の問いに、男は振り向き、

「生まれ、育ちは大阪やけどな、両親が広島に住んでいるんや。それで今から広島に帰る」

男は目を輝かせた。

「広島……ですか」

俊雄は、苦し気な表情をした。

豊浜で除隊になり、引き揚げてくる際、船で宇品港《うじなこう》に入り、広島から汽車や電車を乗り継いできた。

その際、広島の街を車窓から眺めた。恐ろしいほど、一面の廃墟が広がっていた。

――何もないではないか。何もかもが焼き尽くされ、爆風でこなごなに飛ばされている。あの新型爆弾のせいだ。

豊浜から見たあの灰色の雲の下は、まさしく地獄だったのだ。人はおろか、虫一匹の命さえ生きることはできない。業火《ごうか》が焼き尽くしたのだ。

「ひどいことになっとるようやな」

男は苦笑した。

「ええ、帰って来る途中に窓から見ただけですが……」

俊雄は言葉を濁《にご》した。

「運がいいから、両親は大丈夫やろ。まさか俺が運を使ったってことはないやろ」

男は無理やり快活に言い、

「あんたはもっとがつがつせんといかんで。他人にタバコをやるような甘いことをしたらあかん」

と俊雄を見つめた。

「がつがつですか」

意外な言葉に驚く。

「ああ、みんな生きるのに必死や。ようやく戦争で死ぬことはなくなった。しかしやな、今からや。ほんまにきついのはな。がつがつせんと生き残れん」

男は、強く言った。

「がつがつするかどうかは分かりませんが、亡くなった人たちのためにも、生き残った私は、ちゃんと生きないといけないと思っています。その責任があります。それに私、自分の命は自分で決めたいんです。国に、命を勝手に弄ばれるのは、もうこりごりです」

俊雄は微笑みながらも言葉は強めた。

「国に、ええかげんめちゃくちゃにされたからな。俺はがつがつと生きて、こんどは国を相手に暴れてやろかな」

男は声に出して笑った。

「あんたと話ができて楽しかったわ。ほな、俺は行く。あんたは今からどこへいくんや」

「千住《せんじゅ》です。ここから歩いて行きます。母親がそこにいると聞いています」

とみゑは、豊浜にいる俊雄に千住にいるとの連絡をしてきていた。

「運のええ母さんやないか。東京の空襲で死なんかったんやな」

男は優し気な笑みを浮かべた。

「はい。運がいいんです。私も、母も」

俊雄も笑みを返した。

「じゃあ元気でな。タバコ、おおきに。美味かったわ」

男は、ひょいと右手を挙げると、駅の雑踏の中に消えた。

俊雄は男の後ろ姿を見つめていたが、ふいに名前を聞かなかったことに気付いた。

しかしそれは必要が無いと思い直した。あの男と二度と会うことは無いだろう。

「さあ、行くとするか」

俊雄は、焼け跡の中を歩き始めた。瓦礫《がれき》を革靴が踏みしめるたびに乾いた音がする。まるでこの場で亡くなった人々の骨がこすれ合うような音だ。

兵隊服のズボンのポケットが膨らんでいるのに気付く。手を入れて探る。中から出てきたのは、あの男が返してくれた朝日だった。俊雄は、笑みを洩らした。

第二章　商人になる

一

　戦時下も、俊雄の母とみゑは、貞夫一家と浅草で店を開いていた。店員が一〇人もいて店は活況を呈していた。

　勝一と離婚して、新たに人生をやり直そうとしていたとみゑにとって浅草の店は、大げさではなく命よりも大事なものだった。

　昭和二〇年三月一〇日未明、とみゑは床《とこ》に入るとたちまち睡魔《すいま》に襲われ、寝入ってしまった。昼間の疲れを布団のぬくもりが癒《い》やしてくれる。

　突然、頭が冴え、目が開いた。いつも寝る前に神棚に向かって徴兵されている俊雄の無事を祈るのだが、それを忘れていたのだ。

　とみゑは布団から出た。

「寒い……」

　三月になったにも拘《かか》わらず、今年は寒い日が続いている。昨日は雪が降ったほどだ。

外が明るい。まさか朝になったのではないだろう。そんなに寝たはずはない。それに太陽の明るさではない。赤く、濁《にご》った血のような明るさだ。

「火事……、火事だ」

二階の窓を開ける。突然、空襲警報が聞こえて来た。それまでは何も聞こえなかったのに……。

「母さん、空襲だ。空襲だ。逃げるんだ。すぐに着替えて」

貞夫が部屋に飛び込んで来た。貞夫は一階で眠っていたようだ。

「だって警報もなかったじゃないか」

一度、夜一〇時三〇分頃に警報が発令されたが解除されていた。

外で火事が起きていても、人は事態の深刻さにすぐに反応できないことが多い。蛇《へび》に睨《にら》まれた蛙《かえる》という諺《ことわざ》があるが、そうした状態になるのだろう。ましてや命より大事な店を火に焼かれるままに放置するわけにはいかない。そうした気持ちが迷いになって、いつもなら即座に行動に移すとみゑを緩慢《かんまん》にさせていた。

「とにかく悠長《ゆうちょう》なことを言ってないで、これを穿《は》きな。寝巻の上からでいいから」

貞夫は枕元に畳んであったもんぺを投げた。そして外は寒いからと、貞夫の外出用のコートを手渡した。

「みんなは……」

「叩き起こした。母さんが準備できればすぐに逃げる」

　貞夫の顔は、まるで鬼か夜叉《やしゃ》のように険しい。

「でも店が……、店はどうする」

「そんなことを言ってる場合じゃない。とんでもない空襲だよ。もうすぐそこまで火が来ている」

　貞夫は、とみゑが着替え終わるのを確認すると、その手をむんずと摑んだ。

　とみゑは、貞夫に引きずられるように階段を下りる。階下には、貞夫の妻の菊乃がいた。彼女は身重《みおも》で、服の上からもお腹の膨らみが目立つようになっている。住み込みの店員たちも揃っている。

　貞夫は、行李《こうり》を抱えると、「さあ、行くぞ」と号令をかけた。

「その中に何を詰めたのだい」

　とみゑは行李を指さし、聞いた。

「メリヤスとか、商品を詰めるだけ詰めた。さあ、行くぞ」

　火の手がすぐ近くまで来ている。道路では炎が川のように流れている。炎が、ゆらゆらと迫ってくる。

「焼夷弾の中の油に火がついて川になっていやがる」

貞夫が憎々し気に呟く。

大勢の人が、その炎が流れる道路を荷車に荷物を積んで逃げ出している。その荷車に炎が飛び、燃えだしている。

火事と喧嘩《けんか》は江戸の華と言われた時代から、火事で逃げ出す時は荷車に荷物を載せてはいけないことになっていた。

しかし、関東大震災の際、陸軍の被服品を製造したり貯蔵したりする被服廠の跡地に、荷車に布団や家財道具を積んだ人が多く集まった。

広い場所で、皆、逃げることができたとほっとしていた。ところが折からの強風で火の粉が飛び、荷車の荷物が燃え出した。

その炎はたちまち大きくなり、竜巻のような火災旋風が発生した。後の研究によると風速七〇メートル以上にもなったという。

避難した人々は炎に焼かれたり、熱風の中で窒息《ちっそく》死したりして、なんと約四万人もの犠牲者を出す事態となった。

その時、隅田川にかかる橋を荷車を引いて逃げようとする人を警官が押しとどめ、それらを川に捨てさせたという話が残っている。そのお蔭で命が助かった人も多い。

江戸時代から火災の場合は、着の身着のままとりあえず逃げるというのが、教訓として伝わっていたが、関東大震災の際には守られなかった。

今回の空襲でも、その教訓は守られていない。道は荷車で封鎖されて、なかなか前へ進めない。

「どっちへ逃げるんだい」

とみゑは貞夫に聞く。

店は、浅草の吉野町《よしのちょう》（現在の東浅草・今戸《いまど》辺り）にある。

貞夫は、瞬時に「白鬚橋《しらひげはし》を越えて綾瀬《あやせ》の親戚の家に向かって行くぞ」と急ぎだした。

「北へ向かうんだね」

「ああ。空襲は浅草の中心部を狙っているようだ。北の綾瀬、千住の方はまだ大丈夫だろう。保夫《やすお》！　お前も荷物を抱えたか」

貞夫は、店員の森本《もりもと》保夫に言った。

「はい、旦那さん。担ぎました」

保夫は若い。まだ一五歳だ。国民学校高等科を卒業して、すぐに貞夫の洋秀堂で働くようになった。

保夫も貞夫と同じ行李を担ぐ。貞夫と保夫以外は、全員何も持たず着の身着のままと言ってもいい。とみゑは身重の菊乃を支える。

とにかく貞夫について行くしかない。

とみゑは貞夫の後ろ姿に貞夫の父である自分の元夫、藤田進を見ていた。

――進さんを見ているようだわ。逞《たくま》しい背中で人をぐいぐいと引っ張っていく。新聞記者として正義を追求するために、どんな障害があっても我が道を進んでいく。そんな進さんに憧れを抱き、恋をした……。

多くの人々は逆に逃げている。言問橋《ことといばし》や吾妻橋《あずまばし》の方向へ行く。緊急事態に人は通いなれた町の中心地へと行くのだろうか。その辺りの方が設備や避難地が充実しているからだろうか。

「隅田川に飛び込むと助かるぞ」

「北へ行くのは止めろ。白鬚橋《ひらいばし》には東京ガスのタンクがあるぞ。爆発するぞ」

「南の言問橋や吾妻橋から平井や亀戸《かめいど》の方に行くのがいい」

行き交う人々が口々に叫ぶ。炎が迫っている。その中で右往左往している。

周囲は昼間以上の明るさだ。時々、爆発音がするのは焼夷弾の中に小さな爆弾が仕込んであるからだと言う。そんなものに撃たれたらひとたまりもない。

貞夫は、錯綜《さくそう》する情報を聞き入れもせず、ひたすら北を目指す。

「菊乃さん、大丈夫かい」

とみゑは身重の菊乃を気遣う。

「大丈夫です。お母さん」

菊乃は、気丈に振る舞う。

着物に焼夷弾の火が移り、火を消そうと転げまわっている女の人がいる。子どもの頭髪に火がつき、手で頭をバタバタ叩いている。恐怖に顔が引きつっている。大声で泣き叫んでいる。

とみゑが、火を消してやろうと子どもに近づこうとすると、腕を強い力で握られた。

振り向くと貞夫が、険しい顔で睨《にら》んでいる。

「火を消してやらないと……」

とみゑがその手を振り払おうとする。

「母さん、今は逃げるんだ。母さんがそんなことをすると、みんなが逃げ遅れる」

貞夫が言う通り、とみゑが立ち止まると菊乃も保夫も他の店員たちも全員が立ち止まっている。

「でも……」

「可哀想だが、あの子の運にかけるしかない。運があれば助かる。俺たちだって全員焼け死ぬかもしれないんだ。さあ、行くよ」

とみゑの腕を掴む貞夫の手に力がこもった。

後ろ髪を引かれるというのはこのことを言うのだろう。喧騒《けんそう》の中で、子どもの泣き声だけがいつまでも耳に残り、付きまとう。

――店はどうなるのだろうか。せっかくうまくいき始めたのに……。焼けてしまうのだろうか。

とみゑは我が身の不幸を呪う気持ちを禁じ得なかった。

神田の乾物屋は父の死で失い、その後も商売を始める度に、関東大震災、勝一との離婚など災いが襲って来る。その度に、全てを失って来た。

勤め人だった藤田進と結婚した時は、安心したものだ。毎月、きちんと給料が入って来る。それを大事に使って、毎日の賄《まかな》いをし、子どもを育てる。そしてまた翌月の給料を待つ。商家と違って、なんと落ち着いた暮らしなのだろうと嬉しかった。あれが一番幸せな時代だった……。

それなのにどうして私たちを置いて早く天国に行ってしまったのだろうか。今更、恨みを言っても詮無《せんな》いが、言いたくなる気持ちを抑えられなくて、空を見上げる。

進の顔が見えるかと思ったが、空は真っ赤だ。炎が音をあげて吹き上げている。みんな燃えてしまう。家も人も、何もかも。

熱い。顔が焼けるようだ。貞夫がかけてくれたコートを脱ぎたい。熱がこもるのだ。歩きながら脱ごうとする。

「母さん、ダメだ。川沿いを行くから寒くなる。それなら火の粉を払うことができる」

貞夫が注意する。

「分かったわ」

吉野町から橋場通りをひたすら北に上がる。

――商家に生まれたから商売をすることに抵抗はなかった。しかし勤め人より、その暮らしはずっと厳しい。

卵を売ったことがあった。でも儲けなど全くない。仕方がないから卵が入っていたケースを業者に引き取ってもらってなんとか儲けを確保したものだ。

食うや食わず……。それでも家族がご飯を食べ、従業員に給料を払い、俊雄を学校に行かせなければならない。

俊雄はどうしているだろうか。あの子は軍隊に入ってもゴマを擂《す》ることもできず、お世辞も言えないから苦労しているのではないだろうか。軍隊は要領を本分とすべし、と言われている。俊雄は、真逆の性格だ。正直、誠実、真っすぐ……。いったい誰に似たのだろうか。

真夜中に手提げ金庫から金を出して、店員の給料を袋詰めしていた時のことだ。

仕入れ代金や給料を支払ったら手元には全く残らない。思わずため息をついた。

隣で寝ていた俊雄が、「母さん、お金が無いの？　もう学校に行くのを諦めるかな」と呟いた。

目は閉じている。寝言かと思ったが、そうではない。

「心配しないでいいよ。お前が学校に行くお金はちゃんと別にとってあるから」

とみゑは答えながら、心には涙が溢れていた。

そういえば、どうしてもお金が無くなって弟の緑川武秀に借金を頼みこんだことがあった。

俊雄が、どうしてもついて行くというので仕方なく連れて行った。――あの子は私を守るつもりだったのだろうか。

弟であり、俊雄にとっては叔父にあたる武秀は、苦労して商売で成功したため、お金には厳しい。なかなか貸すと承諾してくれない。とみゑは、畳に頭を擦りつけるように低頭した。

――あの時の俊雄の目が忘れられない。今にも武秀に飛びかかりそうだった。思えば悲しい、悔しいことをさせてしまった。

幼かった俊雄に心配させてしまった自分は、なんと情けない人間なのだろうか。

その時、ふいにおかしさが込み上げてきた。

勝一の放蕩《ほうとう》を思い出したのだ。あの人は嘘をつき、家からお金を持ち出しては酒と女に遣っていた。その血を引いているのに、俊雄はどうしてこんなにもバカがつくほど正直者になったのだろうか。

「反面教師？」

その言葉が浮かんだ瞬間、けらけらと声に出して笑ってしまった。

「大奥さん、大丈夫ですか」

店員の保夫が心底、心配そうに訊く。

保夫にとってはとみゑは大奥さん、貞夫の妻である菊乃がおかみさんだ。

命が、炎の中に潰《つい》えてしまいそうになっているのにけらけらと笑っているのを見て、おかしくなったのではないかと心配したのだろう。

「大丈夫だよ。保さん。こんな時は笑うしかないだろうよ」

とみゑは笑顔を保夫に向けた。

「そうですね。私たちも大丈夫ですね」

保夫は不安そうな顔で言う。

「心配無用さ。またやり直せばいい」

強がりではない。またやり直すしかないではないか。

今までは一人だった。一人で生活をしていくしかなかった。子どもを抱えて女が一人で生きていくには商売をするしかない。いったい子持ちの後家《ごけ》をどこが雇ってくれるというのだ。

乾物や煮豆を売っていた時も、衣料品を売るようになった今も、自分の利益はできるだけ少なくして客に利益があるように努めてきた。

覚悟を決めて商売の道に入った。

衣料品で言えば一ダース、一二枚の下着を売って二枚の儲け、すなわち「二枚儲け」の薄利の考え方で商売をしてきた。

実際は、二枚儲けにもならないことが多い。それでも積み重なれば大きくなる。塵《ちり》も積もれば山となる。一日でも早く商売を軌道に乗せて、子どもたちと一緒に暮らすんだ。そんな思いで働いた。なんとか恥ずかしくないほどの商売の規模になったかと思うと、災難、災難、災難……。全て無くなってしまう。こんなことの繰り返しだ。まるで賽《さい》の河原の石積みだ。

とうとう今では五三歳という、おばあちゃんの年齢になってしまった。しかし、まだまだ若い者には負けないだけの気力はある。今度だってなんとしてでも生きる。生き残って店を再建するのだ。今度は、一人じゃない。皆がいる。貞夫もいる。菊乃も保夫もいる。他の店員もいる。菊乃のお腹には生まれて来る孫もいる。一人じゃない。

とみゑは、前を行く貞夫の背中を見て、遅れないように必死に足を繰り出した。

＊＊＊

「旧日光《にっこう》街道に出たみたいだな。白鬚橋の方じゃない」

貞夫が困惑している。道を間違えたようだ。炎を避けながら歩いているから、仕方がない。

「貞夫、このまま千住の方へ行きましょう」

とみゑが励ます。

「ああ、そうしよう。みんなこのまま進むぞ」

浅草の中心部から避難してきた人々の群れで道がごった返している。荷車を引く者、泣き叫ぶ赤ん坊をあやす者、誰の顔にも疲労がべったりと張り付いている。寒い中を歩き詰めだからだ。

後ろを振り返ると、先ほどまで住んでいた浅草の町が赤々と燃えている。悲しいが涙は出ない。涙は心に余裕がある時に流れるのかもしれない。生死が切羽《せっぱ》詰まっている時は、涙さえ流れることを忘れてしまうのだろう。

幸い、千住方面には爆撃が届いていない。

――助かるかもしれない。

喜ぶと、急に足が重くなる。もう歩きたくない。しかしもうひと踏ん張りだ。ここで止まったら、焼夷弾の一発も飛んで来るかもしれない。そうなればもう終わりだ。自分を可能な限り励ます。

「千住大橋ですよ、大奥さん。あれを渡れば隅田川を越えて、北千住です」

保夫が弾んだ声を上げた。

千住大橋を越え、北千住の町に入った。

「皆さん、皆さん、温かいすいとんですよ」

とみゑたちは北千住の町に入り、公園のような広場で多くの避難してきた人たちとともに、ようやくうとうとと眠りについた。目覚めると、北千住の婦人会の女性たちが、早朝にもかかわらず街道沿いに出て温かいすいとんを振る舞ってくれている。

「ありがとうございます。本当にありがとうございます」

とみゑは、老婦人から差し出されたすいとんの椀《わん》を両手で受け取った。

冷え切った手に一気にぬくもりが伝わった。それは人の情けというぬくもりでもあった。

とみゑの椀の中に紋《もん》が広がった。涙の紋だった。命だけでも助かったという安堵の涙が椀に向かって幾滴も零《こぼ》れ落ちた。

二

後でとみゑが聞いた話によって、貞夫の判断が如何《いか》に正しかったかを思い知った。

あの時、南の方、言問橋や吾妻橋の方に逃げた人は多くが炎に焼かれ、また両岸から逃げて来た人が橋上で衝突し、隅田川に落とされた。雪が降るほどの寒い夜の川で多くの人が凍死したという。

自分たちは貞夫の判断で北に逃げたお蔭で助かったのだ。生死を分ける判断というのは一瞬のことだ。川沿いに歩いていれば冷たい隅田川に落ちたかもしれない。そうなれば間違いなく凍死していただろう。

一〇万人以上が亡くなった。一〇〇万人以上が焼け出され、家や財産を失った。

――自分もその一人だ……。

とみゑは思った。思えば思うほど悔しさに身をよじるほど苦しくなる。焼夷弾の炎に対する恐怖より、悔しさの方がずっと強い。

しばらくして戦争は終わった。日本は負けた。あの恐ろしい空襲の五か月後だ。

たった五か月後だ。原爆が広島と長崎に落ちた。何十万人もの人が亡くなった。数か月後に戦争が終わるのに、なぜ数十万人もの人が亡くなる必要があったのだろうか。

戦争をもっと早く止めていたら、その人たちは死ぬことはなかったのだ。

とみゑは自分が財産を失ったことよりも、無駄に散ってしまった命のことを思うと、心底から国も戦争も許せないと思った。

自分は絶対に生きて、生き抜いてやる。それが自分たちを虫けら同然、消耗品扱いした国や戦争に対する自分の復讐《ふくしゅう》だ。

炎の中に潰えてしまった店を復活させることが、自分を苦しめた国や戦争に勝つことになる。俊雄がもうすぐ帰って来る……。

——絶対に負けるものですか。負けるものですか。

「いらっしゃいませ」

客が来た。

とみゑは、戦災を思い出すと悔し涙が溢れて来る。袖口で涙を拭い、笑顔を客に向ける。

たった畳四枚分、二坪ほどの売り場だけど、ここからまた立ち上がるのだ。

「メリヤスの下着じゃない？　これいくら？」

「はい、お安くしておきますよ」

三

俊雄は千住大橋の欄干に体を預け、北の方角を眺めていた。眼前に北千住の町が広がっている。

南千住一帯は、空襲の被害が大きかったが、北千住一帯は、あまり被害がひどくなかったため、俊雄の目には、大げさだが戦争などなかったかのように思えた。しかし、目を凝らすと街道沿いには空き地が目立つ。空襲による延焼を防ぐために家や商店が強制取り壊しに遭ったためだろうか。

関西弁の男と別れ、ひたすら日光街道を北上した。体は疲れているはずだが、思いの外、足は軽く前のめりになって歩く。

母とみゑに会いたい。元気な顔を見たい。まるで幼い子どもになってしまったかのように心が逸《はや》る。足を動かし続ける。

千住は、旧日光街道の宿場町として発展してきた。多くの宿や商店などが軒を連ね、かつては旅籠《はたご》が数十軒もあり、宿泊客相手の遊女が多くいたという。

時代を経るに従って、浅草や日本橋のような中心地ではないものの、商業と軽工業、家内工業などが盛んな地域に変貌してきた。庶民的な街で、なによりも戦災の被害が少ないことがいい。ここでとみゑが店を構えたと知らせを受けた。なぜここを選んだのだろうか。きっと、とみゑの商売感覚の鋭さが選ばせたのだろう。

「急ごう」

俊雄は、前のめりになりながら歩く。

旧日光街道を進むと、北千住駅と現在の日光街道とを東西に結ぶ細い街路がある。以前、遊女のための見番《けんばん》があったために見番横丁と呼ばれる。

旧日光街道と見番横丁との交差点に「さかえ屋」という中華そば屋がある。それが目印だ。

「あれだ……」

看板が見える。「さかえ屋」で間違いない。急いで駆け付けようとする俊雄の足が止まった。

さかえ屋の出入り口の道路沿いに残ったほんのわずかな場所に、客を相手にするとみゑがいた。

「あんな場所で商売をしているのか」

それは文字通り露店《ろてん》だった。風雨を避ける屋根も無い。中華そば屋の庇《ひさし》が辛《かろ》うじて日差しを遮《さえぎ》っているだけだ。

あの男と歩いた神田近辺の闇市でさえ、布張りの屋根がある店があったというのに……。

とみゑが働くのは、店と言っていいのだろうかと思わせる小ささである。地面に板を置き、その上に商品を並べただけだ。

——惨《みじ》めだ。

俊雄は胸を締め付けられそうになる激しい感情が込み上げてくる。悲しさ、悔しさ、怒り……。それは俊雄の感情というより、とみゑの感情に共鳴したものだ。とみゑはせっかく、浅草で成功しつつあったのに、また振り出しに戻ってしまった。何度も何度も同じことの繰り返し……。

——なんという不条理なのか。

俊雄は本で読んだギリシャ神話のシーシュポスの物語を思い出した。人生の不条理を表す神話だ。

神の罰を受けたシーシュポスは大きな岩を山頂に運び上げる。やっと運び上げたと思ったら、その途端に岩は転げ落ちる。シーシュポスは何度も同じことを繰り返す。

人生は不条理に満ちている。そこに意味は無い。ただ不条理なだけだ。人はそれを受け入れなければならない。

とみゑの働く姿を遠目に見ていると、涙が流れだしそうになる。しかし俊雄は涙をこらえる。無理にも笑みを作る。

なぜなら遠目にもとみゑの潑溂《はつらつ》とした表情が見えるからだ。とみゑは、どんな不条理であろうとも全てを受け入れている。その姿は、潔く、神々《こうごう》しくさえあった。

俊雄は思わず駆け出した。地面を蹴るたびにドッドッと音がする。それは母に会える嬉しさに躍動する俊雄の心音と共鳴しているかのようだ。

とみゑが、足音に気付き、俊雄の方を振り向いた。商品を持っていた手が止まり、目を見開いたまま動かない。

俊雄は走りながら手を振る。最初は気恥ずかしさから小さく振る。とみゑの表情が緩み、笑みに変わる。俊雄はそれを確認すると、手を空に伸ばし、大きく振った。

「母さん！」

俊雄は声を上げた。

大人しく、控えめの俊雄にしては、自分の声だとは信じられないほど大きな声だった。

「俊雄！」

とみゑが、手に持っていた商品をその場に落とす。

ようやく俊雄は、とみゑの前に立った。息を整える。顔が締まらない。笑うのか、泣くのか、それともかしこまった表情にするのか、一向に決められない。とみゑが俊雄を見上げている。その目からは涙が溢れ、幾筋も頰を伝って流れている。

「帰ってきました」

俊雄は、右手を上げ、敬礼をする。兵隊服には、これが一番似合うと思ったのだ。本当は軍隊のことなど、瞬時に忘れてしまいたいのに……。

「ご苦労様。よく帰ってきてくれました」

とみゑは、両手で俊雄の体をあちこち触る。本物かどうか確かめているかのようだ。

「母さんこそ、よくご無事で……」

俊雄は、言葉を続けられなくなった。嬉し涙が、滝のように流れだす。男だから泣くんじゃないなどという矜持《きょうじ》はどこかに飛んでしまった。

「本当に、本当に、よく帰ってきてくれました」

とみゑは、その場に膝を折り、崩れてしまいそうになった。俊雄は慌ててとみゑの体を支える。

――軽い……。

俊雄は、軽さにとみゑの心配や苦労を感じ取り、その体を強く抱きしめた。

ギギーッと空気を鈍く切り裂く音が聞こえた。その方向を見ると、貞夫が乗った自転車がつんのめるように停止した。荷台には背後が見えないほどの山積みの荷物だ。

「俊雄、よく帰ってきたな」

満面の笑みで自転車を下りて、俊雄に近づいて来る。

「兄さん……。帰ってきました」

俊雄は、とみゑから離れて貞夫に近づき、その手を強く握った。

「俊雄さん、お帰りなさい」

自転車の荷物の陰から店員の森本保夫が小柄な体を見せた。丸刈頭に下がり眉が相変わらずの人懐っこさだ。

「あっ、保さんも……。みんな無事で良かった」

俊雄は懐かしい人々の元気な顔に囲まれ、体が震えるほど嬉しくなった。

「菊乃さんは？」

俊雄は貞夫の妻で義姉の菊乃がいないことに気付いた。

「もうすぐこれだから家で休んでいる」

貞夫がはにかみながら腹に手を当てた。

「それは……おめでとうございます」

俊雄は笑みを浮かべる。

――命は確実に循環していると思うと、明日に希望を持つことができる。

「おかみさん、息子さん、お帰りになったのですね」

野菜を抱えた小太りの女性がとみゑに話しかけてきた。

見るからに温かい人柄がにじみ出ているような笑顔だ。ネギを数本抱えている。

「これは、これは福島《ふくしま》さん。息子がやっと帰ってきてくれました」とみゑが相好を崩す。「こちらは福島青果店の福島美代《みよ》さん。何かとお世話になっているのよ」

「母がお世話になっています」

俊雄は頭を下げた。

「いえいえ、こちらこそおかみさんにはよくして頂いていますよ。私ゃ、すぐそこの者なんですがね。お祝いに後からサツマイモを届けますよ。配給物じゃないからふかして食べると美味しいよ」

秘密っぽく美代が笑みを浮かべる。

「おかみさん、サツマイモたっぷりふかしてください」

保夫が弾んだ声で言う。

今は、何が必要かと言えば食料だ。米も何もかも配給で、十分に行き渡っていない。

「お帰りなさい。良かったな、おかみさん」

白髪頭のがっしりした男性が満面の笑みで近づいて来た。

「あらあら、岡田《おかだ》さん。息子が帰ってきたんです」とみゑは俊雄に向かって言う。

「商店会の会長さんで岡田利信《としのぶ》さんだよ。ここを借りる時にお世話になったんだ」

「俊雄です。いろいろとありがとうございます」

俊雄は頭を下げた。

「生きて帰ってこれただけでもめっけものだ。この商店街でも何人か戦争に行ったっ切りになった者がいる。帰ってきたのは空っぽの白木の箱だけだよ」

利信は表情を曇らせた。

俊雄は何も言えなかった。

「何はともあれ、戦争は終わったんだ。これからだぞ。私の店も建物の強制疎開で壊されたが、テントを張って営業を始めたんだ。ガンガン、売るからな」利信は豪快に俊雄の肩を叩く。「今日はお祝いにこっそり卵を持ってくるからさ。おかみさん、玉子焼きを作ってあげてくださいよ」

「本当にいつもいつもすみません」

とみゑは頭を下げる。俊雄の帰還を聞きつけた商店街の人たちは、その後も次から次へと集まってきた。

同業の洋品屋もいる。俊雄は不思議な気持ちになった。なぜこれほど人が集まるのか。

「俊雄、どうした？　その変な顔は？」

貞夫が笑う。

「いえね、兄さん、どうしてこんなに人が集まって、お祝いを言ってくれるのか、不思議になったのです」

「ははは」貞夫は、声に出して笑う。「それは母さんのせいだよ。母さんが、この町の人に愛されているんだ。人徳だよ」

貞夫によると、東京大空襲で命からがら北千住に逃げてきたという。この町の人々は親切で人情深い。とみゑや貞夫が、浅草で洋品店を開いていたことを知ると、ここで店を再開すればよいと勧めてくれた。浅草が元通りに復旧するまでは、まだ時間がかかるからだ。商店街の人たちが、この中華そば屋の軒先を借りられるよう一緒に交渉してくれたという。

とみゑは、すっかり北千住が気に入り、ここに店を開くと、毎日、店の周りをきれいに掃除し、朝から晩まで一生懸命、愛想良く働いているから、いつの間にかファンが増えたのだと言う。

「母さんらしいな」

俊雄は、とみゑが戦災で何もかも失いながら、明るさを失わないで働いている姿に励まされる思いだった。

この明るさが、何度でも逆境から立ち上がらせるのだろう。

とみゑと貞夫は、とりあえず二坪の店で仕事を再開した。店員は保夫を除いて、一旦、郷里に戻ってもらった。いずれ必ず呼び戻すと約束してのことだった。店員たちは、泣く泣く帰郷したという。

「母さんと一緒に店を大きくして何としてでも店員たちを呼び戻さないといけない」

貞夫の目には強い決意が見えた。

俊雄は、とみゑと貞夫に協力したいと、すぐに口に出せないもどかしさを感じていた。自分が何をしたいのか、まだはっきりと見えない。

四

俊雄は、とみゑと貞夫一家が住む家に居候《いそうろう》した。家は、「さかえ屋」から少し離れたところにある古びた一軒家だった。二階建てで店員の保夫の部屋もある。多くの人が、戦災で家を無くし、駅の通路などで雨露や寒さをしのいでいる現状を考えると、贅沢《ぜいたく》だった。これも北千住の人たちの温情のお蔭であり、とみゑの人徳の結果だった。

「会社が戻ってきて欲しいと言ってるよ。どうするんだい」

とみゑが聞いた。

「うん、少し考える」

俊雄は曖昧に答える。

俊雄が就職した財閥系鉱山会社は、徴兵中も給料の六割を支給してくれていた。本社に取りに行くついでに手続きをすれば、復職ができる。

「ありがたいじゃないか。給料をくれていたんだものね。さすがだね。やはり勤め人の方が安定しているな」

とみゑは、開店準備をしながらぶつぶつと言う。

過去において、藤田進という新聞記者の妻だった頃のことでも思い出しているのだろうか。

俊雄は、毎日、忙しく働くとみゑや貞夫を見ていると、商売を手伝うべきではないかと思うことがある。

とみゑも貞夫も、商売を手伝えとは一言も言わない。せっかく財閥系鉱山会社に就職したのに、それを無にするのはもったいないとでも思っているのだろう。

　確かに誰でも就職できる会社ではない。その意味で俊雄は恵まれている。

　しかし気力が伴ってこない。軍隊から戻って来て、早一週間が経つが、体の芯が重い。重力が一段と増したようで何をするにも気力が湧いてこない。頭の中にも靄《もや》がかかっているようで、どうにもはっきりしない。

「ちょっと出かけてくる」

　俊雄はとみゑに言った。

「どこへ行くんだい？」

　とみゑが心配そうに訊く。

「ちょっとそこまでだよ」

　俊雄は、外に出る。兵隊服のままだ。まだ町には、この姿の男たちが多く歩いている。

　地に足がつかないというのはこういう感覚をいうのだろうか。傍から見れば、ふらふらと無目的に歩いているように見えるだろう。実際、その通りだから仕方がない。兵隊から帰ってきた時の高揚感が収まると、どうしたわけか空気の抜けたビニール人形のようになってしまった。

　俊雄は、熱狂的な軍国青年ではなかった。どちらかというと戦争も、それを引き起こす国家も嫌悪し、忌避《きひ》したいと思っていた。それなのに戦争が終わってしまうと、こんなにも、いわゆる腑抜《ふぬ》けになってしまうのか。

目を閉じると、真っ暗な瞼《まぶた》の裏側にグラマンの機銃掃射で体を撃ち抜かれ死んだ老婆の悲しそうな表情が浮かぶ。

徴兵されるまでも、兵隊になってからも「死」に直面させられていた。必ず「死」を迎えると信じていた。そこで人生を終える……。だから目標や夢を持ってはいけない。持てば辛くなるだけだ。

自分だけではないだろう。同世代の男はみなそう思っていたはずだ。だが全員が腑抜けになっているわけではない。すぐに時代に順応し、気力をみなぎらせている者もいる。

——あのギザ耳の男のように……。

なぜすぐに時代に適応できないのだろうか。生来の慎重な性格のせいなのだろうか。今の自分の精神状態が、新しく生まれ変わる前の、新しい自分を作る前の苦しみであればいいのだが。

周囲が騒がしい。一体どこまで歩いて来てしまったのだろうか。いつの間にか北千住の駅を通り抜けてしまったようだ。

とみゑが商売を始めた場所は、幸いにも空襲の被害が少なかった。しかしこの辺りはかなり焼かれてしまったようだ。小さな工場が密集していたのだろうか。

人が群がっている。闇市だ。

――人間、何をさておいても食欲を充たさねばならないのだ。

俊雄は闇市の活気の中に身を置いてみようと思った。今の自分の中に失われたものは生きる気力だ。あの老婆や東京帝国大学出身の仲間が敵機に殺された時、あれほど激しく生きることを誓ったにも拘わらず、生き残ってみれば、皮肉にも生きる意味を失い、同時に気力まで失うことになるとは想像もしなかった。

贅沢は敵だ、欲しがりません勝つまでは……。国は人々の欲望を抑圧し、コントロールしてきた。その箍《たが》が外れてしまった。人々は自分の欲望を自由に解放するようになった。

人がひしめいている。俊雄と同じような兵隊服の男たちも多い。

湯気と匂いに誘われて店を覗《のぞ》く。店と言っても板で囲い、自分の場所を決め、頭上にテント布を張っただけの簡易なものが多い。

温かい米の握り飯がある。一個一〇円。焼きたてのコッペパンは一個五円。ふかしたサツマイモが美味しそうな匂いを発散している。五切れ五円。

急激な物価高騰《こうとう》で、この値段が高いのか安いのか分からない。暴利をむさぼっているのかどうかも不明だ。周囲の店との競争で価格は絶えず変動する。

うどんが熱々の湯気を立てている。

「肉入りだよ、肉入りうどんだよ」女店主が声を上げ、客を引く。

「犬の肉じゃねえだろうな」兵隊服の男が茶化す。

「何を言うんだね。兵隊さん、犬の肉なんか使わないさ。本物の牛肉だよ。ほっぺたが落ちるぞ」

「おばちゃん、お前、昨日、犬を探していたじゃないか」

隣でもつ煮を売っている男が言う。男の前にある大きな鍋では豚や牛の内臓が煮えている。味噌を溶いた濃い茶色のスープがぐつぐつと沸騰している。

「どんな肉でもいい。腹の皮が背中にくっつきそうなくらい腹ペコだ。うどんをもらおうか」

兵隊が財布から金を取り出し、女店主に渡す。

雑炊《ぞうすい》やおでん、酒、焼酎、ビールもある。酔っぱらって喧嘩をしている者も多い。

――一体どこにこんなにも物資があったのだろうか。

驚くとともに興奮が押し寄せる。

俊雄は、押し合い圧《へ》し合いする人の波に流されるように歩いて行く。

鍋、釜、茶碗などの台所用品が並んでいる。

「この鍋、穴が開いてるぞ」

客が鍋の底を叩く。

「見通しがいいだろう」

店主は相手にしない。

片方だけの靴、親指のところに穴が開いた地下足袋……。軍用ヘルメット、飯《はん》盒《ごう》、ゲートルなど兵隊が売ったと思われる物もある。なんと位牌《いはい》まであるではないか。

「お兄さん、柿はどうかね。三個一〇円だよ」

老女の店主が俊雄に声をかける。

──柿が出回っているのか。

俊雄は、その鮮やかな色に秋の季節を感じた。

この柿も全て、田舎の農家からの闇の買い出しで調達されている。

柿を売っているのが、この店の店主とは限らない。ヤクザなどが取り仕切り、買い出し人を使い、仕入れさせ、配下の者たちにこうして販売させているのかもしれないのだ。

柿三個一〇円が適正価格かどうかも分からない。なにせ米の公定価格は一升が五〇銭程度だ。しかしそんな価格で売る者はいない。米は、農家で仕入れ闇市で売ると五〇倍から、時には八〇倍、九〇倍にも跳ね上がる。こんな価格でも家の主婦は競って闇商人から買う。野菜も肉も同じだ。不正と知りながら、闇で出回る米や野菜を食べないと飢え死にしてしまう。俊雄がこうして生きているのも闇米や近所の人たちが届けてくれる野菜や肉のお蔭だ。

商品の価格はあって無いようなものだが、とみゑは絶対に必要以上の利益は上げない商売をしている。仕入れ値を公開してもいいと言うくらい仕入れ値に適正、正直な利益を付加して販売している。さらにこの闇市に出ているような粗悪品ではない。いい物を安く売り、利益は客に取ってもらう。商売人はその分、倹約すればいいという考えだ。

また貧しくてお金が無い人には、「お金ができたら払ってね」とメリヤスの肌着を渡している。弱い人、苦労している人を見ると、助けずにいられない性格だ。だから信用があり、客ばかりではなく町の人たちにも愛されている。

俊雄は無性に柿を頬張りたくなり、ポケットを探った。コインを摑み、手を広げると、五円しかない。

「五円しかない。これで二個くれないか」

俊雄は老女の店主に掛け合う。

「一個だけならいいよ」

老女の店主は迷惑そうな顔で無慈悲なことを言う。

「そんなことを言わずに頼むよ。季節を感じたいんだ」

俊雄は頼む。

「僕が五円出しますから、三個売ってください」

隣から声がかかった。俊雄が振り向くと、学生服を着た男が、五円を差し出している。

色白でふっくらとし、切れ長の目の上品な顔立ちの若者だ。

俊雄と同じくらいの年齢か、もしくは少し若いくらいではないだろうか。

ふと、誰かに似ていると思った。

「あっ」

俊雄は声に出した。訓練中に敵機に撃たれて亡くなった東大の哲学科出身の男だ。

「すみません。驚かせましたね」

「いえ、何も。学生服が珍しくて」

「ああ、これですか？」若者は自分の服装を見て言った。「東京帝国大学に通っているんですよ」

やはり東大生だった。亡くなった兵と同じ雰囲気を醸《かも》し出していたために、似ていると錯覚したのだ。

「東大ですか。なぜ闇市に？」

「父の命令できたのです。闇市を視察して来いと言われたものですから」

若者はなんのてらいもなく言う。

「お父様の命令ですか？」

俊雄にとっては意表を突く答えだったので、若者に興味を持った。

「はい、父は政治家です。それで国民の生活状態に関心があるのでしょう」

若者は笑みを浮かべた。

「早くお金を渡しとくれよ。二人合わせて、一〇円。喧嘩しないように四個やるよ。ほら」

老女の店主は、俊雄と若者に柿を二個ずつ手渡した。

「ありがとう」

俊雄は礼を言い、柿を受け取った。

若者は、一個の柿を上着の袖で拭うと、いきなり齧《かじ》りついた。果汁が飛び、若者の口元を濡らした。

「甘いですね。季節を感じます」若者は楽しそうに話す。「あなたはこんな雑踏の中で季節を感じたいとおっしゃっていましたね。その言葉が耳に入った時、変わったことを言う面白い方だなぁと思いました。人が餓死《がし》したり、食べ物を奪い合って殺し合いをしたりする時に、季節……。お蔭でとてもほっとした気持ちになりました」

「はあ、そうですかね。いつでも季節は廻りますから」

俊雄は、若者の潑剌《はつらつ》とした言い方に圧され気味に答えた。

「日本はどうなると思いますか」

若者は、また柿を齧った。

「私には分かりません」

俊雄は答えた。

「こんな闇市はすぐに無くなります。日本人は必ず慎み深き文化を取り戻します。それを私は手助けします」

若者は、いささか思い上がった風に言った。

俊雄は、若者の言うことに納得が行かなかった。餓鬼道《がきどう》に落ちたような人々が、文化など求める時代が早晩やってくるとは思えない。

「日本は、戦争に負けましたが、魂までアメリカに蹂躙《じゆうりん》されたわけではありません。闇市を視察に来てよかったと思います。この人たちの欲望、エネルギーを正しい方向に導く手段を考えます。これで失礼します。お蔭で美味しい柿を味わうことができました。あなたもこの国のために動かれるべきでしょう。それが生き残った者の責任です。死んだ人たちに申し訳ないですからね」

その時、若者の顔と、海を自分の血で真っ赤に染めながら亡くなった東大出身の男の顔が重なって見えた。

俊雄は、若者の言葉に立っていられないほどの衝撃を受けた。

「生き残った者の責任……。責任を果たさねばならないのか」

雑踏の中で、若者の姿を探したが、もうどこにも見えなかった。俊雄の両手には、鮮やかに色づいた二個の柿が握られていた。

＊　＊　＊

俊雄は財閥系鉱山会社に復職した。はっきり言ってまだ何をしたいか見えてはいない。

ただ、動かないといけないと思ったからだ。生き残った者の責任を果たすとはどういうことなのか、どうするべきなのか、をずっと考えていた。

復職をすると言うと、母とみゑは「赴任地の秋田はもうすぐ寒くなるから」と綿がたくさん入った布団を持たせてくれた。

自分たちは、綿がほとんどない薄い布団で寝ているにも拘わらず、厚い布団を持たせてくれた。俊雄は、とみゑへの感謝で胸が熱くなった。

どうやったら親孝行ができるか、どうやったら生き残った者としての責任が果たせるか、俊雄は秋田で考えてみようと思っていた。

俊雄の勤務先の鉱山は、秋田県の八幡平《はちまんたい》方面にある深山にあった。ここは時間が止まっていた。

戦争で東京が空襲を受け、多くの人が亡くなったことも、ましてや秋田県の海側の町には終戦直前の八月一四日から終戦当日の八月一五日にかけ大規模な空襲があったことも、どこか遠い国の話のようだった。

「藤田君、この取引先宛に催促の手紙を書いてください」

総務課長は、眠ったような声で指示をし、取引先名を書いた書類を渡す。

俊雄は憂鬱《ゆううつ》になる。あまり字が上手くないのと、会社は旧態依然とした「候《そうろう》文《ぶん》」で手紙を書き、仕事を記録しているからだ。

「先達《せんだつ》て御買い取り被下候《くだされそうろう》、物品の代金……」

途中まで書いたが、訳が分からなくなり頭が痛くなる。こんなことをするために生き残ったのだろうかなどと余計なことに気が回ってしまう。

「ちょっと食堂に行ってきます」

俊雄は立ち上がった。

「食堂？　お昼じゃありませんよ」

総務課長が、黒縁眼鏡《くろぶちめがね》を右手の指先で持ち上げる。不満そうだ。

「昼ご飯を食べるんじゃありません。行ってきます」

俊雄は総務課長を無視するように部屋を出た。

食堂に行き、お茶でも飲んで気持ちを整えなければ、「候文」など書けやしない。

食堂に行く途中に図書室があった。あまり本を読まない俊雄は利用したことが無い。

しかしこの日ばかりはなんだかむしゃくしゃしていたため、ふらりと中に入った。

図書室は、いくつかの棚が並び、その棚に本が隙間なく並んでいた。

見るともなく俊雄は棚を見て歩く。下宿ではすることがない。友達もいるわけではない。酒を飲んだり、歌を歌ったりして皆と騒ぐことは好きではない。

——本でも読むか……。

しかしどんな本を読めばいいのか、それさえ意識できない。

自分は、いったいなんのために生き残ったのか。自分が死なないで、なぜあの東大出身の男が死に、あの老婆が死んだのだろうか。死の機会というべきか、その指先は平等に自分にも触れようと伸びていたに違いない。それなのにその指先は、自分には触れなかった。それはなぜなのか。

俺は二回も生き残った。運がいいのだ。ギザ耳の男の言葉が蘇る。なぜ運がいいと断言できるのか。生かされたことに意味が無ければ、運がいいとは言えないだろう。単に生きるという苦しみが長引くだけでは無意味だ。

あの闇市で会った東大生は、生き残った者の責任と言った。自分にはどんな責任があるのか。どんな責任を果たさねばならないのか。

何も分からない。何も見えない。こんなに苦しむならいっそのことあの時、敵機に撃たれて死んでいればよかった……。

本の背表紙の題名を読んでいる目が急に止まった。何かが見えたのだ。背表紙の文字が目から脳に素早く到達し、そこで激しくスパークしたような感覚だ。

『一商人として』

俊雄の手が本に伸びる。手に取ってみる。

大きな本ではない。文庫本サイズより縦横とも一回り大きいが、俊雄の手の上にすっぽりと収まる感じが小気味よい。

大きくて横柄な感じではない。持ち歩いてどこででも読んで欲しいという著者の心遣いが滲み出ている。

「『一商人として』……か。相馬愛蔵《そうまあいぞう》」

もう一度、題名を読み返し、口に出してみる。

著者の相馬愛蔵の名前は聞いたことがある。新宿《しんじゅく》で中村屋というお菓子やカリーライスを提供する店を経営している人物だ。

さらに言えば、戦前、ビハリ・ボースというインド独立運動の志士を匿《かくま》ったことでも有名だ。

「孔子《こうし》は『三十にして立つ』と言われたが、私は三十二歳で初めて商売の道に入った……」

俊雄は書き出しを声に出して読んだ。

あの隆盛の中村屋の創業者は三二歳で初めて商人になったのか。そう思うと、理由なく感動を覚えた。商家に生まれ、当然にして商人になったのではない。自分の意志で商人になったのだ。

――その理由はいったい……。

俊雄はページを繰る。

「私が三十二歳にもなって商売を志したのは、自分が生まれつき勤め嫌いで、あくまで独立独歩、自由の境涯を求めたことに原因……」

俊雄は理由は分からないが、心が軽くなっていくのを実感していた。目の前を覆っていた霞《かすみ》か靄《もや》が徐々に消えていく気がするのだ。まだ形にはならないが、ぼんやりと太陽が形になり、世界を照らし始める。

「独立独歩か……。商人は独立独歩なのだ」

相馬愛蔵が勤め嫌いと語っているところにも共感を覚えた。

俊雄も同じだったからだ。戦前・戦中は二〇歳になれば死ぬものと思っていた。それは軍隊が決めたものだ。軍隊でも自分の運命を自分で決められなかった。上官の指示通り動き、そして敵に体当たりする。

そして復員し、元の職場に復職しても上司の言いなりだ。好きでもない「候文」に苦労している。

学校での軍事教練、軍隊、会社等々。今まで自分の前に現れたステージはどれもこれも自分で自分の運命を決められなかった。他人の考えに左右されるばかりだった。

母とみゑを思い浮かべた。

「母さんは独立独歩だ」

とみゑは商家に生まれたが、苛酷《かこく》な運命に翻弄《ほんろう》されている。今も苦労が続いている。もしそんな危難が襲ってこなければ、商家のお嬢様としてサラリーマンと結婚して平穏な人生を営んでいたかもしれない。

しかしそれは許されなかった。とみゑは多くの危難に遭遇するうちに、他人や他者に自分の運命を決められるのが嫌になったのだろう。

自分で自分の運命を切り開きたい。それには商人になるしかない。商人であれば自分で自分の運命を決められる。

異父兄の貞夫のことを考えた。貞夫はとみゑと藤田進との間に生まれた。

実父進が早死にしなければ、大学に進学し、進と同様に新聞記者になっていたかもしれない。

しかしそれは叶わなかった。進が亡くなったため、勉強好きにも拘わらず尋常小学校で勉学を終え、とみゑの店を手伝ったり、武秀に預けられたりと働き続け、商人として独立する道を選んだ。その理由は、やはり他人に運命を決められたくないからだろう。

「相馬さんは、奥さんが病気になられたため、信州から転地療養のために東京で商売を始められたのか……」

相馬が書く、その部分を俊雄は声に出して読む。

「東京に着くと妻は活気をとり戻し、病気も拭《ぬぐ》われたように癒えた。この上京を機会として我々は東京永住の覚悟を定め、郷里の仕送りを仰がずに最初から独立独歩、全く新たに生活を築くことを誓い、勤め嫌いな私であるから、では商売をしようということになったのである……」

信州の山々に囲まれた生活が合わず、体調を悪化させていく相馬の妻に俊雄は自分自身を重ねた。

このまま秋田の深山の中で「候文」に苦労しながら、心身を朽《く》ち果てさせていいのだろうか。

総務課長の眠ったような声で指示される仕事をこなすだけの人生で時間を消費するために生き残ったのか。そうではないだろう。俊雄は、相馬の本を両手に載せたまま自問自答を繰り返す。

「独立独歩……」

自分で自分の運命を切り開くという「独立独歩」という言葉の甘美な響きに酔いしれる。

相馬はなにも商人に向いているから商人になったわけではない。むしろ早稲田《わせだ》大学を卒業し、養蚕《ようさん》業の研究者として書物も出版するほどの学究肌の人物である。

腰を曲げ、揉み手すり手をし、客に媚《こ》びるのが商人のイメージであるとすれば、全くそうではない。きっと理論から物事を探究し、納得しなければ動かないタイプだろう。俊雄は自分を相馬に重ねていた。自分も商人には向かないタイプの人間だと思っているからだ。他人に媚びを売り、口先を滑らかに動かすのは得意ではなく、嫌いだ。納得しなければ動こうとしないため、軍事教練でも軍隊でも上手く立ち回ることができなかった。そんな自分でも相馬のように商人になれば、「独立独歩」で自由に振る舞うことができるのだ。

俊雄は、空を飛びたくなった。蟬《せみ》が何年も地中で過ごし、太陽の熱に促されて地上に出て、木に登り、翅《はね》を形づくり、青空に飛び立つ。俊雄は蟬になった気分だ。たとえ数日の命でもいい。せっかく生き残ったのだ。太陽が燦々《さんさん》と照り輝く世界を思いっきり飛び回りたい。

俊雄は『一商人として』を借り受け、図書室を出た。

俊雄は仕事を終えると、下宿に飛んで帰った。

夕食も食べずにとみゑが持たせてくれた布団で体を包み、電気スタンドの明かりでむさぼるように相馬の本を読む。

「私はまだ素人《しろうと》だ」「中村屋の商売は人真似ではない。自己の独創をもって歩いて来ている」

相馬の言葉が、ものすごい勢いで体に入って来る。砂漠に水が沁み込むようにという喩《たと》えがあるが、その喩えを初めて実感していた。

相馬は、本郷《ほんごう》の東大の前にあった中村屋というパン屋を購入する。流行《はや》っていた店なのに上手《うま》く行かなくなっていたのだ。

なぜ上手く行かなくなったのかを分析し、五つの誓いを立てる。

「営業が相当目鼻のつくまで衣服は新調せぬこと」

「食事は主人も店員女中たちも同じものを摂ること」

「将来どのようなことがあっても、米相場や株には手を出さぬこと」

「原料の仕入れは現金取引のこと」

「右のように言い合わせ、さらに自分たちは全くの素人であるから、少なくとも最初の間は修業期間とせねばなるまい。その見習い中に親子三人が店の売上げで生活するようでは商売を危うくするものであるから、最初の三年間は親子三人の生活費を月五十円と定めて、これを別途収入に仰ぐこと。その方法としては、郷里における養蚕を継続し、その収益から支出すること」

相馬は、この五か条を中村屋の盟とし、「なにぶん素人の足弱であるから慎重の上にも慎重を期して」と言う。

販売先に賄賂《わいろ》というコミッションは払わない。正直な商売をし、薄利多売主義で行くが、正当な利益は受け取る。経費以下の利益で商売をするのは「不都合な商人」である。商店は一家である。無理な金を使って仕事をすることは固く戒めなければならない……。

ページを繰るたびに、とみゑや貞夫の顔が浮かぶ。相馬の言葉ととみゑや貞夫の言動が完全に重なり合う。二人は店員を家族と思い、慈しみ、大切にし、正直、倹約、勤勉、借金嫌いに徹する。慎重の上にも慎重に事を運び、どんな困難にも自分の力で立ち向かう。

――他人におもねらず、独立独歩の自由こそ商人の本質……。

「商人になろう」

俊雄は布団を撥《は》ね上げた。体が火照《ほて》る。体内から力が湧いてくる。目が潤んできた。涙だ。涙で滲む先に何かが見えてきた気がする。しかしまだ形にならない。

今からでも遅くない。とにかくとみゑと貞夫に頭を下げてでも商人として修業をさせてもらおう。不器用な自分が生き残った意味を探り、理解し、その責任を果たすには商人になるしかない。安定した勤め人の生活を捨てることをとみゑや貞夫は反対するだろう、しかし説得しようではないか。

俊雄は、相馬の本を抱きしめて、部屋の窓を勢いよく開けた。冷たい風が吹き込んでくる。火照った体には心地よい。

外は暗闇だ。夜明けはまだ先だ。しかし明けない夜は無い。やがてこの暗闇も光に満たされるだろう。

「東京に戻る」

俊雄は強く言いきった。

第三章　商人修業

一

「なんだ坂、こんな坂、なんだ坂、こんな坂……」

童謡の「汽車ぽっぽ」の一節を歌うのだが、呻《うめ》き声にしか聞こえない。

俊雄は自転車のペダルを踏む。油の切れた自転車の車軸がギィギィと苦し気に悲鳴を上げる。

車輪にゴムタイヤがついてはいるものの、空気が抜けており全く弾力が無い。ひと漕ぎするたびに固いサドルが尻を打つ。

息が上がる。それでも漕ぐ。荷台には背後が見えないほど、大きな袋に詰められた足袋が積まれている。板を荷台の横に渡して、その上に載せられ、ロープで縛りつけられている。

俊雄が見上げるほどだから荷台から高さ一メートル半以上はあるだろう。

たとえ一足、一足は小さく軽い足袋でもこれだけ大量に集まれば、とにかく重い。一〇〇キロ以上はある。

米俵一俵が六〇キロだ。これを五つも背負って歩く年配の女担ぎ屋を浅草の闇市で見て、腰を抜かしそうになるほど驚いた。

兄の貞夫が、「あれにはコツがあるんだ」と教えてくれたが、それにしても生きるためとはいえ、頭が下がる。

「お前もあれくらいの荷は担げないと、商売はやっていけないぞ」

「分かりました」

俊雄は素直に答える。

軍隊では三〇キロにもなる装備品を背負っての長距離行軍に加えて、六〇キロにもなる砂袋を抱えて走る訓練を頻繁にやらされた。これはもはや拷問《ごうもん》と言えるもので思い出しても辛く、今も体の節々に痛みの記憶が残っている。

砂袋を抱えて走る。息が切れて休んだり、砂袋を落としたりすれば、たちまち往復ビンタが飛んで来る。

砂袋は、芯というものが無くぐにゃりと変形するため、半端《はんぱ》ない重量が肩や腕にかかってくる。

最悪の地獄と言えるのは雨の日だ。水分を吸収してさらに重量を増した砂袋に体はつんのめりそうになる。足下はぬかるんでいる。一歩、足を出すたびによろよろとよろけてしまう。歩き始めた直後のアヒルの雛《ひな》のように、体を左右に揺らしながら辛うじてバランスを取る。

その姿が面白いのか、上官がわざと俊雄を背後から押す。堪《こら》えきれずつんのめって倒れると、「何をやっているんだ」と怒鳴るや否や、顔に泥をこすりつけた。鼻や口に泥が入り、息ができなくなる。

俊雄は、もうこのまま死んでしまいたいと絶望的な気持ちになる。

しかしこんな理不尽な軍隊で命を落としては、母とみゑに申し訳が立たない。歯を食いしばって立ち上がり、再び砂袋を抱えて前進する。

——あの辛い訓練を思い出せば、なんとか頑張れるだろう。

「くそぅ」

呻きながらペダルをぐいっと踏みこむ。その都度、袋詰めの足袋が揺れる。あまりの重さに俊雄の体まで揺れる。

貞夫の方針は、「仕入れと勘定は他人に任すな」だった。俊雄は、仕入れ担当となった。毎日、あちこちの問屋や生産者に電話をかけたり直接回ったりして、商品があるかどうか、売ってくれるかどうかを聞いた。

商品さえあれば、飛ぶように売れる時代だ。競争相手のどこよりも先に商品を確保しなければならない。値段を吊り上げてくるところもある。正直に対応してくれるところもある。千差万別だが、長い付き合いができる取引先かどうかを見分ける訓練になった。

商品は全て現金仕入れだ。資金のない洋秀堂は、前日に売れたお金を持って仕入れに行く、「一日一回転」商売だ。

電話をかけていて嬉しいのは、貞夫の商売が正直で、信用があることだ。洋秀堂さんなら、貞夫さんの店ならと好意的に商品を回してくれる問屋や生産者が多い。

今回は、貞夫に紹介された浅草橋の問屋で足袋を仕入れ、北千住の店にまで運ぶのだが、浅草から北千住まで直線距離で約五キロもある。

しかしこの距離はあくまで直線距離だ。貞夫が指示したルートは右や左に折れ曲がり、走行距離は伸び、一〇キロ以上はあるのではないだろうか。このルートには交番が無く、警察官の目が届かない。

「三ノ輪《みのわ》までは警察の目が厳しいから気をつけろ。この道は交番が無いからっていっても気を抜くんじゃない。もし捕まったら荷物を没収されるだけじゃない。留置場に二、三日は泊められるのを覚悟しなくてはならない。その時は、できるだけ早く出してやるようにするが、そう簡単じゃない。警察官の中には悪い奴もいて、荷物のいくらかを渡せば、見逃してくれることもある。しかしそれは洋秀堂の主義に反するからやってはいけない」

貞夫は、諄々《じゅんじゅん》と諭すように言う。

足袋は統制品だ。貞夫は商店街の人たちや地元有力者の好意で配給切符を多めに支給されていたため、法律違反の仕入れは極力避けていた。

しかし正規ルートだけでは客の要望に応えられるだけの品物を調達できない。やむを得ず生産者や問屋を訪ね歩き、闇商品を仕入れることになる。

客に喜んでもらいたいという気持ちからだが、警察官に言い訳はきかない。統制品の大量仕入れは、警察官に見つかると物価統制令違反の容疑で品物を没収されてしまう。運が悪ければ、逮捕され、数日、留置場の臭い飯を食うことになる。

貞夫は、闇で仕入れた商品には警察官が見回りに来た際、白い布をかけて隠していた。

狭い店で白い布などがかけてあれば、闇商品であることは警察官の目にも明らかなのだが、「世の中には建前と本音があるんだ」と貞夫は言った。

一応、目に触れないようにしてあれば、警察官はそのまま立ち去ってくれる。わざわざ白い布を剝《は》ぎ取って「こらっ」という態度は見せない。そこは阿吽《あうん》の呼吸なのである。

それにしても物価統制令や闇米を規制する食糧管理法という法律は悪法だ、と俊雄は思っていた。

戦後のインフレを抑えるために制定されたのだが、庶民の衣食の生活を非常に苦しめている。闇米を食べないと生きて行けないのが現実だ。

庶民は生活防衛のため、闇市を作り、闇で食料や物資の独自の流通網を作った。闇市というから犯罪の匂いがするが、政府の統制から外れた、庶民の、庶民による、庶民のための自由市場だと考えればいい。

――いったいどこから、これだけ大量の物資が出て来るのか。

俊雄は仕入れ先の問屋に来るたびに、驚きを覚える。

問屋の主人は、貞夫が母の弟緑川武秀からのれん分けをしてもらい、独立した際に世話になった人物だ。

「あるところにはあるんだよ、俊雄さん。市場ってものは自由じゃないといけない。お上《かみ》が統制しようとしたら勢いはなくなるが、統制を止めたら皆、元気になる。これが経済というもんだな。経済は人間の欲ででき合っているものなんだよ」

豪快に笑う。

主人は、学校で勉強をしたわけではないが、経済の本質をついている。

俊雄は、ようやく千住大橋の坂に辿り着いた。ここを上り切れば北千住に向かって下り坂を一気に駆け降りることができる。それにしても坂はまるで壁のように立ちはだかっている。

ペダルを踏む力を少しでも緩めようものなら、荷物の重さで、前輪が跳ね上がり、転倒してしまう。俊雄は、尻を上げ、立ち漕ぎの形で前のめりになる。手がかじかむほどの冷たい風が吹いて来る。しかし額からは汗が吹き出す。

「なんだ坂、こんな坂……」

ペダルを踏む。その時、相馬愛蔵の『一商人として』から受けた感動が蘇ってきた。

相馬は、日露戦争当時、有力政治家から軍用ビスケットを作れと言われる。戦地に送る食品としてのビスケットだ。多くのパン屋が製造に参加し、大儲けをしていた。

「いや私はまだ素人です。軍用ビスケットの製造は私には大仕事過ぎます」

相馬は断固としてこれを謝絶する。再三、勧められてもやらない。

――相馬は、臆病の誹《そし》りを受けたことだろう。おい、俊雄、お前ならどうする？

軍用ビスケットを作って目の前の大儲けに手を出すか？

相馬の判断の正しさがほどなくして判明する。あまりにも需要が大きく、原料、資材コストが急騰した。しかし相手は軍だ。勝手に値上げするわけにはいかない。コストを吸収できず、損失が出る。作れば作るほど赤字になったのだ。その結果、工場を拡張したパン屋などが次々と破産した。

——相馬は、誘われながらこれを免れたのはなんという幸運であったかと書いているが、幸運でもなんでもない。自分の責任で運命を決めたのだ。あの時、自分の生きる道が見えた気がした。他人におもねらず、独立独歩の自由こそ商人の本質……。

戦前、俊雄たちは、自分の運命を自分で決めることができなかった。それは国家の手に握られていたからだ。

戦争が終わり、ようやくそれを自分の手に取り戻すことができた。しかしそう思ったのはつかの間のことだった。

俊雄は会社員となった。それは自分の運命を会社に握られていることだ。これでは国家に握られていた戦前と同じではないか。

上司におもねり、気を使い、運命を握られる会社員生活。それは軍隊が会社に変わっただけのことだ。

俊雄は、不自由で窮屈な人生を断固として拒否し、自分の運命は自分で決めたいと痛切に願った。

俊雄は矢も楯もたまらず会社に辞表を提出してしまった。

「藤田君、いったい……」

上司は俊雄を見て、その後に続く言葉を失った。いつもは目立たぬ、大人しい俊雄が、怒ったような真剣な顔で辞表と書いた封書を机の上に置いたのだ。

「辞めます」

「辞めてどうするの？」

「商人になります」

「商人？　なんだね、それは？」

意味が分からないといった困惑した表情をする。

「商人です。商売をするんです。商売です。商人になりたいのです」

俊雄は強い口調で言い、自然と体が前のめりになっていく。

「まあ、どうしても辞めると言うなら無理に引き止めはしないが、我が社にいる方が安定しているよ。どんな商売をする気かしらないが、まだまだ世の中、不安定だ。何が起きるか分からない。君、食っていけないぞ。飢え死にしそうになって助けてくれと言っても、一旦、辞めると助けないぞ。それでもいいのか」

上司は、何かにとり憑《つ》かれたように話す俊雄を心配そうに見つめた。

「助けて欲しいなどと泣き言は言いません。もう決めました。すぐにでも東京に帰ります。お世話になりました」

俊雄は、上司に深々と一礼をした。

上司は、眉間に皺を寄せ、いかにも迷惑そうな表情で後任や引き継ぎのことなどを矢継ぎ早に口にしたが、俊雄の耳には全く入って来なかった。心は既に東京に飛んでいた。早くこの場を去って、母とみゑの下に行きたい。大きなダイナモが音を立てて動き出している。体の芯が熱くなってくる。こんな思いになるのは初めてのことだった。

「なんだ坂、こんな坂。もう少しで坂を上り切るぞ」

俊雄はペダルを思いっきり踏み込んだ。

二

「商人にならせてください」

俊雄は、忙しく働くとみゑに頭を下げた。貞夫は仕入れに行っているのだろうか、不在だ。

中華そば屋「さかえ屋」の軒先を借りた、たった二坪の店。雨露をしのぐことさえ十分にできない。そこに下着や足袋などが山積みになっている。

次々とやってくる客の応対に、とみゑは俊雄の顔さえまともに見る時間が無い。

「いらっしゃいませ」

とみゑが客に挨拶をする。

「そこの股引《ももひき》、頂戴な。二着ね」

客が山積みになった下着を指さす。

「はい。これですね」

「足袋を頂けますか？　おいくら？」

上品な奥様風の客。

「一足、二〇円です」

「あら、とてもリーズナブルね。他じゃもっと高いわよ」

アメリカ人と付き合いがあるのか、英語を使う。

「私の店では儲けはお客様のものですから」

とみゑがにこやかに応対して、品物を丁寧に包んで渡す。

「贔屓《ひいき》にさせてもらうわね」

客が包みを大事に抱えて帰っていく。

「よろしくお願いします」

とみゑが客の後ろ姿に頭を下げている。

「母さん、ここで働かせてください」

俊雄は、声を大きくする。

「俊雄、さっさとそこの下着を取ってお客様にお渡ししなさい」

とみゑが怒ったように言う。

「は、はい」俊雄は、真っ白な女性用の下着の山から、一組を取り出す。どの客がそれを買おうとしているのか分からない。

「兄さん、私、私だよ。あんたみたいな若い人に、そんなに大事に下着を抱えられたら恥ずかしいじゃないか」

太りじしの体形の中年女性が笑う。それに釣られて他の客までもが声に出して笑う。

「すみません」俊雄は顔を赤く染めた。

＊　＊　＊

「母さんが声をかけてくれた、あの時はなんだか嬉しかったな」

相馬愛蔵の『一商人として』に触発され、秋田の財閥系鉱山会社を退職し、商人になる決心をした。そして矢も楯もたまらず東京行きの列車に飛び乗った。体は芯から疲れ切っていたが、とみゑの言葉で、旅の疲れが一気に吹っ飛んだ気がしたことをよく覚えている。

思わず笑みがこぼれた、その時だ。急にペダルを踏んでいた足の力が抜けた。

チェーンが外れて、チェーンホイールが空回りしている。その瞬間、体が大きく揺れた。あっと声を上げる暇もなく、自転車は俊雄を乗せたまま横倒しになった。

「痛《いて》え」

地面で腰をしたたか打った。立ち上がって土ぼこりを払おうと手のひらを見ると、わずかに血が滲《にじ》んでいる。倒れた時、体を手で支えた際に、地面の細かな石で傷つけたのだろう。商品に血をつけるわけにはいかない。俊雄は、手のひらに口を近づけ、舌で血を舐《な》めとった。鉄臭い味が口中に広がった。

ロープが解けなかったため荷台の袋はそのままだ。足袋が外に出なかったのは幸運だった。

急いで自転車を起こそうとする。早くチェーンを元に戻さねばならない。汗だくになるところが荷物があまりに重いので自転車を起こすことができない。しかし一旦が、自転車は動かない。一旦、荷物を降ろして、自転車だけ起こそう。しかし一旦荷物を降ろすと、あまりに重くて荷台に載せることができないかもしれない。

「欲張って仕入れ過ぎたかな」

後悔しても始まらない。貞夫が待っている。というより客が待っている。

「どうしたんだね。手伝おうか」

自転車を眺めて思案していた俊雄の背後から声がかかった。振り返ると、「あっ」と思わず声を発した。

咄嗟《とっさ》に敬礼をしてしまった。警察官が自転車から降りようとしている。

俊雄の心臓が速く打ち始めた。闇商品であることが発覚したら、没収されてしまう。このルートは警察官がいないはずだろう。

参った、弱った、そんな気持ちが顔に表れそうになるのを必死で抑える。動揺してはいけない。

「チェーンが外れたのか？」

警察官は五〇代だろうか。戦前から警察官だったとしたら、厳しいかもしれない。統制品の足袋だと分かったら、没収されてしまうかもしれない。

「はい」

簡潔に答える。

「まずは荷物を降ろして、自転車を起こさにゃならん」

警察官は荷台のロープを自ら解こうとする。

「はっ、自分がやります」

慌てて俊雄は荷物に駆け寄る。

「荷物はなんだね」

警察官の質問に、正直に答えるべきか一瞬迷うが、「足袋です」と正直に答える。先ほどまで吹き出していた汗が完全に引き、代わりに冷や汗が流れる。没収されるのを覚悟した。貞夫の怒ったような悔しいような顔が浮かんでくる。

「足袋か……」

警察官が何か考えている様子だ。俊雄は、どうなってしまうのだろうかと気がかりで仕方がないが、とにかく荷物を縛っていたロープを解くことに集中する。

「手伝ってやる。荷物を荷台から降ろそうか」

警察官は穏やかに言う。いよいよ没収か。

「はい」

俊雄と警察官がそれぞれ荷物の両端を持ち、荷台から降ろす。ずしりと重みが腕にかかるが、それ以上に不安が襲ってきて、心が重くなる。

荷物が荷台から離れた。

俊雄は自転車を起こす。外れたチェーンを元に戻そうとする。

「待て待て、油まみれになる。商品が汚れてはかなわんだろう。わしがやってやる」

警察官は俊雄を退けると、ヨイショと言い、立膝になると、器用にチェーンをチェーンホイールに元通りにかけた。

「これでよしっ、と」

警察官は立ち上がると、ポケットからハンカチを取り出し、手についた油を拭った。白かったハンカチがたちまち黒く汚れた。

「すみません」

俊雄は頭を下げた。

「さあ、荷物を積み直すぞ」

警察官は足袋が詰まった袋の片方を持った。俊雄は、慌ててもう一方を持つ。掛け声を合わせて、袋を荷台に積む。再びロープをかけ、板を渡した荷台にしっかりと括り付ける。

「さあ、これで荷物は崩れないだろう」

警察官は笑みを浮かべた。

「ありがとうございました」

俊雄は再び頭を下げた。

「君は、洋秀堂の人だろう?」

警察官は俊雄を見て、言った。

「は、はい」

驚いて目を見張る。どうして知っているんだろうか。どこかで見ていたのだろうか。

「君の店は評判がいいなぁ。安くて、正直な商売をしている。暴利をむさぼる時代に感心なことだ」警察官は言い、「御禁制の品を扱って正直というのも変だがな」と笑った。

「お礼にというのも変ですが、足袋を受け取ってください」

俊雄は、足袋を詰めた袋の口を閉じた紐を解こうとした。

貞夫からは警察官に賄賂を渡してはいけないと禁じられていたが、感謝の気持ちが、その禁を破ろうとさせたのだ。

「いらん。わしはその中身が何かは知らん。知ってはいかんのだ。ただの大きな袋というだけだ。それにな、わしは警察官として君が困っているから手助けをしただけだ。それは当然の役目だよ。君は、その商品を客にできるだけ安く、正直な値段で売るのが役目だ。それぞれがそれぞれの役目を果たすことでこの世は動いている。分かったかな」警察官は自転車のサドルに跨《またが》った。

「とにかく正直、勤勉が第一だぞ。頑張れ」

警察官は、俊雄とは反対の方向に走り去った。

俊雄はその後ろ姿が見えなくなるまで頭を下げ続けていた。

「さあ、行くぞ」

俊雄は、慎重を期して、自転車を押して坂道を上ることにした。

貞夫に今日のことを報告したらどんな顔をするだろうか。

あの警察官は洋秀堂の商売を褒めていた。暴利をむさぼらず正直なところがいいと言っていた。これは貞夫の商売の方針だ。正しい商売をしていれば、警察官だって助けてくれるのだ。

——貞夫は、本当に、本当に、商売の師だ。

俊雄は、自転車を押して勢いよく坂道を駆け上がった。

三

「見えたぞ」

橋の頂上から北千住の町を眺める。冷たい風が吹き上げて来る。心地よさに体を委ねた。

汗を拭いながら、秋田から急に戻って来て商人になりたいと貞夫に申し出た時のことを思い出していた。

＊　＊　＊

　店が閉まった夜、自宅で俊雄は、とみゑと貞夫を前にしていた。

「本気で商人になるんだな」

　貞夫は、食い入るように俊雄を見つめた。

「はい。会社は辞めてきました」

　俊雄は貞夫を真っすぐに見つめた。

　貞夫は、以前、異父兄弟の名乗りを上げていない時は、俊雄のことを主人である野添勝一の子どもとして丁寧な言葉遣いをしていたが、今でははっきりと兄として振る舞ってくれる。それが俊雄には気持ちがいい。

「私たちと母さん、そして店員の保夫が食べて行くのが精いっぱいなんだ。俊雄が入ったら食べて行けないかもしれない。この先どうなるか分からないんだぞ」

「一生懸命に頑張ります」

　きっぱりと言い切る。

「軽々しく言うんじゃない。甘くはない。俊雄も知っての通り、うちは『二枚儲け』の薄商《うすあきな》いだ。客の信頼を得て、たくさん売らなければ店を大きくすることもできない。幸い、今は、品物を店頭に置けば、売れるような時代だ。今まで何も無かったからな。しかしそんな時代は長く続くはずがない。将来的にどうするか、私だって暗中模索なんだ」

貞夫の眉間《みけん》には深く皺が刻まれていた。

俊雄は、商人としてやっていくことができるかどうか分からない自分が、貞夫の負担になりたくはないと強く思った。

「私は、これから兄さんを主人とも、商売の師とも思い、従って行きます。よろしくお願いします」

俊雄は畳に頭がつくほど低頭した。

「私はね」とみゑが口を開いた。「俊雄が一緒に商売をやってくれるのはとても心強い。だけどね、貞夫と俊雄、兄弟で同じ商売をやるのはなかなか骨だよ。どこでももめごとが多くなる。案外、他人の方が言いたいことも言えるから上手く行く。だから言いたいことは一つだけ。今、俊雄が口にしたように貞夫が主人で、俊雄はあくまで社員だ。それも見習い社員だ。位置づけは、一号店員の保夫より下だ。いくら学校を出ていても、商売の道はまた違う。いいかい俊雄、貞夫の言うことが聞けるね」

「はい。母さん」

俊雄はきっぱりと返事をした。

「よし、決まった。今日から俊雄は洋秀堂の社員だ。骨身を惜しまず働くんだぞ。私も商人とはどんなものか教えてやるから」

貞夫は勢いよく言った。が、その直後「ごほっ、ごほっ」と大きな咳《せき》をした。

「大丈夫？　兄さん」

「大丈夫だ。糸くずが喉《のど》に入っていがらっぽいんだ。繊維製品を扱っているから仕方がない」

貞夫は言い、喉の奥に詰まっているものを吐き出そうとするような小さな咳をした。

「兄さんと協力して洋秀堂を立派な店にする」

俊雄は、勢い込んで言った。

「俊雄、立派な店とはどんな店だね。最大の店かい？　それとも最高の店かい？」

とみゑがなぞかけのような質問をする。

「最大で最高の店かな」

俊雄は深く考えずに答えた。

「ははは」とみゑは笑い、「そりゃあ、その通りだが、どちらを目指すかと言えば、洋秀堂は最高の店、お客様に信頼される店を目指しているからね。大きくなるより、中身だよ」と言った。

「あれを見てみろ」

　貞夫が指さす方向の壁に張り紙がある。

「質素な人生観プラス合理的経営イコール薄利多売主義」

　俊雄は声に出して読んだ。貞夫の人生観を一つの公式にまとめたものだ。

「あれが洋秀堂の経営方針だ。今の時代は、商品さえあれば大儲けができる。物不足をいいことに高値を付けている業者もいる。しかし私たちはそんなことは絶対にしない。正札販売で、一ダース売って二枚分の儲け。利益率にして一六・六％だ。利益率は低い。私たちの利益が低いというのは客が得をしているということだ。自らは質素倹約して、客に喜んでもらうことが商売を長続きさせる。これが私が修業した緑川の叔父さんの教えだ。叔父さんからは『お客様に親切に』『買わないお客様を粗末に扱うな』などと徹底的に教えられたんだ……」

　貞夫の真剣な言葉が一語一語、胸の奥まで届き、命を与えられ心を揺さぶられる。

「私、この本を読んで商人になりたいと思いました」

　俊雄は、相馬の『一商人として』を貞夫の前に置いた。

　退職記念になにかプレゼントしたいと上司が言った。俊雄は迷わずこの本を欲しいと答えた。上司は怪訝《けげん》な顔をしたが、喜んで渡してくれた。「いい商人になれよ」と一言添えて……。その時、初めて良い会社で勤務していたと実感が湧いて来た。

貞夫が本を手に取った。

「中村屋の社長の本か。この人は立派な人だ。政府やイギリスに抵抗してインド独立のボースって人を守ったんだ……」

「ここにも兄さんが言われたことと同じ意味のことが書いてあります」

「そうか」貞夫は俊雄に本を手渡し、「この本を大事にしたらいい。困った時に助けになる」と穏やかに笑った。

＊＊＊

「さあ行くか」

俊雄は自転車に跨《またが》った。ペダルを踏み込む。下り坂を走り下りたら、すぐに北千住だ。多くの客がこの足袋を待っている。そう思うと、俊雄の中から喜びが力となって湧き上がって来る気がする。自転車のスピードが上がる。

相馬の投機を戒める話を思い出した。

第一次世界大戦時、砂糖が暴騰した。一俵二二円の砂糖が三〇円、四〇円、ついには五五円にまでなった。中村屋と同じ製菓業者は大儲けした。砂糖を大量に仕入れて高値で売却する。多くの製菓業者は順調に収益を上げる。

一方、中村屋は高い砂糖を仕入れざるを得ず、収益は下がった。しかし相馬は一切、砂糖投機をせず、どんなに高くとも必要な量だけの砂糖を仕入れる。戦争が終わると砂糖は暴落した。その結果、多くの製菓業者が破産した。中村屋は損害が少なくて済んだ。相馬は言う。「およそ世の投機的商才とは全然相反する誠実と辛抱の結果として、きわめて自然に持ち来たらされたものであった」と。

俊雄は、順調にスピードが上がる時ほど慎重に対処すべきだと思い、自転車のブレーキを握った。

貞夫に警察官との出会いを話したら、どんなに喜ぶだろうか。それとも当然だという顔で正直こそ商人の道だと言うだろうか。

俊雄は貞夫の教えを学ぼうと改めて固く誓った。

四

――昭和二一年一一月三日午前一一時……。

俊雄は日本橋の問屋へ足袋の仕入れに来ていた。足袋は仕入れる都度、飛ぶように売れた。畳の上で履くものだが、中には地下足袋《じかたび》のように靴代わりにする人もいた。戦火で焼け出され、まともな住環境にない人たちにとって足を温める貴重なものが足袋となっていたのだ。

もうすぐ冬が本格化する。足袋の需要が盛り上がる季節だ。俊雄は、去年の同時期よりも多く仕入れるつもりでいた。

洋秀堂の売り上げは順調に伸びており、店を中華そば屋「さかえ屋」の軒先二坪から、商店街の通りを五〇メートルほど先の「朽木《くちき》」という荒物屋《あらものや》一〇坪へと居抜きで借りて移転した。

もっと売り上げを伸ばしたい。もっと店を広げたい。

それには仕入れが重要だ。俊雄は仕入れを貞夫から任されているが、腕の見せ所だと思っていた。

しかし当然ながら競合する買い手が多く、足袋の価格は高騰していく。それでも仕入れないと客が困る。俊雄は必死で問屋と交渉していた。

「おい、洋秀堂さん、なにか重要な放送があるらしいぞ」

問屋の主人が店先に置いたラジオのつまみを調整している。

「なんでしょうね」

俊雄も価格交渉の手を休めて、ラジオから流れる声に注意を傾けた。

ラジオから、独特の甲高《かんだか》い声が聞こえる。天皇の声だ。終戦の詔勅《しょうちょく》は、香川の軍隊で聞いたのだが、あの時は音声が掠《かす》れ、いったい何を話されているのか、判然としなかった。戦争を終えるのか、もっと戦えというのか、理解に苦しんだ記憶がある。

しかしその時に比べると、今回ははっきりと聞き取ることができる。

「本日、日本国憲法を公布せしめた。朕《ちん》は国民とともに全力をあげ、あいたずさえて、この憲法を正しく運用し、節度と責任とを重んじ、自由と平和とを愛する文化国家を建設するように努めたいと思う」

天皇が帝国議会貴族院議場で、大日本帝国憲法に代わる日本国憲法の公布を宣言したのだ。

「新しい憲法ができるんだ」

問屋の主人の声が興奮で上ずっている。

「そのようですね。なんだか嬉しいですね」

俊雄は言った。

「ありがたいじゃないかね。もう戦争は絶対にしないっていう憲法だっていうじゃないか。もうこりごりだ。戦争だけはなぁ」

空襲で妻と子どもを亡くした問屋の主人の目が潤んだ。

新しい憲法は、戦争放棄ばかりでなく天皇は国民統合の象徴であり、基本的人権の尊重などを謳《うた》う内容だと俊雄も聞いていた。

今までのように軍人が威張《いば》る国ではなく、俊雄たち一般の国民が主役であるというのだ。

旧軍人出身者などの中には、新しい憲法をアメリカが作って日本に押し付けたものだと批判する者もいた。しかし俊雄は一般国民の中から多数の新憲法草案が連合国軍最高司令官総司令部ＧＨＱに提出されたという話を耳にしていた。それらの草案がベースとなって新しい憲法が作られたのだ。

「ぜひとも軍人が勝手に戦争を起こさない国にしてもらいたいですね」

俊雄は問屋の主人に強く同意して答えた。

どんな国でもいい。戦争だけは起こさないでほしい。これが俊雄たち一般国民の素直な気持ちだった。

新憲法は来年、昭和二二年五月三日に施行されるという。

日本は戦争で大きな被害を受けた。

広島、長崎への原子爆弾投下だけではなく、アメリカ軍の空襲は全国一六三都市に及び、戦火を免れたのは金沢、倉敷、弘前など数えるほどだけだった。

約二二〇万戸の住居が焼失などの被害を受け、その他強制的に撤去された住居などを含めると、全国の住居の約二〇％、約三〇〇万戸が失われ、約九〇〇万人もの人々が着の身着のままで戸外に放りだされた。

そして経済も完全に破壊され、戦争で失われた国富は、換算比率にもよるが十数兆円にも及ぶ。実質国民総生産（ＧＮＰ）も戦前（昭和一一年頃）を一〇〇とすると、俊雄が暮らす昭和二一年は六二まで、約四〇％も落ち込んでいた。

一番の問題は食料不足による飢餓だった。米や麦など命を維持する食料も国民に十分に行き渡らなかった。

米の配給は国民一人につき一日二合一勺《しゃく》（二九七グラム）で茶碗四杯程度。それも米ばかりではなく、代用食としての芋、大豆、豆かすなどが三〇％も混ざっていた。カロリー計算すると、一〇〇〇～一三〇〇キロカロリーと言われ、命を維持するのに十分とは言えなかった。

政府はアメリカ政府に緊急食糧援助を頼むなど手段を尽くしていたが、国民の飢餓状況は解消されず、京浜地区では一日平均九人もの人が餓死する事態となった。

昭和二一年五月一九日には、宮城前広場で大規模な飯米獲得人民大会、通称食糧メーデーが決行され、「朕はタラフク食ってるぞ、ナンジ人民飢えて死ね」などという政府攻撃のプラカードを掲げた者など約二五万人もの人々が集まり、事態の過激化を恐れたGHQによって厳しく鎮圧された。

こうした不穏な国内情勢ではあったが、俊雄たち一般国民は前途に強い希望を抱いていた。

それは、国民がGHQの打ち出す民主化方針に期待を寄せていたからだ。

婦人参政権付与、労働者団結権確立、教育制度の自由主義化、専制政治廃止、経済民主化など、次々に打ち出される民主化政策はそれまで軍部という黒雲の下で息をひそめて生活していた国民に、青空の下で胸いっぱいに深呼吸をするような心地よさを味わわせていた。その集大成が新しい憲法公布だった。

「とにかくさ、良い戦争も悪い戦争もない。とにかく戦争さえなけりゃいい」

問屋の主人は、語気を強めて言い、

「今日は気分がいい。洋秀堂さん、ここにある足袋、あるだけ持っていけ」

と俊雄の肩を叩いた。

「ありがとうございます」

俊雄は交渉がまとまったことを喜んだ。

しかし喜んだ瞬間に冷静に、慎重になるのが俊雄の性格だった。

臆病と言われればそれまでだが、仕入れを貞夫に任されている以上、責任は重大である。いくら売れるからと言って、なんでもかんでも仕入れてきていいということはない。

問屋が強いという現状から、売れ残っても返品はできなかった。

それに加えて貞夫が返品を絶対に許さなかった。

返品は、商品を製造した人に対する冒瀆《ぼうとく》であると考えていたからだ。

確かにその通りで安易に返品すれば、小さな問屋なら経営が破綻してしまう。かといって返品しなければ洋秀堂の経営が悪化する。

どちらにしても仕入れは、問屋、小売り双方の真剣勝負と言えた。

「足袋ですが、色別に売ってくださいませんか」

俊雄はへりくだって言った。

問屋の主人は表情を曇らせ、機嫌を悪くしたように見える。

「色はセットになっているのが決まりだよ。白、黒、紺、海老茶《えびちゃ》、グリーン、グレーだ」

一ダースに六色の足袋が二足ずつ入っている。白だけ、黒だけという仕入れは許されていなかった。

「承知しているんですが、売れ筋があるんですよ。女物なら海老茶ですね。黒や紺はどうも売れ行きが芳しくない」

「この物不足の時代だよ。そんな贅沢を言うなんて、売り方が悪いんじゃないか」

問屋の主人の表情が険しくなる。

俊雄は、主人が嘘をついているのを知っていた。仕入れの極意として、俊雄はいつしか問屋の裏口から入り、店員たちと会話を交わすようにしていた。表から入り、主人と話すと、良いことしか言わない。しかし裏口から入り、親しくなった店員と話すと、本当の売れ筋の情報を教えてくれるのだ。

女性物は海老茶ならものすごい勢いで売れると俊雄が店員に話すと、店員もその通りだという。

しかし問屋も生産者から海老茶ばかり仕入れるわけにもいかない。また問屋自身の売れ残りをさばくためにも色をセットにして売っているわけだ。

「売るのは努力していますが、だんだん世の中が落ち着いてきますと、ご婦人には好みが出て来るんですよ」

「しかし、こっちにも都合がある。嫌なら売らないよ」

主人は、本格的に機嫌を悪くした。

これ以上は無理と判断して、俊雄は引き下がり、「次回以降、考えてください」と言って、主人に妥協し、交渉をまとめた。

——去年、よく売れたから今年も何とかなるだろう。

足袋を自転車に積み、北千住に向かった。

雨が降り始めた。急いで店に戻るためにペダルに力を込める。

店の近くまで来た際、正面の方角から貞夫が軍用コートに身を包み、腰をベルト代わりの荒縄で縛った姿で必死に自転車を漕いでくる。別の問屋から仕入れてきた荷物を荷台いっぱいに積んでいる。

「兄さん」

俊雄は声をかける。

貞夫が顔を上げる。笑みを浮かべている。

「仕入れ、上手く行ったか？」

「はい、これを見てください」

俊雄は自慢げに荷台の足袋の山を見せた。

「はやく店の中に仕舞え。雨に濡れたら大変だ」

貞夫は、俊雄に指示をする。

言われるまでもなく、店の前に自転車を止めると、俊雄は足袋を下ろした。

貞夫も自転車を止めたが、苦しそうに肩で息をしている。咳き込んでもいる。

「風邪を引いたかな」

貞夫の呟きを聞き、俊雄は「私がやりますから」と貞夫の自転車から荷物を下ろす。

最近、貞夫の咳がひどくなっている気がする。病院に行けばいいと思うのだが、仕事が忙しすぎて、なかなか思うに任せない。

俊雄は袋から足袋を出し、店に並べ始めた。店員の保夫も荷下ろしを手伝う。

とみゑが、手に箒《ほうき》と塵取りを持って近づいてきた。

掃除をしていたのだ。とみゑはとにかく熱心に掃除をする。洋秀堂の前だけではなく両隣、果てはその先まできれいに掃き清め、埃が立たないように水を撒く。掃いても掃いてもすぐに埃やゴミ、時には道路を馬車が通り、遠慮なくフンを落としていく。

それでもとみゑは文句を言うことなく掃除をする。

「お客様が気持ちよく買い物をしてくださるには、店をきれいにすることが第一。商人が店をきれいにする。そんな当たり前のことを当たり前に飽きずにやることが商売の基本だよ」

とみゑはそのことを口先だけではなく体で教えているのだ。

そのお蔭で客が途切れた時、保夫はすぐに掃除に取り掛かる。店員教育にもなっているのだ。

「たくさん仕入れたじゃないか。売り切らないとね」

とみゑが足袋の山を見て言う。

「はい、大奥さん、頑張ります」

保夫が明るく答える。

「売り切るように頑張るけどね。問屋がセットでしか売ってくれなかったんだ。婦人物の黒や紺は売れ残るかもしれないね。その際は仕方ないから兄さんの方針には反するけど、返品しようと思う」

俊雄が何気なく答えた。

その時、俊雄の頬に強烈な音と共に痛みが走った。何が起きたのかにわかには理解できず俊雄は頬を押さえて呆然《ぼうぜん》とした。

目の前に貞夫が尋常じゃない表情で立っている。湯気が出るほど怒っているという表現でも物足りない。俊雄の頬を貞夫が思い切り叩いたのだ。

保夫が驚き、足袋を店頭に並べる手を止めている。一方、とみゑは一向に気にした様子もなく掃除を再開した。

「お前、今、なんと言った。返品だと。そんなこと許さん。いまだに地主《じぬし》根性が無くならないのか。そんな安易な道を選ぶなら商売人になんかなろうと思うな」

貞夫の目が血走っている。

俊雄は何も言えず、頬を押さえたまま呆然と突っ立っている。

地主根性というのは、俊雄の父、勝一のことだろう。川越の地主として仕事をしないでも収入があったため、全く熱意をもって商売に取り組まなかった。

「どんなことがあっても売り切るんだ。洋秀堂は返品をしないから、問屋は信用して商品を売ってくれるのだ。何度でも言ってやる。返品はな、商品を粗末にするということだ。作ってくれた人、卸《おろ》してくれた人への感謝の気持ちがあれば、安易に返品などと口にできるもんじゃない。商品を粗末にするということは、人間を粗末にするということだ。人間を粗末にしたら、お前自身がダメになる。分かったか」

貞夫の言葉が俊雄の心を撃ち抜く。機関銃で撃たれるようだ。

安易な道を選ぶな。狭き門より入れ。広き門は滅びに通じる。俊雄は、動揺して頭にいろいろな言葉が浮かんでくる。

商人になりたいと、会社を辞めて貞夫の下に駆け込んだ。それから思いの外、順調に来ている。いつの間にか、自分の心から当初の緊張感が消え失せていたのだ。そこを貞夫は見逃さなかった。

――地主根性……。

俊雄にとってこれほどこたえる言葉はなかった。勝一のようにとみゑを苦しめる存在にだけはなりたくないと思っていたのだが、いつの間にか、自分の中の勝一が目覚めようとしていたのだ。

「分かりました。兄さん、必ず売り切ります。すみませんでした」

俊雄はようやく言葉に出した。

その年は、予想外の暖冬で足袋の売れ行きは芳《かんば》しくなかった。俊雄はなんとか売り切ろうと努力した。例えば、足袋を店頭に並べるのではなく、しつけ糸を足袋の小鉤《こはぜ》に結んで天井から吊るす工夫をした。客は、天井から下がっている大量の足袋を、店に入るなり、自分でしつけ糸を切って手に取っていった。店頭の足袋をあれこれとかき回して選ぶより、一目見て自分の好みの色を選ぶことができたのでこの販売方法は好評で、他店にも広がった。

それでも売れ残る。絶対に返品はできない。俊雄は、二重廻しと呼ばれる和装用外套《がいとう》で学帽を作ることを思い立つ。この外套も暖冬で売れ行きが芳しくなかったのだ。

一方、子どもたちが学帽を被って学校に行くのが一般的になり、統制品ではない学帽の販売が好調だったのだ。

俊雄は帽子製造業者に外套で学帽を作ることを依頼し、それと足袋をセットで販売した。

貞夫の叱責に応えるために、足袋販売には工夫の上に工夫を重ねたが、それでも売れ残った。

俊雄は、貞夫に頭を下げ、値引き販売を了承してもらい、ようやく売り切ったのだが、仕入れから完売まで一年も要してしまった。当然、儲けはなかった。地主根性、すなわち自分の中の勝一を否定できなかったからだ。

値引き販売をしてしまったことが悔しくて、身をよじる思いがした。

とみゑは、俊雄が足袋の在庫を売り切ろうと苦労しているのを見て、「俊雄、よくお聞き」と硬い表情で言った。

俊雄は姿勢を正してとみゑの言葉を待った。

「私はね、商売を始める時、三つの覚悟を決めたのだよ。それはね、お客様は来てくださらないもの、お取引先は売ってくださらないもの、銀行は貸してくださらないもの、の三つだよ」

「それが三つの覚悟……」

「お客様はどこで買おうと自由だろ？　取引先も銀行も同じだ。洋秀堂でなくちゃいけないっていう理由はない。この三つの覚悟のために何をしなくちゃいけないか、分かるかい？」

とみゑの問いかけに、俊雄は少し考える様子で、「信用を大事にすること……」と自信なげに答えた。

「その通りだよ」とみゑはようやく表情を緩めた。「どんなことがあっても信用だけは大事にしないといけない。人間として何が正しいかをいつも考えて、歯を食いしばって、誠実に、真面目に、真摯《しんし》に商売に打ち込むんだ。今回の仕入れの失敗はお前の良い勉強になったはずだ。返品せず、少なくとも仕入れ先の信用は守ったのだからね」

俊雄は、とみゑに褒められ、ようやく商人としての一歩を踏み出せた気がした。

客の好みの変化が分かっていたのに、なぜ売れ筋商品の仕入れにこだわらなかったのか。足袋だから売れるのではない。客が好む色など、単品の売れ筋を把握した仕入れをしなくてはいけないのだ。客の立場になって商売をしなければならないということを強く自覚した。

「母さん、売れるからといって傲慢《ごうまん》になっていた気がする。安易な道を選ばず、もっともっと苦労するよ」

俊雄は強く言った。

五

「いい土地が売り出されているんだ」

貞夫が、真剣な表情で夕食の席で言った。

とみゑも俊雄も箸を置いて貞夫を見入った。

「どこなの？」

とみゑが聞く。

「向かいの動物病院があった場所だよ。電器屋さんが持っているんだ。売りに出された。うちに買わないかって……」

貞夫が言葉を選んで言う。

「隣にひまわり洋品店があるよ」

動物病院が廃業になり、空き地になっているのは俊雄も知っていた。その隣には老舗のひまわり洋品店がある。洋秀堂のライバルだ。

「そんなこと分かっている。しかし買いたいんだ」

「広さと価格は、どうなの？」

とみゑがさらに聞く。

「約一五〇坪だよ。価格は五〇万円だ」

貞夫の視線が強くなった。俊雄は息を飲み、思わず「五〇万」と呻《うめ》いてしまった。

大学を出た銀行員の初任給が昭和二三年で四〇〇〇〜五〇〇〇円。五〇万円は一〇〇倍だ。

「高いなぁ。それに今が一〇坪だろう？　いきなり一五倍にするのか。大丈夫かな」

俊雄は弱気な口調で言った。

貞夫が怒ったような目で睨んだ。何を言うかという目だ。俊雄は、目を伏せた。

「どうしても買いたいのかい？」

とみゑが言った。

「買いたい。だけど迷っている。失敗は許されないし、何よりも今、五〇万円という金が無いから。母さんがダメだと言えば、諦める」

貞夫はとみゑに救いを求めるように見つめた。

とみゑは、じっと目を閉じた。

俊雄は、とみゑがどんな意見を言うか、固唾《かたず》をのんで待った。

とみゑは投資が大き過ぎる、身分不相応だという結論を出すのではないだろうか。

まだまだ世の中は不安定で、売り上げを伸ばしたくても統制が解除される気配すら無い。先行きの成長が見通せないからだ。

とみゑが目を見開いた。

「買いなさい」

とみゑが断固として言った。

「母さん、いいのかい」

貞夫の表情が晴れた。

反対に俊雄は、「大丈夫?」と表情を曇らせた。一瞬のうちに生来の慎重さが出てしまった。

「今、手元に二五万円があります。これを元手にして買いなさい。残りは弟に借りましょう」

弟というのは、貞夫に洋秀堂をのれん分けした緑川武秀のことだ。武秀は、数店舗の洋品店を構えている。姉であるとみゑの頼みなら、なんとか聞いてくれるという算段だ。

「でも失敗は許されない」

俊雄はまだ慎重さを隠さない。

「失敗はできないけど、貞夫と俊雄が力を合わせて頑張れば、失敗はしない。幸い洋秀堂の売り上げも順調に伸びています。誠実な商売を心がければ、きっと上手く行きます。勝負する時は、勝負しなさい」

とみゑは、何度も店を失っている。しかしそのたびに立ち直った。そんな不死鳥のようなとみゑの口から「勝負しなさい」と言われれば、貞夫は勿論《もちろん》のこと、慎重な俊雄でさえ奮い立ち、目の前が急に明るくなったような気持ちになった。

中村屋の主人、相馬が、新宿の土地を買う判断をする『一商人として』の場面を思い出した。

相馬が新宿の土地を買った明治四〇年代は、野便所があるようなすさんだ殺風景な場所だった。しかし「もうその土地には興隆の気運が眼に見えぬうちに萌《きざ》していた」と相馬は語っている。

発展する気運を感じ取って投資したのだ。だれもがこの気運を感じ取るようになれば、その時は遅い。チャンスを逃すことになる。リスクとチャンスは表裏一体だ。どちらの神様が微笑むかは、とみゑの言う通り如何《いか》に誠実な商売を営んでいるかに答えがある。

「明日、弟のところに一緒に行きましょう」

とみゑが決意を固めたように言った。

「ありがとう、母さん」

貞夫は喜びに相好を崩した。

俊雄は、その表情を見て、自分の慎重さを恥じ入ると同時に、とみゑの勇気に心が震えた。

翌朝、貞夫ととみゑは浅草の緑川の店へ出かけた。

貞夫は、嬉しさに心を浮き立たせて「いい知らせを待っていろよ」と俊雄に言い残した。

俊雄は、店番をしながら二人が帰って来るのを心待ちにした。

午後、二人が帰ってきた。貞夫は、朝とは打って変わってどす黒いほど顔色を悪くしている。とみゑも怒りが全身から発せられているような厳しい表情だ。

「どうでしたか」

俊雄は恐る恐る聞いた。

「くそっ」

貞夫は怒りをどこにぶつけていいか分からないのか、拳を握りしめた。

「上手く行かなかったの?」

俊雄は聞いた。

とみゑは何も言わない。

「上手く行かないも何も、緑川の叔父さんは、『何を考えているんだ。そんなに店を大きくしても潰すだけだ。調子に乗るのもいい加減にしろ』と散々にこき下ろしやがった。叔父さんは、俺に何か恨みでもあるのか。母さん」

貞夫はいつにない激しい調子で言い、とみゑに怒りの矛先《ほこさき》を向けた。

緑川は、貞夫の商売の師匠だ。しかし「店を譲る」と言いながら、貞夫が真面目に働いても一向に譲らず、統制経済になり利益を上げるのが難しくなってから、お為ごかしにのれん分けをした。

それも開店資金は全く援助しないという酷薄さだった。

「見込み違いだった。弟にあそこまで言われるとは……。申し訳ない」

とみゑが涙をこらえるように悔しさをにじませながら、貞夫に頭を下げた。

「このまま諦めるのか、兄さん」

俊雄は腹立ちを抑えることができない。当初は、店を拡張することに消極的な考えを抱いていたが、「土地を買う」と決めた以上は、その夢に向かって突き進む決意でいたのだ。

「どうしたらいいかな。先立つものが無ければどうしようもない」

貞夫は失意の色を深くして、天を仰いだ。

「負けちゃいけない。見返さないとね」とみゑは貞夫を励ます。「俊雄、何かいい考えはあるかい」

とみゑの問いかけに俊雄は、「叔父さんがダメでも、だれか支援をしてくれる人を探したらいいと思う。銀行は貸してくれるはずはないから、取引先……」と思いを巡らし、「遠井《とおい》さんなら」と言った。

「遠井さんって、ネクタイ問屋『遠井商店』の遠井貫太郎《かんたろう》さんかい？」

とみゑが言った。

「遠井さんのところのネクタイをうちはたくさん売っている。うちのことをすごく高く評価してくれているのは、仕入れの時にも分かるんだ。今、羽振りがいいから応援してくれるかもしれない」

仕入れを任されている俊雄は、洋秀堂を応援してくれるなら仕入れ先だと考えた。販売先である洋秀堂の発展は、仕入れ先の発展にも通じるからだ。

それに遠井は、日ごろから俊雄に商人の心得を教えてくれる、優れた人格の経営者だった。

——正直な商売が一番だよ。正直は正しく真っすぐな道のことだ。何があってもその道を歩いていれば間違いないから。

仕入れのたびに話してくれる遠井の一言、一言を俊雄は吸収していた。

「ダメで元々だよ。兄さん」

俊雄は貞夫を鼓舞《こぶ》した。

「そうだな。諦めちゃ、何も始まらない」

貞夫の表情に明るさが戻った。

「そうだね。俊雄の言う通りだね。簡単に諦めてはならない。まさか俊雄に励まされるとは思わなかったわね」

とみゑが笑った。

「私も役に立つようになりましたか」

俊雄も声に出して笑った。

とみゑと貞夫は、支援を依頼するために遠井の店へ一緒に出掛けた。「遠井さんがダメなら、また別の人に頼みに行く」と貞夫は、明るく言った。

俊雄は、その表情を見た時、きっと上手く行くと確信した。

＊＊＊

遠井は、貞夫ととみゑの話を聞き、一週間後、二五万円の小切手を持って訪ねて来た。

「これを使ってください」

遠井は、小切手を貞夫に渡した。

「洋秀堂さんならお金を貸しても間違いが無いと思います。ぜひ店を大きくしてうちのネクタイをたくさん売ってください」

貞夫は、遠井から小切手を受け取った。手が震えている。そればかりではない。嬉しさで涙が溢れてくる。

「遠井さん、このことは一生、忘れません」

とみゑは深々と頭を下げた。

自分の弟である緑川に支援を断られた挙げ句、他人である遠井から支援を受けることになった。複雑な思いがあることだろう。

「銀行に預けるより、あなた方親子に預ける方が、ずっと堅いと思っていますよ」

遠井はにこやかに言った。

俊雄は嬉しさに内心小躍りしながらも、正直な商売が築いてきた仕入れ先との信頼関係が、如何に重要であるかを身に沁みて理解したのだった。

第四章　スーパーマーケット

一

昭和二三年八月、貞夫を代表社員として合資会社ヨーシュウ堂が発足した。これ以降、意識して「ヨーシュウ堂」とカタカナ表記に変えた。

店の看板を架け替えた時、貞夫は震えるほど喜びを感じた。カタカナの看板を眺めた時、戦争が終わり、新しい時代が到来したことを実感したのだ。

社員も増えた。浅草の時代に働いていた社員が戻り、女性社員を含めると一〇人近くなった。

住み込みの男性店員や通いの女性店員の躾《しつけ》はとみゑの担当だった。きちんと挨拶すること、店の周囲を徹底して清掃することは躾の基本だった。昼と夜は、とみゑと貞夫の妻菊乃が作った食事を、店員、貞夫、俊雄らで一緒に食べた。

食前には全員で手を合わせ、食事が頂けることに感謝するのが習慣となった。

貞夫、俊雄、そして社員たちは力を合わせ、今日よりも明日が良くなることを信じて力を合わせて働いたのである。店は賑わい、俊雄は目が回るほど忙しく働いていた。商人になっていなければ、味わえない喜びだと感じた。

「俊雄さんはいつも腰が低いね。背が高いんだからそんなに曲げると苦しいだろう」

商店会の会長、肉屋の岡田利信が真面目な顔で言う。

俊雄は、人とすれ違うたびに腰を深く曲げた。

「そんなことは気になりません。皆さんがお客様なものですから、自然に頭が下がります」

俊雄は微笑んだ。

「ははは」岡田は笑い「すっかり商売人になったね。復員してきた時は、どうなるかって心配したけどね」と言った。

「皆さんのお蔭です」

俊雄は、再び深く頭を下げた。

世の中は、戦争の傷跡から徐々に回復しつつあるように見えるが、まだまだ途上だった。タケノコ生活という言葉に象徴されるように、家にある価値があるものを金に換えて闇市で食料などを仕入れ、なんとか飢えに耐えていた。

モノ不足からインフレが猛烈に進行した。配給物資の公定価格と闇価格との間には一〇倍もの開きがあり、闇市を取り締まるだけでは人々の暮らしを安定させることはできなかった。なんとかインフレを抑えるのだ、これが政府の重要課題になったのである。

昭和二三年一二月、アメリカ国務省、陸軍省は「日本経済安定のための九原則」を発表し、吉田茂《よしだしげる》首相に実施を命じた。

九原則とは、「①財政経費の厳重な抑制と均衡財政の早期編成、②徴税の強化徹底、③金融機関の融資の厳重な抑制、④賃金安定の実現、⑤物価統制の強化、⑥貿易為替統制方式の改善強化、⑦輸出の最大限の振興を目標とした物資割当配給制度の改善、⑧すべての重要国産原料と工業製品の生産の拡大、⑨食糧供給制度の効率化」である。

この九原則を実施に移すためデトロイト銀行頭取ジョセフ・ドッジが昭和二四年二月に送りこまれてきた。

ドッジは、終戦後の西ドイツのインフレ克服に辣腕《らつわん》を揮《ふる》ったことで有名だった。「いまの日本経済は地に足がつかぬままに、竹馬に乗っているようなものだ。竹馬の一つの足は、アメリカからの援助、もう一つの足は国内的なさまざまな補助金支出機構である。竹馬の足が高すぎると転んで首の骨を折ってしまう。日本経済は竹馬の足を切って、自分の足で経済自立する用意をすべきである」

有名なドッジの竹馬日本経済論である。

「人の国をさんざん爆撃しておいて、竹馬の足を切れとは、よく言えたものだ」

俊雄が世話になっている平塚《ひらつか》の百貨店「桜屋」社長、谷口裕之《たにぐちひろゆき》は不満顔で新聞を読んでいる。

「なんだか偉い人が来たようですね」

俊雄は、桜屋が仕入れた婦人用ブラウスをヨーシュウ堂に回してもらうために来ていた。

谷口は、俊雄より二〇歳ほど上の明治三八年生まれ。明治人らしい気骨を湛《たた》えた人物で、曲がったことが大嫌いだ。俊雄は、仕入れ先の相談などで知り合いになって以来、谷口を商売の師として尊敬していた。第一の師が貞夫なら、第二、否、第一以上の師と仰ぎ、何かと相談していた。

「ドッジというらしい。かなり厳しく金を絞るようだね。補助金なども絞り、ドルと円の交換比率も統一するそうだ」

「どうなるんでしょうか」

「いわゆるデフレになるな」

谷口は新聞を置いた。

「ということは景気が悪くなるということでしょうか」

ヨーシュウ堂は合資会社として出発し、もっと成長しようと頑張っている最中だった。

「単純にそうなるとも限らんさ。今はモノが不足してどんどん高くなっている。金が無く飢え死にする人もいる。デフレにして、少しでもモノと金が近づけば、もっと暮らしは良くなるかもしれない。まあ、そんなことより何があっても驚かんさ。良いモノを求める人はデフレだろうがインフレだろうが関係ない。正しい商売をすればいいんだ」

「何とか経費を切り詰めて、お客様に利益を取ってもらうように努力しています。お客様は良い店をよくご存じですから」

俊雄は仕入れの荷物を自転車に積み込む。

「偉い」谷口はにこやかに言う。「そういうところが私は好きなんだ。俊雄君、あなたはがつがつ欲張らないところがいい」

「欲が無さすぎるのではないかと思う時があります」

「ははは」谷口は笑い、「それくらいでちょうどいいんだ。戦争が終わって、誰もかれもが欲ボケになった。金の亡者だ。こんな状態のままだとアメリカには何度も負けるぞ。その点、ヨーシュウ堂は正直な商売をしているからいい。自分の儲けだけを考えている闇市なんてもうすぐなくなる」と褒めた。

「ありがとうございます」

「俊雄君、石田梅岩《いしだばいがん》という人を知っているか？」

「いいえ」

俊雄は首を振った。

「江戸時代の人だがね、正しい商売をすれば、商人が金儲けで成功することはなんら疚《やま》しいことではないと言ったんだよ。士農工商と言って商人の身分が一番、低く置かれていた時に、このようなことを言うなんて偉いだろう？」

「正しい商売をすればいいのですね」

「そうだよ。正しい商売、何が正しいのか、私はいつも考えている。俊雄君も考えなさい。お金儲けから出発するか、商人ならお客様との信頼関係から出発するか、どちらを選ぶかが会社の業績の差につながると私は思っている」

俊雄は、谷口の言葉を反芻《はんすう》しながら自転車を押した。

谷口の言葉は、一つ一つが俊雄の心に沁み込んでいく。生きた勉強とはこういうことをいうのだろう。

ドッジは政府に昭和二四年度予算に関して大幅な緊縮を迫った。同時に為替レートを一ドル三六〇円に固定化したのである。こうしたドッジの一連のデフレ政策は東大の大内兵衛《おおうちひょうえ》教授によって「ドッジ・ライン」と命名された。インフレ撲滅を謳いながら、なかなか有効な手が打てない政府に対し、占領軍（ＧＨＱ）の絶大な権力抜きには考えられない政策だった。

　吉田茂内閣の蔵相池田勇人《いけだはやと》は、国会でドッジ・ラインの予算を通すに当たって「本予算の基調は、インフレでもデフレでもないディスインフレであります」と野党の追及をかわした。

　ドッジ・ラインは荒療治《あらりょうじ》だったが、インフレ退治には劇的な効果を及ぼした。闇市場の価格は急落し、公定価格との差が縮小された。そのため闇市での儲けが期待できなくなった人々は、闇市を去り、急速に市場は正常化しはじめた。

　野菜類のマル公と呼ばれる統制価格も九年ぶりに撤廃になった。俊雄たちをなにかと支えてくれている商店街の福島青果店の美代は、小太りの体を揺らして「これからは自由に商売できるから、良いものを安く売るぞ」と勢い込んだ。店頭には、バナナが並んだ。黄色く熟したバナナが店頭に並ぶのは戦後初めての光景であり、俊雄の心を弾ませた。

　一方でドッジ・ラインの緊縮財政は企業のカネ詰まりを深刻化させた。銀行はどこも企業に融資しないのである。「安定不況」と言われ、企業の倒産が相次ぎ、街には失業者が溢れる事態となった。

　国鉄を中心に労働争議が多発し、下山《しもやま》総裁が轢死《れきし》する下山事件、列車が転覆し、多くの死傷者を出した三鷹《みたか》事件、松川事件などが発生し、世相は決して明るくはなかった。

しかし庶民は二年ぶりに復活したビヤホールで一杯一二〇円から一五〇円のビールを味わいながら湯川秀樹《ゆかわひでき》博士のノーベル物理学賞受賞や全米水上選手権での古橋《ふるはし》広之進《ひろのしん》の優勝や他の選手たちの大活躍に「日本人も負けてはいないぞ」と、暗い世相に抗するように怪気炎《かいきえん》を上げたのである。

ヨーシュウ堂は貞夫のリーダーシップととみゑの社員への躾教育が功を奏し、順調に売り上げを伸ばしていった。店舗を思い切って拡大した効果が出て、都心からの購入客も来店するほどになった。

「俊雄、こんなものを作ったぞ。見てくれ」

貞夫が意気揚々と紙を広げて見せた。

「なんですか？　兄さん、それは」

俊雄は紙に目を凝らす。そこにはあまり上手いとは言えないが、真剣さが伝わる角ばった字が並んでいた。

「一、質素な人生観。二、厳格な教育・反復練習。三、温かい人間味・思いやり。四、信用に対して誠意をもって報いる。五、恥を知る心……」

貞夫が声に出して読み上げる。全部で一五項目もある。一一項目目には「ヨーシュウ堂らしい清潔さ」という店名を出したものもある。

店内に張り出してあった「質素な人生観プラス合理的経営イコール薄利多売主義」を具体的に細分化したのだろう。

「これをヨーシュウ堂の我らの誓いとする。どうかな？」

貞夫が意見を求めた。

「いいんではないでしょうか。社員も増えてきましたから、皆が共通のルールの下で仕事をすることは大事だと思います。とくにヨーシュウ堂らしいというのはいいですね」

俊雄は言った。

「そうか」

貞夫は満足そうに頷《うなず》く。

「『らしさ』を皆で考えるのはいいことです。ヨーシュウ堂の個性を作り上げるのではないですか」

「よし、早速、これを皆に徹底するぞ」

貞夫は、紙を貼る場所を嬉しそうに探し始めたが、店内には商品が溢れており、なかなか適当な場所が見つからない。

「俊雄、お前に任すから、一番、目立つ場所に貼ってくれ」

貞夫は、紙を俊雄に渡した。

「はい、社長、了解です」

俊雄はおどけた調子で敬礼をした。

貞夫は、「軍隊じゃないぞ」と言い、声に出して笑った。

二

「また戦争が始まりましたね。日本もまた焼かれてしまうんでしょうか」

店員の保夫が心配そうに俊雄に聞いた。

「日本は戦争を止めたのだから、そんなことは心配しなくていいと思います」

俊雄は答えた。しかし気持ちは暗い。

日本の敗戦後、世界は平和になると思われたが、完全に二分された。アメリカを中心とする自由主義陣営である西側諸国と、ソ連そして昭和二四年に成立した毛沢東《もうたくとう》が支配する中華人民共和国（中国）の社会主義陣営である東側諸国との対立だ。東西冷戦と言われ、戦後社会の不安定要因となっていた。

その対立の最前線が、かつて日本が占領していた朝鮮半島だった。

金日成《キムイルソン》がソ連の支援で樹立した朝鮮民主主義人民共和国（北朝鮮）とアメリカが支援する大韓民国（韓国）が、朝鮮半島三八度線でにらみ合っていた。

昭和二五年六月二五日未明、突然、北朝鮮が韓国に攻め込んで来た。朝鮮半島統一を悲願とする金日成が、中ソの了承と支援を得て、戦争を仕掛けてきたのだ。

アメリカは国連軍を組織して反撃に打って出た。当初、国連軍は釜山《プサン》まで追い詰められたが、指揮するマッカーサーが仁川《インチョン》上陸作戦を敢行した。思いがけない国連軍の北からの攻撃に、挟み撃ちにあった北朝鮮軍は退却をせざるを得なかった。

「でも原爆を使うかもしれないって噂ですよ」

保夫は心配そうに言った。

「マッカーサー元帥は、徹底的に北朝鮮、ソ連、中国を潰そうと考えて原爆を使うと提案しているようだが、それは問題だ。アメリカも広島、長崎の悲惨さを知っているから、そんなことはしないと思うよ。さあ、そんなことを心配していないで商売、商売。お客様が来ているよ。今日はいつもよりワイシャツをたくさん仕入れておいたからね」

俊雄は保夫の背中を軽く叩いた。

「失業した人は、就職活動に真新しいワイシャツを買っていきますから。どのサイズのワイシャツが売れ筋か、確認しておきます」

「世間の情勢を自分なりに分析して、売れ筋を予測しなければならない」というのは貞夫の口癖だった。どうしたら売れるか、人の流れ、天候、政治情勢などを勘案して、今日は、あるいは今週はこの商品が売れるのではないかと「仮予測」を立てて仕入れし、売れれば売れた理由、売れなければその理由を検証する。それを文字通り反復していた。貞夫のノートは余白がないほどびっしりと、仮予測を検証した文字で埋め尽くされていた。

もうひとつはどの商品が売れるのか「正」の字を書いて、調査していた。ワイシャツとひとくくりに管理するのではなく、サイズ、色などで細かく売れ筋を見極め、売れなくて在庫になる商品は、早く処分し、売れる商品を仕入れて、店頭に並べた。これを「売れ筋管理」と呼んだ。どれもこれも貞夫の商売に対する熱意から生まれた手法だった。

「こんなことは商人なら当然のことだ。売れないものを店に置くことはお客様に対して失礼なことだし、何を求めておられるのか、何が必要なのかなど、お客様のちょっと先を考えて対応するのは、お客様への親切というものだ」

俊雄は貞夫の言う「仮予測」、そして「売れ筋管理」という手法を倦《う》むことなく繰り返せるかどうかが成功の秘訣だと悟った。これをないがしろにしている商店は流行っていないことは明白だった。

ある時、俊雄が店の在庫を点検していると、背後で咳払いが聞こえた。

振り向くと貞夫がいた。

「どうだ。売れ筋の把握はできるようになったか」

　貞夫が聞いた。

「ええ、在庫を見ていると、何か聞こえてくるような気がします。お客様のためにはどんなものを用意したらいいのか、その声に耳を傾けます」

「母さんがよく言っているようにお客様は来てくれない、買ってくれないものだってことだ。お客様のためにと言っても、それは嘘になることがある。自分たちのために物を売っているんだ。お客様のためにこの商品を並べましたといっても、それは儲けたいための独りよがりってことがある。そんな時は、とにかく生きているお客様を見ることだ。見て、見て、お客様から考えるんだ」

　貞夫は頭を指さした。

「絶対に頭だけで考えるんじゃない。お客様が欲しい物を売るのは当然のことだ。しかし本当にお客様がそれを欲しがっているかを見抜くのは、現実のお客様を見なけりゃだめだぞ」

「はい」

　俊雄は在庫点検の手を止めて、やや緊張して貞夫の話を聞いた。貞夫はいつになく真剣だった。咳をするたびに苦しそうに顔を歪めた。

「ところで俊雄、ちょっと教えてくれないか」

「私に分かることなら」

貞夫が聞いた。

「朝鮮で戦争が始まって、どうなるものかと思って心配していたが、えらく景気のいい話ばかり耳にするようになったんだ。どういうことかな」

貞夫の良いところは、分からないことがあれば社員であろうと、年下の俊雄であろうと意見を求め、その意見に謙虚に耳を傾ける姿勢だ。お蔭で貞夫は大学など高等教育を受けていないが、こうした素直な耳学問で、世事一般に対する深い見識を持っていた。

「聞くは一時の恥、聞かぬは一生の恥」という諺がある。貞夫の姿勢はまさにこの諺通りだ。商人には「くち」より「みみ」が重要であることを身をもって教えてくれる。

「戦争は問題ですが、日本の位置づけを考えますと、日本は国連軍の補給基地となっているんだと思います。ドッジ・ラインで企業経営は苦しくて、いったいどうなるかと思っていましたが、朝鮮戦争特需が起きています。兵士用の衣服や毛布などはフル稼働生産だと聞いています。それにアメリカ兵が日本に落とす金もバカになりません」

「そうか、やはりな。戦争は一時的に景気をよくするものだ」

「その通りですが、あくまで一時ですから、私たちも慎重に戦争の動きを見極める必要があります。浮かれすぎると、戦争が終われば一気に不景気になるかもしれません」

俊雄は答えつつ、もう一つ重要なことを考えていた。

日本がアメリカ軍にとって重要な戦略物資補給基地であり、中国・ソ連という二大社会主義国に対する防波堤の位置づけであるならば、西側諸国の一員として国際社会への復帰も早いかもしれないということだ。そうなればぜひともアメリカに行ってみたい、俊雄は口には出さず、心の中で強く思った。

予想通り、朝鮮戦争はドッジ・ラインで深刻なデフレに陥る寸前の日本経済に大変効果的なカンフル剤となった。特需と輸出の爆発的な伸びで、企業が国内に抱えていた一五〇〇億円にも上ると言われた不良在庫が一掃されたため、鉱工業生産指数は昭和二五年一〇月において戦前を突破し、実質国民総生産も二六年度には戦前水準に達したのである。

ヨーシュウ堂の業績は国内景気の回復とともに急激に伸びた。

建物を建て替え二階建てにした。一階で衣料品、二階では野菜やその他食料品を販売した。

食料品の販売は、とみゑの元々の商売が煮豆などの食料品を売ることだったたから、ようやく本来の商売に戻ったとも言えた。

また野菜などに対する統制が廃止されたことも、野菜や食料品販売に踏み切らせた要因だった。

二階の食料品売り場の中でも菓子売り場は、近所の子どもたちの声でにぎわっていた。すっかりたまり場になっている。

俊雄が店内を巡回していると、福島青果店の美代ととみゑが真剣な話をしている姿が目に入った。

美代が丁寧に礼をして帰っていく。嬉しそうな表情だが、泣いているようにも見える。

「母さん、福島さん、どうしたの？　泣いていたような気もしたけど」

俊雄は聞いた。

とみゑは、店員の躾は厳しいが、頭ごなしに叱りつけたり、涙を流させたりするようなことはしない。諄々《くどくど》と、文字通り嚙んで含めるように説諭する。しかし相手は取引もあり、終戦後からずっと世話になっている青果店だ。いったい何があったのだろうか。

「お気遣いされるので、そんなお気遣いは無用ですよって話していたのさ」

「気遣いって？」

「うちが野菜を置くようになっただろう？　それで福島さんの方から、社員さんや皆さんが食べる野菜は納めなくてもいいんではないでしょうか。遠慮しますと言われてね」

とみゑが困惑している。

社員や俊雄たち家族が食べる野菜は、福島青果店から購入していた。

ヨーシュウ堂で野菜を扱うようになり、その量は、福島青果店をはるかにしのぐようになった。

ヨーシュウ堂としたら周辺の青果店、特に福島青果店の売り上げにあまり影響が出ないように品物の種類や価格面において配慮してはいるのだが、それでもいくらか影響は与えていた。

とみゑは、そうしたこともあって福島青果店からは従来にも増して、たくさんの野菜を購入するようにしていた。

美代にしてみれば、ヨーシュウ堂で野菜を販売しているのだから、それを社員や家庭用に使えばいいだろうと思ったのだ。

しかし福島青果店は、戦災で着の身着のままで北千住に移ってきたとみゑたちに何かと世話を焼いてくれた。その恩義がある。多少、ヨーシュウ堂が順調だからといって取引を縮小するという考えは、とみゑには微塵もなかったのである。

「母さんらしいや。これからも社員やうちの野菜は美代さんのところから仕入れるって言ったんだね。少し泣いていたように見えたけど、あれは嬉し涙なんだ……」

俊雄は、美代が降りて行った階段の方に視線を向けた。

「私だろうと、俊雄だろうと、誰でも同じだよ。福島さんには大変にお世話になったし、なっている。今、多少、ヨーシュウ堂に勢いがあるからって、そんなことは些末《さまつ》なことだ。世話になった人には感謝しつづけること、謙虚に生きること、これが人として一番大切なことだよ。風呂の湯は外へ外へとかきなさいってお前に教えたことがあっただろう？」

とみゑは、憤慨したように口を尖らせた。

俊雄が幼い頃、風呂に入った際、温かい湯を自分の方へ来るように両手でかき回したことがあった。内側へ湯の渦を作ったのだ。とみゑは、それを見ていて「湯というのは外へ外へとかくものだよ」と注意した。自分にだけ温かい湯が来るようにかくと脇の下から出て行ってしまう。しかし他の人に温かい湯が届くようにと外へかくと、湯は他の人を温めた後、自分の方に循環してくるというのが、とみゑの理屈だ。

湯の入り方という日常のことで、他人に尽くすこと、他人に感謝することを教えてくれたのだ。

そう言えば、と俊雄はとみゑのすごさに気付いたことを思い出した。

ある日、客が洋服の生地を求めて来店した。生地から裁断して自分の服を作ろうというのだろう。応対していた女店員が「当店にはございません」と答えた。客は残念そうな表情をした。その時、とみゑが客の前に出て「隣のひまわり洋品店様にございます。一緒に参りましょう」と客を案内して行った。戻ってきたとみゑは、先ほどの女店員を見つけると「うちにない時は、隣に案内すればいいんだよ。隣にどんな商品があるか、把握しておくことが大切だね」と言った。女店員は「でも隣に客を獲られるのではないかと思います……」と納得がいかないという表情をした。「お客様の満足が一番大事。うちも隣もありません。お客様が満足すれば隣もうちも栄えるんだよ。自分の店のことだけを考えてはいけない」と言った。これも湯を外にかくのと同じだ。日常のさりげない出来事を通じて、店員を教育していくとみゑの姿に、俊雄は感心したのだった。

「私は、俊雄のことを誤解していたみたいだね」

とみゑがわずかに笑みをこぼす。

「誤解？　おだやかじゃないね」

俊雄が小首を傾《かし》げ、眉根を寄せる。

「俊雄は、あまりがつがつと我欲を表にしない。そんなところが商人向きじゃないと思っていた。しかし本当の商人とは我欲ばかり膨らませたらいけないんだ。我欲に潰されてしまう。お前の父さんは商売熱心ではなかった。それは生まれがお金持ちだったから我欲がなかったんだね。それに引き換え……」とみゑは言葉に詰まった。昔を思い出したのだろう。辛かったことを。

「私は、子どものころに失った家を再興したい、貧乏から逃れたいと必死だった。がつがつしていた。それが父さんと上手く行かなかった大きな原因だけどね。お前は我欲がないという父さんの良いところを引き継いでいるみたいだ。がつがつしていないで、人の意見によく耳を傾ける。商人は口が先に出がちだけど、本当は耳が大事。社員やお客様の声、針一本が落ちる音も聞き逃したらいけない。そのためには我欲を捨てなくてはならないけど、なかなか普通にできることでは無い。良い資質を生かしなさいよ」

とみゑは、離婚した俊雄の父野添勝一を悪く言ったことはないが、改めて俊雄を評価するのに勝一の良い資質を例に挙げた。

俊雄は、面《おも》はゆい気がした。

「昔、もっとがつがつしなけりゃ生き残れないと注意されたことがある」

ふいに東京駅の焼け跡で出会ったギザ耳の男を思い出した。

「その人は間違っている。我欲が自分を滅ぼすってことを知らなかったんじゃない？　商人は利他の心で、自分の信じる道をどこまでも歩き続けなければならないと、私は思っているよ」

とみゑは真剣な表情で言い、一枚の紙を渡した。そこには詩が書いてあった。

「商人の道……」

俊雄は題名らしき言葉を口にした。

とみゑが目を閉じ、詩を暗唱し始めた。

「農民は連帯感に生きる。

商人は孤独を生き甲斐にしなければならぬ。

総べては競争者である。

農民は安定を求める。

商人は不安定こそ利潤の源泉として喜ばねばならぬ。

農民は安全を欲する。

商人は冒険を望まねばならぬ。

絶えず危険な世界を求めそこに飛び込まぬ商人は利子生活者であり隠居であるにすぎぬ。

農民は土着を喜ぶ。大地に根を深くおろそうとする。

商人は何処からでも養分を吸いあげられる浮草でなければならぬ。其の故郷は住む所すべてである。自分の墓所はこの全世界である。先祖伝来の土地などと云う商人は一刻も早く算盤を捨てて鍬を取るべきである。

石橋をたたいて歩いてはならぬ。人の作った道を用心して通るのは女子どもと老人の仕事である。

我が歩む処そのものが道である。他人の道は自分の道ではないと云う事が商人の道である」

とみゑが目を開けた。

「それ、お前にあげる。もう後ろを振り返らず商人の道を真っすぐ歩くんだよ」

「誰の詩なのかな?」

「知らないね」

「母さんは誰からもらったの? まさか母さんが作った詩なの?」

俊雄は食い下がる。

とみゑは、ふっと笑みを浮かべ、「私はこんなもの作れるわけがないじゃないか。進さんにもらったのさ」と言った。

「そうなの……」

母が愛した藤田進からもらった詩……。俊雄は紙を丁寧に折り畳んだ。

「大事にします」

俊雄は、とみゑに商人としての自分が認められつつある充実感を伴った喜びを感じていた。

昭和二六年九月八日、日本はアメリカを含む四八カ国とサンフランシスコ講和条約に調印した。

また日本とアメリカの間には安全保障条約が締結され、日本には米軍の駐留が続くことになった。

講和条約は、全調印国の批准《ひじゅん》を経て発効し、日本の講和独立と国際社会への復帰が叶ったのである。思いがけなく早い国際社会への復帰が可能になったのは、朝鮮戦争に見られるようにアメリカと中国・ソ連の対立が深まったからだ。アメリカは日本を反共産主義の太平洋における楯にするため、経済的基盤を確立させ、再軍備を進めることにしたのだ。

朝鮮戦争は昭和二八年七月二七日に休戦となり、予想通り戦争特需の後の不況となるが、一旦、上昇気運に乗った日本経済の復活は力強いものがあった。鉄鋼や化学肥料、合成繊維、自動車など多くの産業が復活し、設備投資なども活発になった。

それにつれて庶民の生活も豊かになってきたのである。すでに昭和二五年には、長く続いた繊維製品の統制が廃止されていた。庶民は衣料品購入に走り、それまでつぎはぎだらけの服を着ていたサラリーマンも、白いワイシャツを着て通勤するようになっていた。

「さよならタケノコ生活」という見出しが新聞に現れ、「住」については回復が遅れていたが、「衣食」については戦前を超える水準に復帰した。

庶民はようやく外食や買い物を楽しむ生活を取り戻し、戦後初めての個人消費ブームが到来したのである。

ヨーシュウ堂は大いにこのブームに乗り、売り上げは順調に伸びた。店には客が溢れた。店を閉めた後、真夜中に売上代金を勘定する。俊雄は、途中で勘定するのが嫌になるほどの売り上げに嬉しい悲鳴を上げていた。未来は強烈に明るさを増していた。

三

貞夫が亡くなった。突然の死だった。昭和三一年七月三〇日のことだ。

貞夫は、最近、仕事中にも咳き込むことがあり、店の奥で体を休めることが度々あった。

医者の診察を受けるように俊雄も促《うなが》したが、忙しさを理由に医者には行かなかった。

咳は辛そうだったが、それが無い時は明るく元気で病気を感じさせない。喘息《ぜんそく》が持病であることは分かっていたが、貞夫自身も、俊雄も軽く考えていた。

その日、仕事中に貞夫は激しく咳き込んだ。

いつもと違う。喉からヒーヒーとか細く息を吐く音を発し、苦しそうに顔を歪め、赤らめ、額に脂汗《あぶらあせ》を滲ませた。喉を掻きむしりながらその場に倒れた。

「兄さん！」

俊雄は貞夫の急変に気付き、傍に駆け寄った。

「貞夫！」

店の真ん中のレジに座っていたとみゑが大きな声で叫ぶ。「誰か！　誰か！　医者を呼んでおくれ！」

とみゑの指示を受け、保夫が近所の医者を呼びに走る。

俊雄は貞夫の肩の下に腕を差し入れ、抱えるようにして体を起こし、顎を上げ、気道を確保するように努めた。しかし貞夫の唇がたちまち紫色へと変わっていく。チアノーゼを起こしているのだ。酸素が体に行き渡っていない。

「兄さん！　兄さん！」

俊雄は呼びかけ続ける。

かすかに貞夫が目を開けた。口を動かしている。何か話そうとしている。俊雄は耳を近づける。

「た……の……む」

ヒーヒーという喉を締め付けるような掠《かす》れた息の音にかき消されそうになるが、貞夫の声が明確に俊雄の耳に届く。

そしてついに支えていた首の力が抜け、貞夫の息の音が消えた。

「貞夫……」

とみゑがふらふらと体を揺らし、その場に崩れ落ちる。

「あなたぁ！」

貞夫の妻、菊乃が号泣し、貞夫にしがみ付く。

医者がやってきた。動かなくなった貞夫を両腕で支えたまま、俊雄は医者を見つめる。

医者は貞夫の胸に聴診器を当てる。瞼を指で押し開ける。表情が厳しい。

俊雄は、怖くて医者に答えを求められない。

医者は項垂《うなだ》れ、首を振り、「残念です。ご臨終《りんじゅう》です」とぽつりと言った。聞こえるか聞こえないかの小さな声だ。

その瞬間、菊乃が再び声を上げて泣いた。その声が店の中に響く。

店員たち、客たちが貞夫の周りを取り囲み、涙で頬を濡らし、手を合わせた。貞夫は、一番大切にした店員と客に見送られ、帰らぬ人となった。享年四四。

貞夫の葬儀は、ヨーシュウ堂の店舗で行われた。

祭壇に掲げられた写真の中の貞夫は穏やかに笑っている。ヨーシュウ堂の年間売上高が一億円に達したことを祝って熱海《あたみ》に社員旅行に行った時、俊雄と一緒に写した写真を加工したものだ。

会葬者を出迎えながら、なぜ自分の周りで人が死ぬのかと、いっそのこと自分が死んでしまいたいほど憂鬱になった。絶望的だ。このような気持ちになるのは俊雄の悪い性癖だ。

他の人ならこのような時、無理にでも自らを鼓舞するだろう。残された者として今まで以上に頑張らないといけないなどと誓うはずだ。

しかし俊雄はそうしたタイプの人間ではないようだ。どうして自分ではなく、ヨーシュウ堂にとって、今、最も大切な人間である貞夫の命を神は奪うのか。その意味を考えているうちに気持ちを滅入らせてしまうのだ。

心ここにあらずの状態で俊雄は貞夫の遺影を眺めている。

なぜ貞夫のような有用な人がこの世からいなくなってしまうのか。もはや役割を果たしたというのか、誰が考えてもこれからではないか。

俊雄は貞夫に代わって神を呪いたい気持ちになる。

貞夫は兄であり、商売の師匠である。いや、そんな言葉では語れない存在だ。命の恩人と言える。

戦時中、商売を続けようにも統制のため販売する商品が無く、店をたたもうとしたことがある。金も無くなり、家族は飢えるしかないような状態にまで追い込まれていた。店をたたむことはとみゑの助言で思い留まるのだが、当面の生活費を稼ぐため、貞夫は、軍需工場で昼夜を問わず必死で働いた。

そんな食うや食わずの時でも「心配するな。俊雄は学校に行くんだ」と学費の支援を続けてくれた。生活費の大半を俊雄につぎ込んでくれた。そのお蔭で俊雄は専門学校で学ぶことができた。

貞夫は貧乏な暮らしも、学校に行けなかったことも、苦労が続くことも、叔父の緑川武秀が一向にのれん分けしてくれないことも、どんなことも自分の中に納め、耐え、愚痴《ぐち》をこぼさなかった。

いつも明るく、腰が低く、他人を恨んだり、ひがんだり、妬《ねた》んだりすることは一切なかった。

旧約聖書に登場するヨブのようだ。神がヨブから子ども、財産、健康など何もかも奪った。それでも神を信じ続けていたが、ついには神を疑い、恨みを抱いた。しかし貞夫は、どんな試練も受け止めた。ある意味ではヨブ以上だ。

貞夫は、どうしてあれほど試練を与えられながら温和で心が穏やかだったのだろうか。

俊雄は自分はどうだろうかと考える。とても貞夫のようにはいかないだろう。

葬儀が終わり、ヨーシュウ堂の営業は何事もなかったかのように続く。客は、相変わらず押し寄せ、上野赤福堂《うえのあかふくどう》、池袋《いけぶくろ》キンケイ堂と並んで「三堂」と称されるまでになった。貞夫の遺産である。

しかし店の忙しさと裏腹に俊雄の心は虚《むな》しさで支配されていた。浮かない表情をしていては客の気分を害することは分かっている。また従業員の士気にも影響する。何も考えないで忙しく働けば、虚しさを埋められると人は言うが、それは本当ではない。虚しさというのは、忙しければ忙しいほど心を大きく支配するものだ。

「俊雄さん、太陽族のようなアロハシャツやマンボズボンはないかって、お客様が言われるのですが」

今や古参社員となった保夫が聞いて来る。

太陽族というのは、学生作家石原慎太郎《いしはらしんたろう》が書いた芥川《あくたがわ》賞受賞作『太陽の季節』に登場する若者たちのことだ。

その小説を原作とした映画「太陽の季節」が大ヒットし、慎太郎の弟、石原裕次《ゆうじ》郎《ろう》がスターとなった。この小説や映画は、戦後の若者たちの無軌道振りを描いているのだが、登場人物たちが着用していたアロハシャツや、マンボズボンという腰の辺りはゆったりとし、足元に向けて急に細くなった独特の形状のズボンが流行していた。

「貞夫社長に聞いて……」と俊雄は口にしそうになった。「ああ、もういないのだね」俊雄と保夫は顔を見合わせ、苦笑いした。

商売は順調だが、日々、難しくなっていた。統制が解除され、人々が徐々に豊かになっていくと商品があるだけでは客は満足しなくなっている。

特に衣料品は、ただ体を包み、暑さ、寒さを防げればいいという要求から、流行、すなわちファッション性が重視される時代へと変わってきていたのだ。

「若いお客様が増えているんだね」

「はい。都心から北千住にまで買いに来られる方もいるんです。不良の服など売れるかというお店もあるようで、ヨーシュウ堂ならあるかなって探しに来られるのです」

「太陽の季節」は人気を集めたが、そこに描かれた若者の風俗は倫理に反すると、賛否が渦巻いていた。映画の上映を拒否する映画館も続出していた。

保夫は、こうした賛否のある商品を仕入れていいのか、悪いのか判断に迷ったのだろう。

俊雄は決断しなければならない。保夫はじっと俊雄を見つめ、判断を求めている。

貞夫ならどうするだろうか。

客が欲するからといって、儲かるからといって社会を害する商品を販売してはいけない。それは正しい商売とは言えない。

しかし「商人は冒険を望まねばならぬ」という、とみゑが渡してくれた詩の一節が頭をよぎった。

「保夫さん、仕入れようじゃないか。新しい流行を取り入れるのも、お客様の立場で考えるヨーシュウ堂の商売だよ。ちょっと冒険してみよう」

俊雄の判断に、保夫の表情が明るくなった。若い社員の保夫は、若い客のニーズに応えたかったのだ。社員が喜ぶ仕事を続ければ、店は発展するだろう。

「これでいいですね」

俊雄はひとりごちた。天国の貞夫に確認する思いだった。

しかし、俊雄はヨーシュウ堂をこれからどうして行くべきか悩みの中にいた。

四

貞夫の葬儀を終え、店の様子も落ち着いて来た。俊雄は、貞夫亡きあとのヨーシユウ堂の社長を誰にするか悩んでいた。

母とみゑにするのが順当だと思うのだが、六四歳と高齢であることから躊躇《ちゅうちょ》していた。

「お前が社長になりなさい」

とみゑは俊雄に命じてはいた。

貞夫の最も身近にいて、ナンバー2として貞夫を支えていたのが俊雄だったからだ。社員たちもいずれ正式に俊雄が社長に就任するのだろうと思っていた。

俊雄は、四年前の昭和二七年に結婚した。相手は店を拡大する時に資金援助してくれたネクタイ問屋の遠井貫太郎に紹介された高円寺《こうえんじ》の洋品店の娘、小百合《さゆり》だった。

俊雄二八歳、小百合は四歳年下の二四歳だ。

母とみゑ、兄嫁菊乃の下で、俊雄には理解できない女ならではの苦労が多いだろうが、明るく、働き者の女性だ。

俊雄と同様に仕入れに行き、重い荷物を電車に載せて一人で運んでくることも頻繁にあった。

「小さい時から店の手伝いをしていましたからこんなこと平気です」と全く意に介さない。そればかりか、「遠井さんは、ネクタイを売るついでに私をあなたに紹介したんでしょう？　私、ネクタイのオマケかな」とからからと元気に笑い、俊雄をからかう。

「ばかな、そんなことないよ」

俊雄は真面目に反論する。

「冗談ですよ」

小百合はまた笑う。

心配性で、他人と打ち解けることがあまり得意でない俊雄とは正反対の性格で、客や社員たちからの人気も高い。

とみゑが大奥さん、菊乃が中奥さん、そして小百合が若奥さんと呼ばれている。

葬儀の数日後、貞夫の弟、正夫《まさお》がふらりと訪ねて来た。そして俊雄に面会を求めた。

正夫は俊雄より年上で、もう一人の兄と言える存在なのだが、あまり親しくはなかった。

正夫は、一時期、叔父の緑川武秀の店で修業していたが、今はその下を離れ、別の洋品店で働いていた。

とみゑにとっては元夫藤田進が残した子どもの一人ではあるのだが、貞夫ほど気が合わないようだ。

というのは貞夫と違って、正夫はいわゆる山っ気があるタイプだった。地味に一歩一歩進むより、大きく儲けようとするところがあった。一面ではリスクを取るタイプで商人に向いているようだが、とみゑはそう思わなかったようだ。

「葬儀の時はありがとうございました」

俊雄は、葬儀の礼を言った。

「今日はね、俊雄さんに相談があって来たんだ。少し時間があるかな」

正夫は、目を眇《すが》めて俊雄を見た。俊雄は警戒した。あまり良い話に感じない。

「なんでしょうか」

冷静に聞いた。

「奥に行こうか」

勝手に店の奥に入っていき、客や取引先と商談をするテーブルに陣取った。

とみゑがレジに座っている。とみゑは、店番代わりだと言い、毎日、そこに座り、店を見渡していた。

「やあ、母さん」

正夫はとみゑに軽く右手を挙げて、挨拶をした。

「どうしたんだい？　何か急用なのかい？」

気にかかる様子でとみゑが聞く。

「たいしたことじゃないさ。ちょっと俊雄さんに相談事があってね」

正夫が薄く笑う。

「そうかい。あまり厄介なことを持ち込むんじゃないよ」

とみゑは一言、懸念を口にすると、レジで客の応対を始めた。

俊雄は、やや緊張して正夫に対峙《たいじ》した。人が、改まって相談事を口にする時は、あまり良いことはないのが経験的に分かっていたからだ。

正夫はタバコに火をつけた。

タバコを吸わない俊雄はあわてて灰皿を用意した。

「俊雄さん、あんたね、このヨーシュウ堂をどうするつもりだね」

正夫はいきなり険悪な口調で言った。

「どうするつもりって、どういう意味でしょうか」

俊雄は冷静に応じたが、心のざわつきが表情に出たかもしれないと気にした。

「乗っ取る考えでいるんじゃないよね」

正夫は、眉根を寄せ、口元を歪めた。

あまりの思いがけない言葉に俊雄の心のざわつきが動揺に変わった。

「何をおっしゃっているのですか」

「このヨーシュウ堂はさ、兄の貞夫が作ったのだよ。俊雄さん、あんたは単なる雇われ者だ。確かに私や貞夫とは母親は一緒だがね。この店では社員の一人に過ぎないんだ。相続の権利は無い」

「すみません。意味が分かりません」

さすがに俊雄も表情が険しくなる。あまりにも思いがけない内容だ。

「分からないかな。この店は母さんのものであり、菊乃さんのものであり、貞夫兄さんの子どものものであり、あんたのものじゃないってことだよ」

正夫がタバコの煙を吐き出す。俊雄の目に煙が入り、痛みを伴うほど、染みる。

「この店が私のものだって、これっぽっちも考えたことはありません」

俊雄は、親指と人差し指を微妙に離して重ね、「これっぽっち」を強調した。

「それならいいんだ。あんたがこの店を乗っ取ろうとしているっていう噂を耳にしてさ。大事にならないうちに、ちゃんとしておこうと思ってさ」

正夫が鼻で笑う。言葉遣いもあんた呼ばわりでぞんざいになった。

「母さんが、社長になればいいと思っているんだけど、年だからね。だったら菊乃さんが社長になるべきだ。まだ子どもたちは小さいからね。私は、その後見人になろうと思っている。弟だから当然だろう？」

「菊乃義姉さんが、そんなことをおっしゃっているのですか？」

菊乃は、とみゑのように店に顔を出すわけではない。社員の食事を作るなど、あくまで裏方に徹している。それに幼い子どもの世話にも忙しい。

「菊乃さんも承知だよ。せっかくここまで立派にしたんだ。このまま経営者不在にしておくことはできないだろう。ヨーシュウ堂の代表社員の貞夫兄さんが亡くなったのだから、その後は菊乃さんと母さんが相続するのは当然のことだよ。あんたじゃない。だから私が当面、面倒を見て、いずれ貞夫兄さんの四人の子どもが大きくなったら、譲り渡すつもりだよ。俊雄さんの処遇だが、結婚もしたことだし、ここから出て、自分で店を持ったらどうかな」

正夫は勝ち誇ったような表情で俊雄を見ている。

「私にこの店を出て行けとおっしゃるのですか」

俊雄は怒りに体が震えそうになった。しかし耐えた。

嫌らしい笑みを浮かべ、正夫は「私は、今すぐ出て行けとは言わないさ。しかしあんたは合資会社の有限責任社員に過ぎない。だからこのままこのヨーシュウ堂にいるより、独立した方がいいんじゃないかと親切に言っているんだ。全く援助しないわけじゃない。それじゃよく考えてくださいよ。相続手続きの時間もあるからね。あまり時間はないんだ」

正夫は、まるで最後通牒《つうちょう》のように言い放った。灰皿にタバコを押し付けるようにもみ消すと、呆然とする俊雄を残して立ち去った。

俊雄は、息が苦しくなるほど憤《いきどお》った。両拳を固く握りしめた。爪が手のひらに食い込んでいる。血が流れ出ているかもしれない。

貞夫と一緒にヨーシュウ堂を盛り上げてきた日々が浮かんでは消える。商品が集まらない時には一緒に仕入れ先を何軒も回って、頭を下げた。俊雄が看板を塗り替えようとすると、手先が器用な貞夫が、「止めろ、止めろ」と言い、ペンキを持って梯子《はしご》に昇って、巧みにヨーシュウ堂と書いた。どうだ、大したものだろうという得意げな貞夫の顔が忘れられない。雨の日に、俊雄も貞夫も、軍用コートを体に巻き付けるように着て、自転車が転倒するほどの商品を積み込んで、千住大橋を競走して渡った。北風が容赦なく顔を打ち、痛くてたまらなかった。とにかく貞夫についていく、貞夫から商人の心得を学ぶ、それだけを心に決めて走ってきた。

それが突然、一人、置き去りになってしまった。そして将来について悩んでいたら、部外者というべき正夫に出て行けと言われる。いったい今までの苦労はなんだったのか。貞夫は、こんな試練、こんな悔しさを自分に与えるために先に旅立ったのか。そんなことなら自分が死んだ方がましだ。相続争いなどという、商売とは全く無縁のことに悩むくらいなら……。

あれほど貞夫と一緒に苦労したのに……。ヨーシュウ堂の発展には貢献しているのに……。

俊雄は悔しくて、腹立たしくて体がよじれ切れてしまいそうになった。菊乃が店の台所で、社員たちの食事を作っているのが目に入る。菊乃が、正夫に相談し、自分を追い出すことを了承したのは、衝撃だった。体も頭もばらばらになってしまいそうなほど打ちのめされてしまった。本当にそんなことを思っているのだろうか。正夫の虚言ではないだろうか。小百合が店頭で客の相手をしている。歯切れのよい声が聞こえる。ヨーシュウ堂を出て行くとなると、小百合に大きな苦労をかけることになる。申し訳ないと俊雄は頭を下げた。

それにしても乗っ取りなどと言われるとは！　こんなにも自分のことが信頼されていなかったのかと思うと、もう何もかも投げ出したい……。

「ちょっとワイシャツの仕入れに行ってくる。店を頼んだよ」

俊雄は、レジに座っているとみゑに言った。

「どうしたんだい？　急に」

とみゑが気にかけている。表情が思いの外険しいのだろうかと俊雄は気になった。

「なんでもない。桜屋の谷口さんに会って来る」

俊雄は逃げるように店を飛び出し、平塚の桜屋まで出かけた。

突然の訪問にもかかわらず桜屋の社長、谷口裕之はこころよく俊雄に会ってくれた。

「どうかしたのかい。急に……」

谷口は社長室に俊雄を迎え入れ、心配そうな口調で言った。

俊雄は谷口の顔を見た瞬間に涙を抑えきれなくなった。

肩をゆすって涙をこらえた。

「おやおやどうしたんだい？　ヨーシュウ堂を引っ張っていかなくちゃならない男が涙なんか流すんじゃないよ」

苦笑いしながら谷口は優しく言葉をかける。

「そのことですが、私はヨーシュウ堂を辞めたくなりました。人が信じられません」

赤く染まった目を擦《こす》りながら俊雄は言った。

谷口は、怖いほど険しい表情になる。

「何があったか知らないが、甘ったれたことを言うもんじゃない。あなたが投げ出したらヨーシュウ堂はきっと潰れる。それは間違いないことだ。私だってあなただから商品を納めているんだよ。潰れたら、世話になった貞夫さんご一家も、社員も路頭に迷うことになる。あなた一身はどうにかなるかもしれないが、今のあなたは、あなただけのことを考える立場じゃない。いろいろ言われるかもしれないが、一生、重荷を背負って生きる覚悟でやりなさい」

俊雄は、拳を固く握りしめ、涙をこらえて、谷口の言葉に耳を傾けた。

「私はね、小僧上がりなんだよ。先代に気に入られてね、婿養子に入った。辛かったね。同じ従業員からは妬まれるし、誰も私の言うことなど聞いてくれない。妻とは幸い仲が良かったが、姑《しゅうとめ》からはいろいろ意地悪されたよ。だから息子が大きくなった時、さっさと家督《かとく》を譲って隠居した。今は社長となっているが、財産は何もかも息子のものだよ。人生、いろいろだ。辛いことの方が多い。でも責任は果たさないといけない。貞夫さんは無念の思いを抱いて亡くなったはずだ。その無念は生き残ったあなたが果たすべきじゃないか」

谷口は、もう泣くのはよしなさいとばかりに俊雄の肩を軽く叩いた。

俊雄は顔を上げることができない。涙が溢れて、止められなかったからだ。こんなに感情が揺さぶられることは初めてだった。貞夫の死以来、ヨーシュウ堂の将来に関して、相当なストレスを感じていたのだろう。

何も言わないでも俊雄の悩みを分かってくれる谷口を前にして、ようやく心の重石が溶解したのかもしれない。

「た……の……む」

貞夫が掠れ声で最期に俊雄に残した言葉が蘇る。

「生き残った者の責任を果たせ」

谷口が俊雄に言った。いみじくもこれは戦時中に多くの死に直面した俊雄が、自分に問いかけた課題だったではないか。今こそ、その課題に取り組むべき時だ。

「ありがとうございます」

俊雄は涙を拭って立ち上がった。

「おそらくこれからもご面倒をおかけしますが、よろしくお願いします」

「ああ、いつでも相談してください。貞夫さんから受けた恩を返しなさい。彼が天国で見ているよ」

谷口は優しく送りだしてくれた。

俊雄は、迷うのを止めた。真っすぐに自分の前に続く商人の道を歩くしかないと心に誓った。

「我が歩む処そのものが道である。他人の道は自分の道ではないと云う事が商人の道である」

とみゑが渡してくれた詩の一節を口にしていた。

五

俊雄は、店の奥の部屋で家族会議を開催した。とみゑ、菊乃、そして俊雄と小百合だ。正夫は来ていない。

俊雄は、その場でヨーシュウ堂を引き継ぎ、自分が経営していく覚悟を宣言した。

そして包み隠さず、正夫から乗っ取りと非難されたことも話した。

「ヨーシュウ堂は貞夫兄さんの会社です。亡くなった今、誰かが経営を引き継がねばなりません。相続ということなら菊乃さんに権利があります。一番年長ということなら母さんが経営を引き継ぐという考えもあるでしょう。しかし社員である私には権利はありません。ですから二人がお前に任さないと言われたら、私は出て行く覚悟です。正夫兄さんからは、会社を乗っ取るつもりなのかと非難されました。ヨーシュウ堂の現在の成長には、私もいささか貢献したという自負があります。しかし乗っ取りなどということは微塵も考えていません。私が後継に相応《ふさわ》しいなら、私を選んでください。駄目だというなら、私は喜んで引き下がります。義姉さん、どうですか？」

俊雄は、菊乃に聞いた。

「私は不安で仕方がなかったの。それで正夫さんに相談したのよ。貞夫さんが亡くなったら、もうこの家にいることができないと思ったから」

菊乃が急に泣きだした。四人の子どもが不安そうに彼女にすがりついている。

「あらあら、そんなこと心配しなくていいのよ。みんなで力を合わせましょう」とみゑがにこやかに言った。「正夫も私の息子だけれど、ヨーシュウ堂の経営は、俊雄に任せたい。俊雄こそ貞夫の経営を一番身近で学んだのだからね」

「私も俊雄さんでいいと思います。でも私たちは会社のお荷物になりませんか」

菊乃が遠慮気味に聞いた。

「皆さんに異論がないようですから、ヨーシュウ堂の経営は私が引き継がせていただきます。姉さんや子どもたちの生活は、私が責任をもちます。安心してください」

菊乃は四人の子どもを抱えて将来が不安になり、正夫にそのことを相談したのだろう。それが正夫の欲望に火をつけたのだ。

俊雄のことを乗っ取りと非難しながら、自分が菊乃の後見人としてヨーシュウ堂を乗っ取ろうとしているのだ。とみゑの手前、正夫をひどく言うわけにはいかないが許せない。

「菊乃さん、一緒に頑張らせてください」

小百合が、菊乃ににじり寄って手を取った。

「ありがとう。小百合さん、頑張ろうね」

菊乃も、涙を浮かべながらも笑みを浮かべている。

「これで決まったね。ヨーシュウ堂は、俊雄を中心にまとまりましょう」

とみゑが言った。

「これを、俊雄さん」

菊乃が一通の封書を俊雄に渡した。封書の表には、「俊雄へ」と書いてある。貞夫の字だ。

俊雄は封書を開けた。中には「小さな事にぐらつかない自信」と書かれた手紙が入っていた。

「一、過去の努力
　過去に実験し、努力して
　将来の発展の為に払った努力が、
二、現在の好成績
　現在の信用となり、好成績

となっている。
三、現在の努力を現在の好成績だけに集中せず、
将来の確実な継続発展
の為の実験、研究にも努力すること。
四、将来の為の努力
現在は明日、過去となる。
現在に慢心して、将来の為の努力を
怠《おこた》ってはいけない。
五、過去、現在、将来を通じて
一貫した背骨を通す努力をしよう。

昭和三一年四月一九日
貞夫記す」

努力を怠らず、慢心を諌《いさ》める商売の心得だ。日付から見ると、遺書とも言えるだろう。

「貞夫さんは、いつも俊雄さんのことを褒めていたわ。真面目で慎重だから、任せて間違いはないって」

菊乃が言った。

「義姉さん、この言葉を心に刻んで頑張ります。貞夫兄さんの恩を返しますから」

俊雄は力強く言った。

「正夫には、私からよく言い聞かせるから。もしそれでも何か言うようだったら、誰かに中に入ってもらって必ず決着をつける。もし入ってもらうなら誰がいいかい？」

とみゑが聞いた。

俊雄は、間髪《かんぱつ》を容《い》れずに「桜屋の谷口さんがいいと思う。あの人は苦労人だし、公平だからね」と言った。

「そうだね、私からも一度挨拶に行っておこうかね」

その時、ドアが開いた。保夫が立っている。

「あら、こんな時間まで何をしているんだい」

とみゑが怪訝そうに首を傾げた。

「大奥さん、失礼とは思いましたが、部屋の外で今のこと、聞かせていただきました。みんなも大喜びです」保夫が背後を振り返ると、社員たちが二〇人ほどずらりと並んでいる。

「みんな、いたのか」

俊雄は社員たちの前に立った。

「俊雄さん」保夫が少し腰をかがめながら俊雄を見つめた。「みんな俊雄さんについて行きます。よろしくお願いします。みんなお願いしろ」

「よろしくお願いします」

保夫のリードで社員たちが俊雄に頭を下げた。

「みんな……」俊雄は絶句した。感動で痛いほど胸が締め付けられる。嬉し涙が込み上げて来る。

「頼りない、未熟者だけどよろしく頼みます」

俊雄は深く礼をした。涙が頬を伝って落ちていく。

ようやく自分の道がはっきりと見えた気がした。それは同時に戦争で生き残った者が果たすべき責任の道だった。

俊雄は正式に合資会社ヨーシュウ堂の代表社員になり、経営を引き継いだ。そして昭和三三年に資本金五〇〇万円で株式会社ヨーシュウ堂を設立し、社長に就任した。この会社は名実ともに俊雄の会社だ。

俊雄は株式会社ヨーシュウ堂を設立するに当たって、保夫たち社員に株を分け与えた。昔のようにのれん分けをするわけにはいかないからではあるが、社員が株主になることで会社の成長が、彼ら自身の生活を豊かにすることに直結すると理解されれば、働く喜びが大きいだろうと思ったのだ。

昭和三〇年代はまるでブームのように株式会社が多くできたが、俊雄のように社員に株を与え、一緒に成長していこうという会社は他にはなかった。

「ヨーシュウ堂は、みんなの会社だ。一緒に成長しよう」

俊雄は社長として社員たちに力強く宣言した。三四歳の新しい出発だった。二一歳で商人になる決意をして一三年が経っていた。

第五章　アメリカ

一

俊雄は悩んでいた。

兄貞夫の死を契機に、昭和三三年に株式会社ヨーシュウ堂を設立し、名実ともに社長となった。それから二年、社業は順調だ。店の面積は土地買収によって拡大し、売上高も約三億六〇〇〇万円にもなった。上野赤福堂、池袋キンケイ堂と並び三堂という名前も定着した。北千住という東京の中心部から外れたところにありながら、わざわざ買い物に足を運んでくれる客も多い。一ダース売って儲けは二枚分という「二枚儲け」、時には商品を売り切っても儲けは箱代だけという「箱儲け」の薄利多売主義に徹したお蔭で、ヨーシュウ堂には安くていい品があるという評判が浸透したからだ。従業員も四〇人を超えた。皆、力を合わせてよく働いてくれる。

ロゴマーク、すなわちヨーシュウ堂を象徴するマークも制定した。鳩が四つ葉のクローバーを咥《くわ》えて羽を広げている姿だ。

多くの人に幸せになってもらいたいとの願いを込めた。我ながらよくできていると感じ入った。

これを幅二メートル、長さ四メートルもの社旗にして店の屋上に掲げた。

社旗が風を受け、勢いよくはためく。本当に鳩が空を飛んでいるようだ。胸が高鳴り、体が熱く火照ってくる。

「社長、かっこいいですね」

古参社員の保夫の目が輝いている。感激しているのは、自分だけではないのだ。社員たちも同じ気持ちだ。

誓いの言葉も作った。貞夫の教えを自分なりに解釈して、従業員たちが毎朝、唱えられるようにしたいと思ったのだ。

――今日も一日、私たちは自信と情熱をもってお客様には最大の満足を、お店に、商品に対し深い愛情を注ぎ、奉仕の精神を忘れることなく、自らの希望達成のために努めます。

これを社旗を見ながら、毎朝、従業員たちと唱和する。

「社長、七越《ななこし》の社旗より立派ですよ。私、この間、日本橋《にほんばし》に行ってきたんです。そこで七越を見ましたけど、建物は正直言って向こうが立派ですよ。でも社旗はうちの方がいいなぁ」

保夫は、うっとりとした表情で社旗を眺める。

「うちはいつか七越を抜くような百貨店になりますよね」

念を押すというか、俊雄の決意を確かめるように聞く。

「ああ、まあ、そうだな」

俊雄は、保夫の勢いに押されるように曖昧に答える。

いつか……、いつか……、七越のようなデパートになりたい。

貞夫の言葉が蘇る。それは俊雄の目標でもあった。こうして貞夫の跡を継いで、株式会社ヨーシュウ堂にしたのも、追いつけ追い越せ七越という思いがあったからだ。


しかし……自分にその能力があるだろうか。俊雄の悩みは、それに尽きた。

店は順調すぎるほど順調だ。このままいくと、もっと売り上げは増えるだろう。店は、もっと大きくなる。今の一店舗では足りなくなり、二店舗、三店舗と増やさざるを得ないだろう。従業員も増やさねばならない。

しかし……と俊雄は憂鬱になる。生来の心配性が頭をもたげてきたのだ。

順調な時は、帆に風を受けて一気に進むのが良いとアドバイスをしてくれる人がいる。

その通りだろう。しかし俊雄は怖いと感じていた。風を受け、スピードアップすれば、勢い余って転覆《てんぷく》してしまうかもしれない。

以前、何かで読んだことがある。

金子直吉《かねこなおきち》という人の反省の言葉だ。

直吉は、鈴木商店という戦前は世界一と言われる商社を作り上げた人物だ。ところが昭和金融危機の中で破綻させてしまった。

直吉は、なぜ破綻したのかと問われ「一頭、二頭の馬なら一人で御することもできます。二〇頭、三〇頭ともなると一人で御し難くなりますやろ？　それと同じじゃと思います。しかし五〇人、一〇〇人のうちなら、私一人で統制ができますが、五〇〇人、一〇〇〇人となると、もう統制は不可能やったんですな」と答えた。

事業が拡大していくにつれて、自分の目が行き届かなくなった。組織を作り上げることも、統制もできなくなっていた。それが破綻の原因だというのだ。

貞夫から店を引き継ぎ、なんとかここまでやってきた。しかしこのまま勢いに任せて大きくすると、潰してしまうのでないだろうか。

俊雄は怖くて仕方がない。店を大きくすることが本当に自分の希望なのだろうか。

貞夫の遺志を受け継ぐことなのだろうか。

たとえ規模は小さくとも、お客様に信頼され、支持される店の方が自分の性格にあっているのではないだろうか。

直吉は大きくなった会社を制御できなかったことを後悔している。それは「将に将たる力」が無かったからではないか。

古代中国を統一し、漢を築いた高祖劉邦《りゅうほう》には「兵に将たる力」ではなく「将に将たる力」が備わっていたと中国の歴史家司馬遷《しばせん》は『史記』に記した。

劉邦には、自ら多くの兵を率いて戦う力はなかったが、彼らの上に立つ将校を指揮する力があった。その力のお蔭で、自ら率いるより何倍もの多くの兵を率いることができたため、中国を統一することができたのだ。

俊雄は自問し続ける。

果たして自分にはどんな力が備わっているのか。兵を率いる力なのか、将を率いる力なのか。そのどちらの力も備わっていないかもしれない。

東京の外れ、北千住の小さな商店の経営者で終わる運命なのかもしれない。

商人は自由だ。国や会社に束縛されたくない。そう願って商人の道に飛び込んだが、大きな企業の経営者になりたいなどという野心は、爪の先ほども抱いたことはない。

しかし時代は大きく動いている。自分の思いとは全く無関係だ。ヨーシュウ堂は、時代の風を受け、業績を拡大し続けている。

このまま順調にいくとは思えない。今は、突風に煽《あお》られて空高く舞い上がっている状態だ。風が止めば、失速し、地面にたたきつけられる。それならば風に乗っている間に、丈夫な主翼、尾翼、制御装置を備えておくべきではないか。

とにかくヨーシュウ堂を潰すことは貞夫の遺志に反することだ。貞夫が、必死で生きていたことを世の中に知らしめるためにも、証《あか》しとしてヨーシュウ堂を今以上に大きくすることが貞夫の死を受け止めることではないのか。

——頼む……。

貞夫の声が耳に響く。生き残った者の責任を果たさねばならない。でもどうやって……。

二

「やっぱりデパートなんでしょうかね」

保夫ががっくりした顔で俊雄に言った。

「どうしたんだね」

俊雄が問いかけた。

「お客様がですね。やっぱり人に物を贈るならヨーシュウ堂の包み紙じゃなくて七越だわっておっしゃるんですよ。中身はヨーシュウ堂で買って、包み紙だけ七越にならないかしらなんてね……。悔しいですね」

保夫は古参社員で、ヨーシュウ堂の発展を俊雄とほぼ一緒に見続けている。

どれだけヨーシュウ堂が客から支持されているかは肌身で理解している。

それでも評価でデパートを超えられないことが悔しい。

「いずれ七越を凌駕《りょうが》する時がある。七越だって、最初は、老舗の呉服店から異端扱いされていたんだ」

俊雄は慰める。

「そうなんですか」

保夫が目を輝かせて聞く。

七越は、三谷洋助《みたにようすけ》が明治三七年に、欧米にあるような人々が靴を履いたまま買い物ができる「デパートメントストア」を造りたいと、七井《なない》呉服店を改革して誕生した。

七越に続けとばかりに多くのデパートが誕生した。それは徐々に国民が裕福になり、買い物を楽しむ層が生まれるという時代の波に乗ったからだ。

多くの人が、デパートで買い物をするようになった。そこでは日常的にぜひとも必要な商品ではなく、買い物をすることである種の優越感を得られるような物を求めるようになった。

「デパートは、お客様が、もうちょっと豊かな生活、見栄を張るとでも言うのかな、そんな生活をしたいと思って買い物に行く場所になったんだ」

「見栄かぁ」

俊雄の言葉に保夫は妙に納得した顔をした。「私らスーパーは、生活必需品ですからね。見栄も外聞もない。少しでも安くていい品を必死で売っているんですからね」

ヨーシュウ堂は、今では衣料品ばかりではなく、肉も魚も野菜も扱っている。まさに街の衣装ダンスであり冷蔵庫代わりだった。

昭和三一年に経済白書で「もはや戦後ではない」と宣言し、日本経済は急成長し、人々は家電の三種の神器と名付けた冷蔵庫、掃除機、洗濯機をこぞって買い求めた。北千住にも冷蔵庫を持つ家庭が徐々に増え始めたが、それでもおおかたの人はヨーシュウ堂に日々の生鮮食料品を買いに来て、買いたくてもなかなか手が届かない冷蔵庫代わりだと喜んでいた。

「私たちは薄利多売主義を貫いているから」

「こんど池田勇人首相が所得倍増って言いだしているでしょう？　もし所得が今の二倍、三倍になったらみんなデパートに行くようになるんですか？　スーパーの安売りには見向きもしなくなるんですか？」

保夫は真剣な表情で聞いた。

俊雄も同じ懸念を抱いていた。

時代は、大きく変化していた。それはまるで台風のようだった。あまりに強い風に俊雄は吹き飛ばされるのではないかと不安で仕方がなかった。

「商人は冒険を望まねばならぬ」と商人の道の詩では謳うが、針路なき冒険の旅に乗り出すわけにはいかない。

昭和三五年七月一九日に首相に就任した自民党の池田勇人は、辞任した岸信介《きしのぶすけ》とは打って変わって、政治の時代から経済の時代へと大きく舵《かじ》を切った。

昭和三五年は、日本が豊かな経済国家として成長するか否かの分岐点として記憶されるだろうと俊雄は考えた。

大きな事件は三つ。

A級戦犯被疑者でもあった自民党岸信介首相は、日米安全保障条約の改定を強行しようとした。それに対して日本がアメリカの軍事力の影響下にあることで再び戦争に巻き込まれるのではないかとの不安にかられた多くの国民は条約改定に反対した。

大規模なデモが国会を取り巻き、阻止しようとする機動隊との間で激しい衝突が起きた。流血の事態となり、東大生の樺美智子《かんばみちこ》さんが亡くなった。

もう一つは、安保条約改定反対運動と連動するかのように起こった三井三池《みついみいけ》炭鉱での労働争議だ。

政府・財界は、石炭から石油へのエネルギー転換を図ろうと、一一万人にも及ぶ炭鉱労働者の解雇を進めた。これに労働組合が強く反発し、長期間のストライキによる抵抗運動を実行した。

さらに挙げれば社会党委員長浅沼稲次郎《あさぬまいねじろう》の暗殺だ。

彼は人間機関車と呼ばれ、庶民に圧倒的な人気を誇り、安保条約改定反対運動の先頭に立ち、政府自民党と徹底的に対立した。これに危機感を抱いた一七歳の右翼少年山口二矢《やまぐちおとや》に日比谷《ひびや》公会堂で演説中に刺殺されてしまう。

この三つの事件の意味するところはなんだろうか。

安保改定反対運動は、岸内閣が総辞職すると、急速に収束した。三井三池闘争も労働組合側の敗北に終わった。さらに浅沼の死によって社会党の人気も陰りを見せ、自民党政権が盤石《ばんじゃく》となった。

そこに池田首相は、所得倍増という政治目標を掲げた。今後一〇年間で国民の所得を倍にすると言ったのだ。

年率九％成長させ、国民所得を一人当たり一九六〇年度の約一二万円から一〇年後には二倍以上に引き上げる。国民総生産（GNP）も二六兆円に倍増させる。そして完全雇用と西欧並みの生活水準を実現する。

池田首相は、国民に力強く語りかけた。

それはまるで、戦争か平和かの政治的対立を癒すために掲げた目標のようだった。国民の目を経済目標に向けさせることで気持ちを一つにしようとしたのだろう。

戦後十数年が経ち、焼け跡から立ち直るために飲まず食わずだった国民に少しのゆとりができ始めた。すると目標が分散し、国民は対立するようになってしまった。池田は、もっと豊かにするという高い目標で国民をリードしようとしているのだ。

俊雄は、ふとおかしみを覚えた。私たち日本人は、いつも何か目標を与えられ、一体感を持って進んでいなければダメになる国民なのだろうかと思ったのだ。

戦前は、鬼畜米英、欲しがりません勝つまでは……。今は、それが所得倍増に変わったのだ。

国民は対立にうんざりしていた。対立よりも融和だ。みんながまとまって次の目標に向かって力を合わさなければ、日本は世界から後れをとってしまう。世界の潮流から後れたり、無視されたりすることを最も嫌う国民性が日本人の中にはある。

経済力で、早く一流国家になりたい。これは国民の偽らざる思いではないのか。それを池田首相は理解していた。

俊雄は、国民が豊かになる所得倍増計画に大賛成だった。しかし経営者としては豊かになればなるほど、どのように会社の体制を変えて行けばいいのか分からなくなっていた。

池田首相が牽引するであろう高度成長の波に乗らねば、ヨーシュウ堂は生き残れないかもしれない。客の心を掴み、成長するのは果たしてデパートか、スーパーか。どちらなのだろうか。ヨーシュウ堂はどの道を進めばいいのだろう。

夕食時のことだ。

「ヨーシュウ堂はどうすればいいかな」

俊雄は、母とみゑに尋ねた。

「どうすればいいかって、どういう意味だい？」

とみゑは、食事の手を休めた。

「このままでいいのか、もっと大きくする方がいいのか」

「何のために大きくするのだね」

とみゑが聞く。口調が鋭い。

俊雄ととみゑの様子を、妻の小百合、そして貞夫の妻の菊乃も見つめている。

俊雄は困惑した。まさか何のためにと聞かれるとは思わなかったからだ。

「何のためにと聞かれてもね」

俊雄は答えに窮し、眉根を寄せた。

「大きくなるか、どうかっていうのは結果じゃないのかい」

とみゑがなぜか微笑する。

「まあ、そうだけど」

俊雄は、とみゑの微笑の理由が分からず、曖昧に答えた。

「私はね、貞夫とこの店を開いた時からずっと、とにかくお客様に喜んでもらうことをしたいと必死で考えて、そうしてきた。そして俊雄もそれを守ってきてくれた。だからこんなにも栄えている」とみゑは、静かに話し始めた。「今の商売繁盛は、私たちがその気持ちを忘れずに仕事をしてきた結果なんだよ。それ以外、何ものでもない。ただ金を儲けたい、大きくなりたいと思って仕事をしてきたわけじゃないんだ。そうじゃないかい」

とみゑの問いかけに小百合も菊乃も頷く。俊雄は「ああ」と答える。

「私はね、ヨーシュウ堂が大きくなることが、そのままお客様の幸せや豊かさに直結するなら、それでいいと思うのさ。あくまで大きくなることは目的ではなく、結果。お客様の幸せや豊かさにつながる仕事をしたらいい。俊雄、迷いなんか捨てなさい。お前が、良いと思う方向に進めばいい。私たちはお前を信じてついて行くだけだよ」

俊雄の目には、とみゑの背後に貞夫が微笑を浮かべて立っているのが見えた気がした。

俊雄は、とみゑの微笑の意味を理解した。とみゑが、俊雄を商人として一人前であると認め、どこまでも一緒について行くとの覚悟を秘めた微笑だったのだ。

――全ては善い行いの結果なのだ。

俊雄は、嬉しさと同時にますます責任感が込み上げてくるのを覚えた。

三

俊雄はアメリカに行くことを決心した。

ヨーシュウ堂が採用しているレジスターのメーカーである日本ＭＭＲ（マネー・マネジメント・レジスター）社が主催する旅行だ。

国際セミナーに参加する名目で、国内の流通業者が参加し、アメリカの流通事情を自分の目で見聞しようというのだ。

ＭＭＲは、アメリカのオハイオ州に本社を持つレジスターメーカーだが、自社の機器を売り込むばかりでなく、流通業者の研修にも力を入れていた。

終戦後、ヨーシュウ堂と同様に安売りを主体にするスーパーが各地に登場した。いよいよスーパーの時代が到来すると言われつつあった。

MMRは、販売方法が独特だった。販売員が、単に機械を売るだけではなくスーパーの経営についてのコンサルタントも兼ねていた。

俊雄は親しくしている販売員から、ぜひ参加するようにと強く勧められた。

「四〇日ほど留守にするけどいいかな」

留守を任せる保夫に言った。

「社長、ぜひぜひ行ってきてください」

保夫の表情が輝いた。

当然だった。海外旅行などは庶民にとっては遠く手が届かない高嶺《たかね》の花だった。だれでも行くことができるわけではない。

洋酒メーカーの寿《ことぶき》屋が「トリスを飲んでHawaiiへ行こう」というキャンペーンを開始したり、「兼高《かねたか》かおる世界の旅」というテレビ番組が人気を集めたりしてはいたが、非常に高価で庶民にとっては憧れの対象でしかなかったのだ。

それに俊雄が参加するということは、保夫にとっては誇らしいことだった。社長である俊雄が一流の経営者として認められたように感じたのだ。

海外旅行が、一人年一回五〇〇ドルまで外貨持ち出し可能という厳しい制限付きながら自由化されるのは、三年後の昭和三九年まで待たねばならなかった。

俊雄は、社員や家族に見送られて羽田《はねだ》からアメリカに旅立った。飛行機に乗り込む時、デッキに目を遣った。

妻の小百合が腕がちぎれんばかりに手を振り、ハンカチで目頭を押さえている。

――出征兵士を見送るみたいだな。

俊雄は、松尾芭蕉《まつおばしょう》の句を呟く。

「行く春や鳥啼《な》き魚《うお》の目は泪《なみだ》」

芭蕉は、千住大橋から奥の細道へ歩き出した。当時の旅は、水杯《みずさかずき》を交わすくらい命を懸けたものだった。

俊雄は、それほど気負わずに出発したのだが、見送る家族や社員にとっては、もう二度と会えないかと心配するほど悲痛なことなのだろう。

俊雄は、タラップで立ち止まり、小百合に手を振った。照れが先に立ち、わずかに手を上げただけだった。もう少し大げさにすればよかったかなと、後悔する気持ちになった。

四

俊雄と一緒にアメリカに旅立ったのは三六名だった。

同業の小売業者もいるが、問屋などの経営者もいた。

ＭＭＲの国内研修で一緒になり、名刺交換をした人もいるが、あまり親しい人はいない。

俊雄は、同業者との交友関係を広げるのを好まない。これには生来の臆病さ、慎重さが影響している面もあるだろうが、意外なほど頑固であるからかもしれない。多くの人に会うことで、自分の考えが影響を受け、いい方向に向けばいいが、焦ったり、妬んだりして捻じ曲げられることを警戒していたのかもしれない。

「タバコありまっか？」

静かに座席に座っていると、背後から声をかけられた。

「タバコ？」

俊雄は不審に思い、振り向いた。

男が立っていた。がっしりとした体軀にやや腹が出ている男で、顔つきは目が鋭くアクが強い印象だ。

「あいにくタバコはありません」

俊雄の返事に男は、「ははは」とさも愉快そうに笑った。

俊雄は、男の突然の笑い声に驚いた。周囲の者たちも戸惑っている。

「あの時と一緒ですな。朝日がポケットの中にありまへんかいな」

男は、にたりと口角を引き上げながら、右耳を俊雄に向けた。

「あっ」

俊雄は、思わず声を発した。目の前のギザギザの右耳は、復員してきた時に会った、あの男ではないか。

「あなたは……」

俊雄は、口をあんぐりと開け、言葉が続かなかった。

「そうです。あんたに朝日を分けてもろうた男です」

男が頭を下げた。

「あの時の朝日は本当に美味かった。おおきに、ですな」

俊雄は、慌てて立ち上がった。

「あんたの隣が空いているみたいですけど、ちょっと座らせてもらってよろしいですか」

たまたま俊雄の隣の座席が空いている。飛行機は貸し切りというわけではないが、少しくらいの時間は違う席に座ってもいいだろう。

「どうぞ」

俊雄は言った。

男は嬉しそうに俊雄の隣に座った。

「旅行の参加者名簿にヨーシュウ堂を見つけましてね。ひょっとしたらと思うとったんです。あの時、千住へ行くとおっしゃっておられたのでね。そしたら案の定《じょう》、あの時の人やと思いましてね。タバコのお礼を言わなあかんと思いまして」

「お礼なんか……」

何故、この男がここにいるのだろう。俊雄は警戒するように表情を固くした。男は名刺入れから自分の名刺を取り出し、俊雄に差し出した。

「あなたがスーパーサカエの社長なのですか」

俊雄は男をまじまじと見つめた。男の名刺には「株式会社スーパーサカエ代表取締役　仲村力也《なかむらりきや》」と書かれていた。

スーパーサカエの名前は流通業界にとどろいていた。

大阪を中心に薬、雑貨、食品などの安売りの店を六店ほど展開し、売り上げは七〇億円以上もあった。数億円のヨーシュウ堂とは比較にならなかった。

「あんたと別れて広島に帰りました。やっぱりなんもなかった……」

仲村は、宙を睨むと、唇をかみしめた。

俊雄の目の前に、東京に帰る汽車の窓から見えた、原爆投下後の荒涼とした広島市内の景色が浮かんだ。

「両親は亡くなっていました。遺体もどこにあるかいまだに見つかりません。親族も多くは亡くなっていました。原爆のせいです」

「そうでしたか……。お気の毒でした……」

「想像はしていましたが、それ以上でした。でもワシは、こんな戦争を起こした国に心底怒りを覚えました。たたき潰してやろうかとさえ思いましたよ」

仲村は、ふっと笑いをこぼした。

「私も同じ思いを抱きました。何も信じることができなくなりました」

俊雄は仲村に思いを重ねた。

「大阪に出ましたんや。いろいろな思い出の詰まった広島にいるのは辛うてね」仲村は俊雄を見て「ワシ、二回、生き残ったって言いましたね」

「はい、伺いました。覚えています」

輸送船に乗り遅れたことと、仲村の耳をちぎった銃弾のせいで気絶したお蔭で玉砕を免れたことだ。

「責任を感じた。ワシみたいな者が二回も生き残ったせいで両親が死んでしまったんやとね」

仲村は辛そうにうつむいた。

何か言葉をかけないといけないのではないかと、俊雄は思った。しかし重苦しい仲村の表情に言葉を選ぶことができなかった。

「戦争が終わって一六年経ちました。早いものです。国は、もはや戦後ではないなんて気楽なことを言いましたが、たった一六年で、この痛みが無くなるわけがない」仲村は耳を押さえ、「ワシは国に逆らうことに決めましたんや」と表情を崩した。

「国に逆らう？」

俊雄は、聞き返した。

「梅田《うめだ》の闇市で闇屋になったんですわ」再び、宙を見つめた。

「何でも売りました。最初は、広島の村で採れた干し柿を売ったんですわ」

「面白いですね」

ヨーシュウ堂は、足袋やメリヤス下着でスタートしたのだが、干し柿とは……。

「面白いも何も、なんでもよかった。でも金もあらしません。干し柿なら、持っていけと言われてね」仲村は、力なく笑う。「しかしこれが面白いほど売れた。甘いものに飢えとったんやろね。金が無い客もいる。着物や家財道具などを持って来て干し柿と交換しました」

まるでわらしべ長者の話だ。

「それを売ったのですか」

「そうや、客が金の代わりに持ってきたのを売った。客が魚がないかと聞いてきたら、自分で海に潜って魚を獲ってきた。そのうち薬が儲かるという話を聞いたんです」

「薬ですか」

ヨーシュウ堂では取り扱っていない。

「フェナセチンって知ってるか？」

「いいえ」俊雄は首を横に振った。

「鎮痛剤やけどな、これを調合してズルチンやサッカリンを作ったんです」

ズルチン、サッカリンは人工甘味料だ。砂糖が高いために広く利用されている。俊雄は、化学的に造られたものなのであまり好ましいとは思っていない。

「戦争時代の仲間にフェナセチンを横流ししてくれるルートを持っている奴がいたんや。これはものすごぅ儲かった。みんな甘いものを欲しがるのは、干し柿で学んだことです。しかしいつまでも闇屋をやっているわけにはいきまへん。取り締まりもきつぅなってきたし。それで店を開きました。大阪の外れの千林《せんばやし》です」

俊雄は、その地名を知らなかった。そこは大阪市の東の外れで中小の工場などが多くある場所だと言う。どことなく北千住を想像した。

「アメリカにドラッグストアというのがあるのを知っているでしょう。まあ、薬屋です」

「すみません。ちょっと、分かりません」

突然の質問に戸惑う。

「アメリカに戦争で負けて、親を殺されて、こんなことを言うんは腹が立つけど、やっぱりアメリカはすごい。薬屋で、いろんなものを売っとるんです。そんな話を聞いて、薬を売りながら、お菓子も売りました」

仲村は、ははは と笑い、「甘い物から離れられへんな」と言った。

「お菓子も、ですか」

俊雄は、仲村の話を興味深く聞いた。

「抜群に客を集めた。お菓子をばら売りするんです」仲村は袋を持つ格好をする。

「例えば二〇〇グラムの注文でやな、最初から多めに入れて、ちょっとオーバーしたからいうて減らししたら気分、悪いでっしゃろ。少しずつ入れて、それで二〇〇グラムぴったりに止めるんです。それでちょっとオマケしまっさと」仲村はさも楽しそうに菓子を袋に入れる真似をした。「客は、おおきに、お前の店は気前がええなぁと、また来てくれるんや」

「がつがつせなあかん」という仲村の言葉を思い出した。

　確かにがつがつして儲けることに貪欲《どんよく》だが、客の心理を把握していることに驚く。

「今では、店も増えてな。これからは東京へも進出するつもりや。ワシは、どんなことがあっても突き進むんや」

「東京へも？」

「そやで、とにかく日本中を支配したら、誰も文句言わんやろ。ワシは虫けらのようにに扱われ、殺されそうになった。虫けらに扱われんためには大きくなるしかないやろ。今は、どんなに安く売りとうてもメーカーや問屋がアカン言うたら諦めなあかんやろ。せやないか」

「ええ、まあ……」

　仲村が顔を近づけて来る。

　困惑する。

「あんたは相変わらず人がええですなぁ」仲村は少し呆れた風に、「戦後なんか終わっとらへん。みんな安い物を買いたいんです。たらふく食べたいんです。一円でも安く売ることが、ワシの仕事やと思ぅてる。ワシは、商売をやるつもりはなかったけど、やり始めたらこんなに面白いもんはない。ワシがちょっとでも気い抜いたら、客は逃げるし、儲けも出ん。しかし必死で、客は何を考えてるんやろと工夫をしたら、客が店に溢れるんですわ」と続ける。「なあ、あんたには朝日をもろうた恩があるけど、商売は戦争やと思います。東京に行ったら、容赦のう勝負しようやないですか」

俊雄は、勢いに押される形で頷くしかなかった。

「この研修旅行でアメリカを見せてもらってな。ワシはどんどん店を広げるつもりです。全国を、全世界を征服したる。それがワシの復讐みたいなもんです。ヨーシユウ堂さんも気張ってください」

仲村は立ち上がり、通路に立った。そしてふいに「そや、名刺もらうの、忘れとりましたな。もろときましょか？」と言った。

「すみませんでした。渡し忘れていました」

俊雄は、気圧されたような表情で、慌ててスーツのポケットから名刺を取り出し、仲村に渡した。

「藤田俊雄さんか……。よう、頭に入れときますわ。どこかで朝日の恩を返さないかんけど、商売は負けへんで。ワシの戦争は、まだ続いとんねやから」

その時、飛行機が墜落《ついらく》するように大きく沈みこんだ。

機内で悲鳴が上がった。

俊雄も一瞬、蒼《あお》ざめた。しかし仲村は平然とし、背もたれに軽く手をかけ「大丈夫かいな。ホンマ、ボロ飛行機やで」と表情を歪め、愚痴った。

俊雄は、死の危機を乗り越えて来た仲村という男がどこまでやるのだろうかと、興味を抱くと同時に恐れる気持ちになった。己は己の道を行くと心に誓うのだが、なぜか落ち着かない。

仲村が、早口で喋りまくって自席に戻った後には、奇妙なほどの静けさが俊雄を包みこんでいた。

飛行機の小窓の外に広がる闇を眺めながら、このままでいいのか、と声にならない声で呟いていた。

デパートのように高級な品を販売し、安く売ることだけにこだわるスーパーからの脱却を図るべきか。それとも仲村のスーパーサカエのように徹底した安売りで行くべきか。

今までは、デパートに気持ちが傾いていた。

しかし今回の研修で、仲村の他にも多くのスーパー経営者たちと会うと、慎重すぎるほど慎重で、経営者としては臆病だと言われる俊雄でも、競争心が湧いて来るのを抑えることは難しい。

俊雄が好きな詩「商人の道」の最後のフレーズには、「石橋をたたいて歩いてはならぬ。人の作った道を用心して通るのは女子どもと老人の仕事である。我が歩む処そのものが道である」と力強い言葉が綴られている。

この言葉のように、冒険しなければ本物の商人にはなれないことが分かっている。仲村は、自分が渡るべき橋を見つけたようだが、俊雄はまだ見つけられていなかった。

――全てはお客様が決める……。

どういう商売をするのかは自分が決めることではない。すべてはお客様のニーズが決めるのだ。人々の生活は豊かになりつつある。今までのようにただ安いだけではお客様は満足しなくなっている。では高級路線がいいのか、しかし、そうでもないかもしれない。お客様の中にはいろいろな方がいるからだ。それを見極めねばならない。自分にはそれを見極める能力があるのだろうか。まだまだ自信がない。貞夫がいたら、どう考えるだろうか。絶えず亡き貞夫に問いかけてみるが、何も答えてくれない。

俊雄が焦るのには理由があった。

仲村の経営するスーパーサカエ、東京ストア、セイヨーなど安売りを標榜《ひようぼう》するスーパーが続々と誕生し、店舗を拡大していた。

世間ではスーパーは「スーと現れて、パーと消える」と揶揄《やゆ》されていたが、消費者の強い購買意欲に支えられて、成長の足がかりを固めつつあった。

それを応援したのが、日本ＭＭＲが薦めるレジスターを活用したセルフサービス方式だった。

今や国内には二〇〇〇店を超えるセルフサービス店が営業していた。

セルフサービスというのは、アメリカから入ってきたサービスで、客が自ら商品を選び、レジスターが設置された帳場で代金を精算する方式だ。

それまでの小売業は、店員が客と対面し、商品選択のアドバイスをし、時には価格を値引きする交渉に応じるなどしていた。

丁寧と言えば丁寧なのだが、安売り、二枚儲けという薄利多売を徹底するヨーシユウ堂のようなスーパーでは非効率極まりなかった。

最初にこのセルフサービスを導入したのは、東京・青山《あおやま》の食品スーパー淡《たん》ノ国《くに》屋だ。昭和二八年（一九五三年）に、日本ＭＭＲの指導で導入した。

この画期的な方式は評判となり、昭和三〇年（一九五五年）には大阪の衣料品のイセヤ、九州の大和《やまと》フードセンターなどが次々と導入し、小売業界に浸透していったのだ。

俊雄は、セルフサービス方式導入にあくまで慎重だった。

それは貞夫の死亡に伴う相続問題で悩んでいたこともあるが、貞夫と共に進めてきた徹底したお客様第一の商売のやり方に反するかもしれないと懸念していたことが最大の理由だった。

——お客様に徹底的に寄り添わないで、何が商売だ！　ヨーシュウ堂の精神を忘れたのか！

貞夫の叱責が聞こえて来る気がしたのだ。

しかしようやく周囲の動向を見極め、昭和三五年（一九六〇年）に俊雄もセルフサービス導入に踏み切った。しかしヨーシュウ堂千住店の二階食品売り場だけというささやかな試みだった。

「もっと大々的に導入しないと効果は出ないですよ」という日本ＭＭＲの販売員の声は、十分過ぎるほど耳に届いていた。

「アメリカが何かを変えてくれるだろうか」

俊雄は、再び窓の外の暗闇を見つめた。あの闇の中に光はあるのだろうか。

五

「やっぱりすごいでっしゃろ」

仲村は、アメリカに着いてからも俊雄に親し気に声をかけてきた。

俊雄は、一人で静かに見学したかったのだが、仲村は許してくれない。

シアーズ、A&P、セーフウェイなどのスーパーマーケットが著しく発展していた。

俊雄たちはフロリダ州のオーランドに来ていた。この地で評判のパブリックスというスーパーを訪ねていた。

どの店にも物が溢れていた。スーパーの入り口は、まるで遊園地のようだった。赤、黄、白、緑など色鮮やかな花が飾られている。販売用であるのは間違いないのだが、そうは見えなかった。販売するというよりも色とりどりの花で店の入り口を飾ることで、客を楽しい気分にさせようとしているのだろう。

「贅沢やな。ワシやったら、店の前に安売りの菓子を山積みするけどな。ヨーシュウ堂さんは、どうですか？」

仲村が興奮して聞く。

「はあ」俊雄は生返事しかできない。

アメリカのあまりの豊かさに圧倒されていたのだ。

アメリカは、スーパーの入り口を飾る花々のように華やいだ時代を迎えていた。

この時期を後に黄金の六〇年代と呼ぶことになる。

第二次世界大戦に勝利したアメリカは、ソ連との冷戦の深刻化はあるものの世界の超大国としての力を確立した。その世界支配は「パクス・アメリカーナ」と言われるほど強大化していた。

俊雄たちが研修旅行を実施している昭和三六年（一九六一年）に第三五代大統領に就任したのは、民主党のジョン・F・ケネディだ。なんと四三歳という若さだった。その若さは、アメリカの勢いを象徴していた。

「アメリカの皆さん、国が自分に何をしてくれるのかではなく、自分が国のために何ができるか問うてください。世界市民の皆さん、アメリカが何をしてくれるかではなく、共に力を合わせて、人間の自由のために何ができるかを問うてください」

ケネディの就任演説は、アメリカの人々だけでなく、日本の人々の心も感動させた。

ケネディは、積極的な経済政策を実施し、好景気をもたらした。またアメリカ社会で差別されていた黒人たちへの人種差別撤廃も推進した。

当時、アメリカの黒人たちは選挙権などの公民権は勿論のこと、レストラン、学校、公職など生活のあらゆる面で白人と隔離されている状態だった。

マーティン・ルーサー・キング牧師などが中心となり、人種差別撤廃を訴えていた。ケネディは後に「一つの国として、人民として道義的な危機に直面しているのです」と差別撤廃を訴え、人種差別に関わる法律などを次々と廃止した。

　白人と黒人が融和することで、アメリカの発展はますます勢いを増して行ったのである。

　現在のアメリカで民主党に対する黒人層の支持が強いのは、この時のケネディの政治的姿勢及び行動によるところが大きい。

「なあ、藤田はん」

　仲村が話しかけて来る。

「はい」

　俊雄が振り向く。

「ケネディに会いたいなぁ。あの人、ええこと言うてはる」仲村は、頭の中を探るような上目遣いになり、「研修の先生に教えてもろたんですが、ケネディが『米国とソ連の差はスーパーマーケットがあるかないかであり、一時間の労働で買えるバスケットの中身の違いである。スーパーマーケットによるローコスト・マス・マーチャンダイジングの技術が米国の豊かな社会を支えている』と言いはったんやそうです。ええこと言うでしょう」と興奮気味に顔を赤らめた。

　いったいどの研修担当からケネディの言葉を聞いたのかは不明だが、仲村は我が意を得たりというほど感激していた。

「我々、小売業の役割を高く評価してくれていますね」

「高いどころやないで。共産主義に勝つんは、スーパーのお蔭やと言うてるんです」

仲村の言う通りだ。ケネディは、資本主義は流通、共産主義は配給と分かりやすく違いを教えている。マーチャンダイジング、すなわち消費者の望む商品を適切な価格、数量で市場に供給する企業活動が米国の豊かさを支えているのだ。その役割を担っているのがスーパーマーケットだと言う。これほど誇らしいことはないではないか。仲村の言いたいことは、そういうことだろう。

「ワシらは、戦前は軍部の言いなりで配給やった。共産主義と同じやった。それは今かて変わっとらへんで。メーカーが価格も何もかも握っとるやないか。お客はんが望むものを望むだけ、望む価格で作るなんてことはせん。ワシら小売業がお客はんの喜ぶもんを作らせて、値段決めてこそお客はんに喜んでもらえるやないか。これからはワシが値段を決めてやるから。メーカー支配の時代を終わらせるんや」

仲村は言うことだけを存分に言うと、別の場所を見学に行ってしまった。

「鋭い」俊雄は思わず呟いた。仲村は、ただ者ではない。焼け跡で会った時、虫けらのように人の命を扱う国を相手に暴れると話していたが、あの時の勢いと変わっていない。否、もっと激しさを増している気がする。いつも激しく何かに戦いを挑んでいる。

俊雄は、スーパーマーケットを見学している間に、違和感を覚えていた。だが、それを上手く言葉にできないもどかしさがあった。それを仲村は一言で言いきった。「メーカーが価格も何もかも握っとるやないか」と……。

俊雄は、アメリカのスーパーマーケットを見学している時、各店で価格が違うことに気付いた。日本では商品の価格はメーカーが決めている。だからどこで買っても同じ価格だ。目玉商品として安売りしようとしたら、利益を削ることになってしまう。

しかしアメリカでは、仲村が端的に言った通りスーパーマーケットが価格決定権を持っている。だから各店で価格が違っていたのだ。

――日本でも、価格をスーパーマーケットが決める方が、絶対にお客様に支持されるだろう。

スーパーマーケットの時代が来る。俊雄の頭に確信めいた考えが鋭く閃いた。

「メーカー支配の時代を終わらせるんや……」

俊雄は、仲村が言った激しい言葉を呟いた。

六

——なんてきれいな店内なんだ。

パブリックスの店内は驚くほどきれいだ。

見ていると、店員は、商品を販売するよりも店をきれいにすることに努力しているようだ。

野菜も果物も、色の調和を考えている。野菜売り場は、まるで野菜の壁だ。緑や白や赤や黄などの色が美しい。このまま部屋に飾りたい。

果物売り場のリンゴはただ山積みになっているのではない。真っ赤なリンゴからやや黄色みを帯びたリンゴまで色の変化を楽しむように並べてある。

——まるで芸術ではないか。

店内を歩いているだけでウキウキ、ワクワクした気分になり、いつまでもここにいたいという楽しさがある。

客が、野菜の壁から野菜を抜き取り籠に入れる。すると店員が素早く駆け付けて、同じ野菜を補充する。だからいつも野菜の壁は、歯抜けのように惨めな様相を呈することなく野菜で満たされる。ああ、とため息が出るほどの手間暇をかけている。ここには合理化、効率化という用語はないのか。

　女性店員がいる。店の特徴である緑の制服に、髪の毛が落ちないよう頭も緑の三角巾で覆っている。

　質問をしてみたい。拙《つたな》い英語で通用するだろうか。不安になるが、ぜひとも現場の意見を聞きたい。

「どうしてこんなにきれいなのですか」

　思い切って女性店員に聞く。

　女性店員は、首を傾《かし》げた。俊雄は不安になる。英語が通じないのか。

「お店をきれいにする。きれいに飾るのは当然です。きれいにしていないとお客様が不快に思われ、この店でお買い物をしてくださらなくなります。良いお客様に来ていただき、買い物を楽しんでいただくために店をきれいにするのです。私はこの野菜売り場ともう一つを担当していますが、お客様が心地よくなるようにカラーコーディネイトに気をつけて陳列しています。日に四回は並べ直しをします。店には並べ替え、陳列の専門家もいますが、私は私の経験からより快適になるように、お客様が心地よくなるように工夫します。お客様が買いたくなればいいのです」

　俊雄に理解してもらおうとゆっくりと話す。それにしても堂々とした余裕のある話しぶりに圧倒される。

日に四回も並べ替えをするのか。俊雄は胸に痛みを覚えるほど、考えさせられた。ヨーシュウ堂はこれほど店をきれいにし、客を快適にさせようとこだわっているだろうか。人手不足、多忙などを逃げ口上にして、きれいにすることを怠《おこた》ってはいないか。

食品売り場は清潔が第一だ。衣料品売り場でも、乱雑にしていれば商品がみすぼらしくなる。客が乱暴に扱った衣料品を再び丁寧に畳み直し、陳列すれば、客は心地よくなるだろう。

「働いていて楽しい会社ですか?」

俊雄は別の質問をする。女性店員が、他に質問はないのかという表情をしたからだ。

俊雄の質問に、女性店員は笑みを浮かべた。

「とても素晴らしい会社です。私は代用教員をしていましたが、その時よりずっと収入が増えました。時給で五ドルも上がりました。それに私たちは、パブリックスの株主でもあるのです」

「株主ですか?」

「はい」

女性店員が頷く。

「店員全員が株主になっています。私たちが熱心に働き、会社の業績が上がれば、私たちの資産も増えるのです。ですからとても働くのが楽しいのです」

女性店員は、自信と誇りに満ちた表情で答える。

店員が働くのが楽しいと言える環境を作れば、業績が自ずと上がるのだ……。俊雄は、経営の極意を学んだ気がした。

「どうですか？　お店は気に入ってもらえましたか？」

穏やかな笑みをたたえた男性が近づいて来た。俊雄と同じくらいの身長だ。どこかで見た顔だ。

「社長、今、この方の質問にお答えしていました」

女性店員が姿勢を正して、男性に話しかける。しかし緊張した印象は受けない。笑顔で親し気だ。

「社長？」

俊雄の方が緊張した。どこかで見た顔だと思ったら、店の入り口に、彼が客の買ったものを袋に詰めている写真が飾ってあったのだ。社長の名前は、ジョージ・ジエンキンス。パブリックスの創業者だ。

――これは大変だ。しかしせっかくのチャンスだ。質問しよう。

俊雄は、本気で勇気を振り絞った。

「学ぶことばかりです。どういうお考えで商売をやられていますか？」

「私たちは、お客様に買い物を楽しんでもらおうと思っています。毎日、この店に買い物に来たいと思ってもらいたいのです。私たちは決してお客様を失望させない。どんな理由であっても満足されなかったら、すぐに代金を返却します」

「でもこれだけ手間暇をかけていたら儲けは少ないのではないですか？」

少し辛辣《しんらつ》な質問ではないかと気になった。

ジェンキンスは微笑し「その通りです。私たちは一ペニーのビジネスです。それを積み上げるのです」と言った。

二枚儲けと同じ考えだ。一円、一円の儲けの積み重ねなのだ。

「儲けが少ないからといって、暑いフロリダで冷房代をケチったり、店の整理整頓を怠ったりしたら、お客様の不評を買い、その一ペニーさえなくなります。そうじゃありませんか」

「その通りだと思います」

俊雄は、ジェンキンスの顔が貞夫に見えて来た。笑顔の陰に隠れた商売への信念が圧倒的な強さで押し寄せて来る。

「まず店ごとの品ぞろえを大事にしています。店のマーケット、客層によって商品構成を変えているのです。そして発注は現場を最も把握している店長が行います。日々の売り上げデータを検証し、店長が自分の経験をそれに加えて、どんな商品を仕入れれば、お客様に喜んでもらえるのかを予測するのです」

店をきれいに保ち、客に買い物を楽しんでもらう。一ペニーの儲けを大事にする。客層によって品ぞろえを変える。発注は現場をよく知る店長が行う。

一つ、一つが当たり前のことだ。当たり前のことの積み重ねが大事なのだ。

「店員さんも皆、株主だと伺いましたが」

俊雄の質問に、ジェンキンスは神妙な表情になった。何かを思い出しているようだ。

「私は、創業の時、資金がありませんでした。それで従業員にも株主になってもらいました。みんなで最高の店にしようと頑張ったのです。ですから、こうして大きくなった今でも従業員に株主になってもらっているのです。そして私たちは、店の掃除、レジ、陳列などあらゆることを経験して、きちんと現場でキャリアを積み、仲間の従業員に認められないとマネージャーへのステップを上がることができないことになっています。みんなで店を作り上げているのです。私も社長ですが、こうして店に出て、お客様の品物を袋に詰める時が一番楽しいのです。今日は、私どものことばかりお話しして申し訳ありません。あなたの会社の素晴らしさを、またの機会にぜひ教えてくださ い。私たちは、どんなことであってもお客様のためになるなら学びたいと願っています」

ジェンキンスは、この上ないほど親し気な笑みを浮かべた。

俊雄は、彼の謙虚さに感動した。フロリダで最高の人気を誇るスーパーマーケットとなっても、全く失われない謙虚さ。謙虚であることが成功の秘訣なのだ。「商人は何処《どこ》からでも養分を吸いあげられる浮草でなければならぬ」と商人の道で謳っている。あれは何処からも、誰からも学ぶ姿勢を忘れるなということなのだ。

「スーパーマーケットは成長しますか?」

俊雄は聞いた。

「スーパーマーケットは、私の天職です。成長するかしないか、それは私には分かりません。しかし私は、この仕事が人々の暮らしを豊かにする、大いなる役割を担っていると誇りを持っています。スーパーマーケットが、そしてパブリックスがあるから、この町に住みたい、住んでいて幸せだと多くの人に思っていただきたいと願っています」

ジェンキンスは、俊雄に握手を求めて来た。再び、ジェンキンスの顔が貞夫に見えて来た。

なぜか俊雄は涙が溢れて来た。胸の中に熱いものが込み上げてくる。それが胸を満たし、涙となって溢れそうになっているのだ。

「ジェンキンスさん、私は、あなたのようなスーパーマーケットの経営者になりたい……」

　俊雄はジェンキンスと握手を交わした。

「ははは、あなたは私よりもっと立派な経営者になられますよ。きっとね。お互い頑張りましょう」

　ジェンキンスは俊雄の手を握った。それは現場を経験した者の手だった。太く、節くれだっているが、温かさが伝わって来た。

　――スーパーマーケットこそ天職だ。

　俊雄は、早く日本に帰り、ヨーシュウ堂の店頭に立ちたいと思った。

七

　俊雄は、四井《よつい》銀行千住支店の入り口に立っていた。初めて融資を依頼した頃の記憶が蘇る。

＊　＊　＊

四井銀行との取引は古い。貞夫が店を拡張するために仕入れ先のネクタイ問屋遠井から資金を借りた。そのお蔭でヨーシュウ堂は飛躍することができた。

店を拡大すれば、仕入れ資金がさらに必要になる。そこで預金取引しかなかった千住支店に融資を受けられるかどうかの相談に足を運んだ。この時は、俊雄も貞夫と一緒に出掛けた。

——銀行は貸してくれないもの……。

母とみゑの口癖だ。俊雄は緊張して融資担当の係長に業績を説明した。

「あなた方の評判は聞いております。融資いたしましょう」

係長は、穏やかな笑顔を浮かべた。

俊雄と貞夫は、顔を見合わせて喜び合った。天にも昇る気持ちだった。これで商売をもっと伸ばすことができる。思わず俊雄は係長に向かって手を合わせた。

それから何度も仕入れ資金を融資してもらった。すべてきちんと返済した。

俊雄が単独で融資を受けたこともある。貞夫が亡くなり、社長を引き継ぎ、ヨーシュウ堂を設立した。どうしても店舗の増改築資金が必要となった。

俊雄は不安で押しつぶされそうになった。今までは、貞夫の信用で借りられていたのではないか。新社長の自分に融資をしてくれるだろうか。

とみゑの教えもあり、借金は好きではない。できれば全て自分の資金で賄《まかな》いたい。しかし新しくヨーシュウ堂としてスタートするにあたり、店舗を一新したい。その気持ちを抑えることができない。慎重な性格ではあるが、進むべき時は進まないと社員はついてきてくれない。

勇気を奮って融資担当係長の前に座った。

俊雄は、事業計画を語る。係長はじっくりと耳を傾けている。心臓が高鳴る。ノーと言われたらどうしたらいいか。高利貸に頭を下げに行かざるを得ないのか。

「分かりました。設備資金の四〇〇〇万円をご融資いたしましょう」

係長は言った。

「えっ」

俊雄は目を見張った。

「本当ですか？」

「本当ですよ。店を拡張されたら、仕入れ資金も今まで以上に必要になるでしょう。いつでもおっしゃってください。四井銀行は、ヨーシュウ堂さんの味方ですから」

係長は笑顔で言った。

「ありがとうございます」

俊雄は頭を下げた。胸の高まりがしばらく収まらなかった。社長になって初めての融資だったからだ。貞夫と一緒に信用を積み重ねてきた結果だと、店に帰って位牌に手を合わせた。

＊＊＊

「今度ばかりは、違う。今までと違う。ヨーシュウ堂を何店舗も造ろうというのだから。断られるのも覚悟の上だ」

俊雄は勇気を奮って千住支店の中に足を踏み入れた。

「いらっしゃいませ」

明るい声が俊雄に向けられた。歓迎している声なのだが、俊雄は足がすくんだ。引き返そうか。店舗を多く造ろうなどというのは無謀だ。自分には、そんな能力はない。でも……。スーパーサカエの仲村の顔が浮かんだ。うかうかしていたらあの男にやられてしまう。戦いはもう始まっているのだ。

しかし、自分は仲村と戦いたいわけではない。

アメリカで会ったパブリックスの創業者ジェンキンスの顔が浮かぶ。

――スーパーマーケットは天職です。人々の暮らしを豊かにしたいのです。

商人になりたいと思ったのは、あの悲惨な戦争で生き残った者の責任を果たすためではなかったのか。そのためには自由にならないといけないと安定した会社員生活を捨てたのだ。

人々の暮らしを豊かにすることは、戦争で生き残った自分の責任を果たすことだ。

戦闘機の機銃掃射で撃たれて死んだ老女や東大卒の戦友が「責任を果たせ」と叫んでいる。

――俺の無念も晴らしてくれ。

突然、貞夫の声が聞こえる。

貞夫は道半ばで倒れた。もっともっと自分の商売を広げたかったに違いない。それが果たせなかった。どれほど悔しかったことか。

貞夫の商売にかける情熱を多くの人に知ってもらいたい。そのためには千住の一店舗だけではダメなのだ。

俊雄は顔を上げ、唇を引き締め、覚悟を決めたように大きく頷いた。

「ヨーシュウ堂さん、何か、ご用事ですか？」

俊雄がその声に振り向くと、支店長の斉木直之《さえきなおゆき》だった。

「あっ、支店長」

俊雄は思わず斉木の両腕を摑んだ。

「融資をして欲しいんです」

俊雄の思い詰めたような表情に斉木は一瞬、たじろぎ、戸惑いを見せた。しかしすぐに冷静になった。

「ここではなんですから、支店長室にどうぞ。じっくりお話を聞こうではないですか」

斉木は俊雄を見つめた。

「はい、お願いします」

俊雄は、斉木の腕を摑んでいた手を放した。すでに俊雄の心から迷いは消えていた。

第六章　チェーンストア化

一

俊雄は、四井銀行千住支店長の斉木の前で熱弁を振るった。

アメリカで見て来たスーパーマーケットの実態。彼らが如何《いか》に豊富な商品をあまねく国民に提供し、生活を豊かにしているか、デパートが主流だと思っていたが、これからはスーパーマーケットの時代になるなど、パンフレットや資料を提示して説明した。

「ヨーシュウ堂さんがこれほどまで熱くなられるのは珍しいですね」

「スーパーはスーと現れて、パーと消えるなどと言われていますが、そんなことはありません。大量仕入れで価格を抑え、チェーンストア化することで大量販売する。セルフサービスで徹底してコストを抑え、その分を販売する商品の値下げに回す。こうすることでスーパーマーケットは、私たちの生活に根付き、豊かにしてくれるのです。私は、ヨーシュウ堂をチェーン化して事業を拡大したいんです」

前のめりになるというのはこういうことを言うのだろう。

俊雄が外の人、特に銀行員に対してこれほど熱意をもって話すのは初めてのことだ。

アメリカでのスーパーマーケットの隆盛ぶりをこの目で見たことが最大の原因であることは間違いない。

しかしそれだけではない。スーパーサカエの仲村力也に会ったことも大きな影響を与えていた。

仲村への印象は変わってしまった。戦後すぐに焼け跡で出会った時は、もう少し飄々《ひょうひょう》とした印象だった。

とは言うものの名前も交換せず、ただタバコの朝日を提供しただけではあるが、仲村は朝日一箱を自分のものにせず、一本だけ吸って残りは俊雄に返却するだけの優しさと余裕があった。

しかしアメリカで会った仲村は、攻撃的な性格がむき出しとなっていた。

郷里の広島で彼を迎えてくれるはずだった父母は原爆の犠牲になり、死んでしまった。父母だけではない。兄弟や親戚も犠牲になった。

仲村が焼け跡で俊雄に語った言葉がふいに思い出された。

――これからはカスや消耗品にも命があるちゅうところを見せてやらなあかん。

仲村は自分の家族や郷里を襲った悲劇によって、人間性を変えさせられたに違いない。体の中では国家に対する怒りが爆発しそうに膨らんでいるのだ。人間を消耗品として扱う国家に対する怒りだ。

消耗品にも命、すなわち魂があるところを見せてやる、と語った時の仲村のふてぶてしい薄笑いが本物になったのだ。

仲村は、食品や衣料などの流通、販売を国家が規制することへの挑戦である闇市で金を稼ぎ、次は、国家に徹底的に逆らって消費者に奉仕しようとしている。怒り、それが仲村の行動の原点だ。その怒りは、なにも国家だけに向けられてはいない。同じ流通業を営むヨーシュウ堂に対しても向けられている。全てを支配しなければ、国家に対抗できないと考えているようにさえ思える。

俊雄は、アメリカ研修旅行中、仲村の怒りの激しさに触れ、焼かれてしまいそうだと感じた。

同じことは、他の同業者たちも皆、感じたはずだ。このままでは仲村に焼き尽くされてしまう……。それは怖れに似ている。仲村は、俊雄に、もっとがつがつしないといけないとアドバイスしてくれた。仲村のがつがつ度は、初めて会った時と比べようもないほど高くなっている。俊雄自身はどうかと言えば、相変わらずだ。母とみゑからがつがつする必要はない、正直であればいいと言われていることもあるが、がつがつした商売をするのは自分には似合わない。

しかしそうは言うものの、あの視察旅行は、アメリカの流通、小売業の実情を教えるだけではなかった。都心から離れた北千住で、地味に商人修業をしていた俊雄に多くのライバルの存在を教えてくれたのである。

——焦っているのか？

自問する。

否、決してそうではない。ライバルの動きが気にならないと言えば、嘘になるが、それにあまり影響されたくはない。自分は、自分の考えで動きたい。

それは俊雄の生来の性格による。軍事教練に熱心に取り組まなかったり、軍隊でも他の者と同調せず、戦争に熱意を見せなかったりしたために不利な扱いを受けた。

信念というほどの固い気持ちではないが、人が右を向く時、我先にと右を向く人が多いなか、俊雄はそこで立ち止まってしまう。

なぜ皆が右を向くのか、考えてしまうのだ。自分も右を向くべきなのか、それとも左を向くべきなのか。あるいはこのまま真っすぐ前を見ているだけでいいのか。

慎重に、慎重に考えた挙げ句、結局は自分を信じ切ることに徹する。禅の言葉に「信不及《しんふぎゅう》」というのがあると聞いたことがある。

自分を信じ切るということだ。なぜ自分を信じ切るのか。それが経営者としての責任だからだ。もし失敗したとしても自分を信じ切った結果なら、満足して責任を取ることができる。

——戦争で生き残った者としての責任を、仲村は仲村の形で果たそうとしている。私は私のやり方で果たすのだ。

慎重な性格が商売に向いているかどうか、あるいはもっと積極的な方が商売にはいいのか、それは俊雄にも分からない。性格は変えようがない。この性格で行くしかない。

それにしても、いつもなら石橋をたたいても渡らないかもしれないような慎重な自分が、こんなに熱くなっている。

商人はリスクを取る時は、取らねばならない。守るだけでは商人ではない。商人の道の詩も教えているではないか。今が、その時なのだろう。

「藤田さん、千住に続く新しい店はどこに出すつもりなのですか？」

斉木が聞く。

「赤羽《あかばね》が良いと思っています」

「赤羽ですか？」

斉木が聞き返す。意外な名前を聞いたという顔をしている。

「おかしいですか？」

「ええ、浅草とか上野とか、もっと人通りが多い、繁華街をお考えだと思っていました。赤羽ってまだ田んぼばかりでしょう」

斉木の言葉を受け、俊雄は姿勢を正した。

「私たちは千住という場所からスタートしました。浅草から戦災で逃げて来たのです。幸い、千住は日光街道の要衝であり、また人情も豊かです。そのお蔭でこうやって商売が発展しました。実は、母は店を増やすことには反対でした」

「ほほう、そうでしたか」

斉木は社内の重要な人物である俊雄の母、とみゑが今回の出店計画に反対しているというマイナス情報を明らかにする俊雄の姿勢に驚いたのだ。

「母は、兄の貞夫が亡くなって、まだ間がないのに店を増やすのが心配だったのです。それに資金面の手当てができるのかとも。しかし、私は母が教えてくれた商人の道という詩の中の『商人は冒険を望まねばならぬ』という一節を引用して説得しました。私は、アメリカでスーパーマーケットの発展を確信しましたし、これを日本で展開し、多くの人を豊かにすることが自分の使命だと思ったのです。それで母もようやく納得してくれました。色々な土地を見て回りました。その際、母と決めた取り決めがあります。豊穣《ほうじょう》な土地は避けることです」

「どうしてですか?」

「怠け者になるからです。人間は、豊かなところで努力しなくても作物が豊富に取れれば、その土地から離れたくなくなりますし、冒険をしなくなります。私はヨーシュウ堂をチェーン化するという冒険に旅立つのです。豊穣な土地ではなく、私たちがハングリー精神を発揮し、開墾して豊かになる場所が良いのです。赤羽は、北千住と似ています。岩槻《いわつき》街道の要衝ですし、背後には埼玉や栃木などが控えています。電車に乗れば、池袋や新宿などにもすぐに行くことができる。それに人情もあります。出店に反対していた母も、ここならと賛成してくれました」

「なるほどね」

斉木は頷いた。

「私は『革新は辺境から起きる』と考えています」

俊雄はじっくりと話す。四井銀行から融資を受けるに当たってこれまで培《つちか》った自分の考え方を整理している最中、『革新は辺境から起きる』という言葉が浮かんだ。これは啓示とでもいうべき言葉だった。俊雄自身の考え方の肝を衝いているからだ。

「面白い考え方ですね」

「正直申し上げて、浅草が一流の商業地だとすれば、千住は二流です。辺境です。しかしそこに店を開いたお蔭でヨーシュウ堂は、努力しました。どうしたらお客様に来ていただけるのか、どうしたら買っていただけるのか。死に物狂いで考え、実行してきました。お蔭様で上野赤福堂、池袋キンケイ堂と並び、『三堂』と称されるようになりました。これは手前みそになりますが、私たちの成長発展に伴って千住の街も賑やかになったのではないかと思います」

「その通りです。商店街でヨーシュウ堂で買い物をするために、都心からも多くの客が千住に訪れます。ヨーシュウ堂を悪く言う人はいません」

斉木は、俊雄の話に大いに納得したのか、頭を何度も振った。

「商売の創意工夫は、決して立地条件に恵まれた土地からは起きないのです。赤羽も同じです。私たちが頑張ることで街そのものを発展させます」

俊雄は強く言い切った。そして斉木を見つめた。

「失礼ですが、成長されましたね」

斉木はにこやかに言った。これは斉木の本音だった。

ヨーシュウ堂は、俊雄が、貞夫亡きあと新しく立ち上げた、文字通り俊雄の会社だ。俊雄は、貞夫が元気な時は、彼の陰に隠れ、目立たぬ存在だった。しかし今は違う。決断すべき時には決断する、勇気ある経営者に変身している。すっかり見違えた。男子、三日会わざれば刮目《かつもく》して見よ、というがその言葉通りだ。

「ところで融資は、いくら用意すればいいのですか」

斉木が身を乗り出して来た。表情に明るさがあり、やる気に満ちている。銀行の支店長も、企業経営者と同じように二通りのタイプがいる。守りと攻めだ。斉木は、俊雄の理路整然とした考え方と、今までの実績に鑑みて、攻めることを決意したのだ。

「四〇〇〇万円です」

俊雄は、斉木の目を強く見つめた。

「うっ」

一瞬、斉木の顔が強張った。想像していた以上に大きな金額だったのか。

俊雄は表情を変えない。動揺を表に出さない。最初から、融資金額が大きいことは分かっている。

しかし約一七〇坪から一八〇坪の売り場面積に駐車場などを考えると二〇〇坪は欲しい。建物や仕入れ資金、その他で四〇〇〇万円は必要だ。もしかするとそれ以上になるかもしれない。ここは譲れない。もし四井銀行が尻込みするなら、どんな銀行にも頭を下げるつもりだ。

「分かりました。なんとかしましょう。私の融資権限を超えますので、いろいろとご苦労をおかけしますが……」

斉木は、唇を引き締めた。腹を固めたという顔だ。

「ねえ、藤田さん、本店の役員の前でお考えを説明なさいませんか。チェーン化するということは、引き続き資金が必要になるということでしょう。それなら本店の役員の前で説明していただいておくと、応援がしやすくなります」

「本店の役員とおっしゃいますと？」

俊雄が聞き返す。

「社長以下です。藤田社長が説明する場所を設定させていただきます」

四井銀行は他行が頭取《とうどり》と呼んでいるトップを、通常の会社のように社長と呼ぶ。

斉木が、俊雄を見つめる。

「やらせていただきます」

俊雄は、覚悟を決め、きっぱりと返事をした。

四井銀行の社長？　俊雄にとっては雲上人《うんじょうびと》だ。話したこともなければ、顔さえ見たこともない。スーパーマーケットのチェーン化に理解があるだろうか。銀行員というのは先見性より、保守性が重視される職業だ。頭から俊雄の考えなど否定されるかもしれない。三八歳の若造が、何を夢見ているんだと怒鳴られるかもしれない。しかしそれでも構わないではないか。銀行は貸してくれないもの……。とみゑの言葉が蘇る。

「一緒に頑張りましょう」

斉木の力強い言葉が、俊雄の胸を熱くした。

二

ヨーシュウ堂は活気づいていた。俊雄がチェーンストア化の構想を社員に示したからだ。

チェーン化一号店になる赤羽店を成功させるために、千住店で実験を開始したのだ。

まず取り扱い品目を増やし、食料品全般、家庭用品、化粧品など、客が日常生活で必要とする、あらゆるものが千住店で揃うようにした。

全ての売り場に高価なレジスターを設置し、セルフサービス方式を導入した。

アメリカの消費者は、チェーン化したスーパーマーケットで商品を安く購入することができ、消費生活を謳歌《おうか》している。

消費者に最も訴求力があるのは価格だ。消費者は価格の安さに惹きつけられる。安くて良い商品が、消費者にとって最高の商品なのだ。

しかし小売業者が消費者に安く商品を提供しようとすれば、日本の商店のように客に相対して商品説明をしたり、価格交渉をしたりしていては不可能だ。人件費がかかりすぎるからだ。

ヨーシュウ堂は、貞夫が経営していた際も薄利多売主義で、安さが客の評価を得ていた。

しかし価格を下げれば、売り上げを倍にしなければ、以前通りの利益を上げられない。そのためには社員は、二倍も三倍も働かねばならない。それが無理なら社員を増やすことも検討しなければならない。そうなると人件費がかさみ、利益が減る。利益が減れば、もっと売り上げを伸ばさねばならない。無理に無理を重ねることになる。そのため繁盛している割には利益が上がらない結果となる。

アメリカでスーパーマーケットの経営者と話すと、挨拶代わりに「何店舗経営しているんだね?」と聞かれた。「一店舗だけだ」と答えると、呆れた顔をされた。「数十、数百の店舗を経営しなければ、到底、客に安く販売した上で利益を上げることなどできないよ」と彼らは言った。

貞夫の薄利多売主義の商売と、チェーン化したスーパーマーケットの商売は、似て非なるものなのだ。

チェーン化したスーパーマーケットを成り立たせているのは、セルフサービスとチェーン運営のノウハウだ。

セルフサービスとは、客がみずから買い物籠に商品を入れ、レジまで運び、精算するというスタイルだ。今まで日本にはなかったものだ。

アメリカのスーパーマーケットでは客たちはカートに買い物籠を載せ、店内を自由に歩き、楽しそうに商品を選び、棚から買い物籠に入れている。

セルフサービスというと、いかにも手抜きのように思っていたが、これこそ買い物の楽しさではないかと気づいた。

誰にも気兼ねすることなく、店員に付きまとわれることもなく、自由に商品を選ぶ。いちいち店員が客の傍に立つことはない。客は時間をかけ、自分に合った商品を、安く、あるいは値ごろ感のある価格で購入したい。店員に付きまとわれてアドバイスを受けたら、気の弱い客なら買いたくない商品まで買わざるをえなくなる。

俊雄は、自由を求めて商人の道を選んだが、実は客こそ、自由を求めて買い物をしているのだ。そのことにアメリカで気付いた。

もう一つのチェーン化ノウハウというのは、仕入れは本部が担当し、販売は店舗が担当するという分業化を徹底することだった。

全店舗の商品を本部が一括仕入れをすることで、強力なバイイングパワーを持ち、問屋やメーカーから安く仕入れる。その結果、客に安く商品を提供できる。

このセルフサービスと、仕入れと販売の分業化というチェーン化ノウハウによって、アメリカではスーパーマーケットが発展した。

俊雄は、考えた。アメリカのノウハウをそのまま日本に導入してもいいのだろうか。日本の客に通用するのだろうか。

そこで社員の内、見込みのある者を他の小売業者へ研修に派遣することにした。スーパーマーケットをチェーン化しようというのは、俊雄の専売特許ではない。すでに他の小売業者も始めている。ただし、まだアメリカのように何十、何百という数の店舗を展開しているところがないだけだ。

派遣した社員たちは、つぎつぎと成果を報告してきた。セルフサービスにおける客の戸惑いなどの様子を詳しく報告してきた者もいる。あるいは大量仕入れをするためには、従来の問屋体制を見直さざるをえないが、長年、親しくしてきた小規模の問屋との取引を見直すのは、心苦しいと涙を見せる者もいた。

「みんな、三つのポイントだぞ」

俊雄は、ヨーシュウ堂が目指すセルフサービスのキーワードを「三つのポイント」に定めて、社員たちに伝えた。

研修に派遣した社員たちの報告から俊雄が編み出したノウハウだ。

それは一方的に安いからと商品を提供するのではなく、あくまで商品は客が選ぶものであるとの考え方から生まれたノウハウだ。

アメリカは、確かに物が豊富で、客にどのように見えるか、色合いまで考えて商品を並べている。野菜も肉も加工食品も衣料も、すべて色の調整を考えていた。これを向こうではカラーコーディネイトと呼んでいた。大いに参考になった。しかし、納得のいかなかったことが一つある。いくら大量仕入れで価格を安くすることができても客の好みに合わなければ、なんにもならない。

商品を供給するスーパーマーケット側が、商品を押し付けている印象があったのだ。

大量に仕入れをしたとしても客に選んでもらえるようにしたい。

そこで俊雄は「価格は三つ揃えよ」「サイズは三つ揃えよ」「色は三つ揃えよ」と「三つのポイント」を社員に指示した。

「お客様に選択してもらうんだ。一つなら強制、二つは押し付け、三つ揃って初めて選ぶ楽しみを味わってもらえるんだ」

「でも社長、四つ以上の中から選びたいっていう客はどうするんですか」

社員が聞く。

「それはこれからの課題だ。品揃えをもっともっと豊富にしても、それでも安く提供できるよう努力しよう。しかし現状は三つ以上だと発注に無駄がでる、商品分類が難しい、在庫や売れ行きが摑みにくいなどの問題がでるんだ」

俊雄は社員に丁寧に説明する。それは社員の疑問が核心をついていたからだ。

アメリカでパブリックスの品揃えには感動した。あれだけ豊富な種類の商品を、いつかは並べてみたい。しかし今は三つのポイントを徹底しなければならない。

古参社員の保夫が社員の前に立った。

「私たちが積み上げて来たノウハウをスーパーマーケットで生かすんだ。商品は安い方から並べるんだ。お客様に目立つように価格を表示しよう。売れ筋を前面に押し出すんだ。張り紙やポスターで商品の良さを強調しよう」

次々とヨーシュウ堂のお客様本位の販売方法を伝授する。

俊雄は、社員たちが一生懸命に販売方法などを創意工夫することを嬉しく思った。

「社長、みんな燃えていますから。成功させましょう」

保夫が、鼻息を荒くして俊雄に言う。

「分かっている。やるぞ」

俊雄は、拳を握りしめて決意を示したが、順調とは言えなかった。

四井銀行千住支店長の斉木が社長たち役員の前で行うプレゼンテーションの日程を調整しているが、その前に依頼した四〇〇〇万円の融資がまだ進んでいないのだ。

赤羽店は、国鉄東北本線赤羽駅の西口に造る計画だ。東口よりも広い土地が残っている。周囲には公団住宅などが造られつつあり、人口増加が期待できるエリアだ。何としてでもここにチェーン化一号店を造りたい。

斉木は、本部の説得に努力してくれているようだが、スーパーマーケットについて四井銀行の理解がまだ十分ではない。それは当然のことだ。俊雄自身が成功するか失敗するか、見極めがついていない。しかし商人としてここでリスクを負わなければ、北千住の繁盛店で終わってしまう。そしていずれ他のスーパーマーケットに圧され、衰退してしまうだろう。

斉木がわざわざ俊雄を訪ねて来た。眉間に皺を寄せ、ずいぶんと渋い顔だ。

「土地は購入しないのですか」

斉木は聞いた。

「購入しません。お借りします」

俊雄は答えた。

土地は所有しない。それは貞夫から「地主根性が抜けないのか」と叱責を受けたことにも由来する。

父野添勝一は地主であることで努力を惜しむところがあった。そうなってはいけない。自分の内なる勝一を否定することから商人を目指した以上、土地は持たない。土地を持てば、土地に縛られる。これでは商人ではなく農民になってしまう。

もっとも現実的にも土地を購入すれば投資額が嵩《かさ》んでしまい、採算の目途が立たない。投資効率がどうなのか、これが俊雄の判断基準だ。

「そうですか……」

斉木は暗い顔になった。

「担保不足ですか」

「実は、審査部から担保が十分ではないとの指摘を受けていまして」

斉木は申し訳なさそうに顔を歪めた。

「銀行は担保主義なのですね。事業の将来性や収益計画を見て判断して欲しいのですが」

日本の銀行は、人を見て、すなわち事業を見て融資するよりも、担保を見て融資をする。担保さえあれば、融資をするのだが、新興の企業で十分に担保となる不動産などを保有しているところはない。そのため事業計画を断念せざるをえない。

「四井銀行さんが担保にこだわられるなら社長に説明する機会を頂いても、これからの支援に期待はできませんね」

俊雄は無念を滲ませた。

「そんなことはありません。この最初の四〇〇〇万円の融資が突破できれば、その後の支援に審査部も前向きになってくれます。お約束します」

斉木は強く否定する。

「要するに私の覚悟を見せろ、ということですか」

「そのような意味もあります」

斉木は、なんとかならないかと言わんばかりに唇を噛んだ。

今回の赤羽店は地主に建物保証金を支払い、三階建ての建物を建設し、一階、二階を店舗として使用する。銀行から融資を受けられなければ、保証金が払えない。当然、建物を造ることはできない。

地主への交渉には苦労した。銀行に理解が無いように地主も将来性が分からないスーパーマーケットのために店舗を建設し、もしも経営が失敗し、夜逃げでもされたら大変なことになる。そのための保証金だ。

「分かりました。地主さんと相談します」

俊雄は言った。

「よろしくお願いします。吉報を待っています」

斉木は腰を上げ、千住支店に戻った。

「さて、どうするか」

俊雄は腕を組んで考える。

斉木が帰ったのを見計らって保夫が近づいて来た。

俊雄は、古参社員である保夫に赤羽店を任せようと考えている。そのため保夫は地主への交渉や採用活動、そして赤羽界隈の人々のニーズ調査などに連日、大忙しだ。社員を信用し、社員に仕事を任せることは、人を育てる上で非常に重要なことだと学んでいる。これも新しい店を造ろうと決断したことの副次的効果だ。社員を成長させるには、新店を造り、会社を成長させねばならない。これも経営者の義務だ。停滞は衰退につながってしまう。

「斉木さん、なんだか元気がなかったですね」

保夫が気がかりな様子で聞いて来る。保夫にしてみれば、赤羽店がどうなるかは、自分の人生がどうなるかに等しいほどの重大事なのだから、当然のことだ。

「担保が不足しているらしい」

「銀行は、担保、担保ですね。私らみたいによく働く社員がいるのにそれを信用してくれないいんですかね」

保夫は、いかにも情けなく腹立たしいという様子を全身から醸し出す。

「保夫を担保にもらってもらおうかな」

俊雄は、からかい気味に言う。すると保夫は真面目な顔で迫ってきた。

「私でよければ担保として銀行の金庫に入ります」

「冗談だよ。いくら銀行でも保夫を担保にはしないさ」

俊雄は大慌てで保夫を担保にするアイデアを否定しながら、嬉しさがじんわりと込み上げて来た。冗談で言った保夫担保のアイデアを真面目に受け止めるほど、赤羽店のことを真剣に考えてくれていることがよく分かったからだ。

いい意味でも悪い意味でも、貞夫が経営していた時は、これほど社員がヨーシュウ堂のことを自分の会社のように考えてくれてはいなかった。

貞夫という旦那様がいて、後は何も考えず、旦那様の言う通りに働き、仕える使用人という関係だった。

昔の商家の関係そのものだった。

しかし、俊雄が作ったヨーシュウ堂は、社員に株を持たせたこともあり、皆が自分の会社という意識を持ってくれているように思える。それに俊雄自身が、商人として叩き上げてきたわけではないので、商人としては保夫らに学ぶところが多い。

そこで社員との関係は、昔ながらの非合理な関係より、合理的な関係になっていた。

社員の意見をよく聞き、経営に反映できるものは反映していくようになったのである。

「地主さんが土地を担保に差し出してくれませんかね。そうしたら銀行も融資してくれるんじゃないですかね」

保夫の言葉に、俊雄ははっとなった。

そんなことができるはずがない。地主は、土地を売りたくない。俊雄も買いたくない。だから借りる。借りて建物を造り、そこで商売をし、その利益の中から賃貸料を支払う。こうすることで地主は、土地を売ることなく、土地を活用して利益を得ることができるのだ。

その土地を銀行融資の担保に提供するということは、ヨーシュウ堂が事業に失敗し、融資の返済が滞れば地主は土地を銀行に取られてしまうことになる。とんでもないリスクを負うことになる。

「ありえない。そんなことをしてくれるはずがない。しかし……」

俊雄は保夫をじっと見つめた。期待を込めた目つきだ。何か前向きなことを言ってくれと目が語っている。

「あの地主なら、ヨーシュウ堂のことを分かってくれる気がします。すごく信用してくれていますから」

土地交渉に尽力した保夫ならではの感触だ。

保夫は、商人として他の社員の見本だ。腰の低さと愛想の良さは他の追随を許さない。北千住の街でも有名人の一人だ。保夫は誰にでも気さくに挨拶をするのだが、その際の笑顔がいいと評判になり、それがヨーシュウ堂の評価を高めることにもなっている。

そんな保夫が、地主と心を通わせているなら、この突拍子もないアイデアは上手く行くかもしれない。

「土地を担保に提供していただけるか、思い切って頼んでみようか」

「はい。社長。ご同行いたします」

保夫は、満面の笑みで答えた。

――当たって砕けろだ。

決意したら、俊雄の行動は速い。それまでの熟慮に熟慮を重ねる反動が来たかのように動き出す。

「行くぞ！」

俊雄は、力強く立ち上がった。

三

「本日は、ヨーシュウ堂藤田社長には、ご多忙中にもかかわらずご出席を頂き、感謝いたします。ではただ今よりヨーシュウ堂の事業計画の説明会を開催いたします。この説明会で、社長を始め、各役員の皆様にヨーシュウ堂の事業にご理解を深めていただき、ヨーシュウ堂への継続的な支援をお願いしたいと存じます」

四井銀行千住支店長の斉木が、緊張した声で会議の開催を告げる。

下町、千住の支店長である斉木が、社長、副社長など四井銀行のトップたちの集まる会議を主催するなどというのは前代未聞のことだった。

斉木は、俊雄をこれ以上ないほど高く評価していた。それと同時に斉木は、ヨーシュウ堂赤羽店開店のための四〇〇〇万円の融資を実行するに当たって担保不足をどうするか悩んでいた。

千住支店の取引先は中小企業が主体だ。多くの中小企業の中から発展しようとする意欲があり、その可能性のある会社に融資をすることは銀行員の真骨頂だ。

斉木は、俊雄と関係を深めれば深めるほど、この人に賭けたいという思いが募るのだった。

もし四〇〇〇万円の融資を謝絶することになれば、俊雄との関係は切れ、成長していくヨーシュウ堂を指をくわえて眺めることになるだろう。

なぜ担保が必要なのだ。事業を見て、融資をできないのか。銀行というのは、人を見て貸すのが本来の役割である。

しかし、最初の大きな融資であり、スーパーマーケットという銀行にはまだ馴染《なじ》みの薄い業種への警戒感が想像以上に強かった。

もはやこれまでか、と斉木が諦めかけた時、俊雄が銀行を訪ねて来て、「地主が土地を担保に差し出しても良いと言ってくれました」と提案してきたのだ。思いがけない提案だった。斉木は信じられない思いで、眉唾《まゆつば》ではないかと思ったほどだ。

俊雄の説明によると、正直に地主に担保不足の件を相談したという。

地主は、かなり深刻な表情になり、うんうんと唸り続けた。

そしておもむろに「要するに私はヨーシュウ堂さんと一蓮托生になるわけですな」と言った。

俊雄は、「その通りです」と答えた。

「先祖伝来の土地をあなたに差し上げるようなものだ。あなたは死に物狂いで事業を成功させてくださいよ。私は、ヨーシュウ堂さんが正直な商売をしておられるのをよく存じ上げている。だから今回の土地貸与も承諾したんです。もし四井銀行が、なかなかうんと言ってくれないなら、私が取引している銀行を紹介してもよろしい」

地主は唇を固く引き締めた。

「地主さんは私たちを信用して、私たちに貸与する土地を銀行の担保に提供するという取引に応じてくれました。次は銀行が私たちを信用するかどうかです」

俊雄には珍しく、鋭い刃《やいば》を突きつけるような態度で、斉木に判断を迫った。

斉木は、興奮した。これだけの覚悟を示してくれた取引先に出会ったことがないからだ。この覚悟に応えないなら、即刻、銀行員を廃業しないといけない。

斉木は、審査部と協議し、赤羽店開店の融資を実行した。

しかし本番はこれからだ。俊雄は、チェーンストア化を実行しようとしている。赤羽店だけを開店すればいいのではない。何か店も開店すれば、巨額の資金が必要になる。それに対応していかねばならない。そのために社長以下、役員にヨーシュウ堂のビジネスを理解してもらう必要がある。今日は、そのために開催された会議だ。斉木は、発展する新興企業に関わることができる喜びを味わっていた。密かに銀行員冥利《みょうり》に尽きると思いつつ、俊雄を見て、頷いた。

俊雄は、斉木が頷くのを確認すると、緊張した表情で立ち上がった。円形の大きなテーブルには、俊雄から最も遠い正面の席に社長が座っている。その周囲を役員たちがずらりと埋めている。

広い会議室。普段は取締役会に利用されていると聞いた。社長の背後には、英国のターナーが描いたと思われる荒れる海の絵。ブラックウォールナットのテーブルは、遠くに社長の顔が見えるだけに、権威主義の象徴のようだ。このテーブルに就くことができるのは、銀行の中でも一握りのエリートだけだ。初めてこの部屋に入った俊雄に緊張するなという斉木のアドバイスは、まったく効果を及ぼさない。

「本日は、私どもヨーシュウ堂のためにお集まりいただき、誠に嬉しく思います」

緊張のためだろう。俊雄の声がやや上ずり、高くなる。

俊雄は、スライドを用意していた。室内を少し暗くする。その操作は、斉木が行った。社長の背後にスクリーンが設けられ、俊雄がアメリカで撮影してきたスーパーマーケットの様子が次々に映し出されていく。

俊雄は、スライドを映しながら解説を加えていく。

「パブリックスはフロリダ最高のスーパーマーケットで、食材は豊富で、色彩に注意を払っています。店舗は快適で、エアコンが一年中、店内を快適な温度に保っています。客は買い物を楽しんでいます」

果物や野菜が、それぞれの色彩を考えて並べられている。客が、カートを動かし、好みの商品を籠に入れている。どの客も笑顔だ。

「スーパーは、チェーン展開することで大量仕入れにより価格を抑え、お客様に良い品を安く提供します。このような業態をＳＳＤＤＳと呼びます。セルフ・サービス・ディスカウント・デパートメント・ストアの略です」

俊雄は話すにつれて落ち着きが出始めた。社長が説明にいちいち頷いているのが分かる。

「アメリカではスーパーマーケットが、デパートよりも発展しています。それは人々の生活に寄り添っているからです。米国とソ連との差はスーパーマーケットがあるか、ないかの差だとアメリカ大統領ケネディは言いました」

俊雄が、口調を強くする。「ほほぅ」と感心する声が聞こえた。ケネディの人気は日本でも高い。この名前を出したのは正解だった。

「ケネディは、一時間の労働で買えるバスケットの中身の差であると言ったのです。スーパーマーケットの持つローコスト・マス・マーチャンダイジング、すなわち大衆消費者のニーズに応える低価格の商品を提供できる能力が、アメリカの豊かな社会の支えだというのです」

俊雄は順調に説明を終えた。室内が明るくなった。

「藤田さん、ありがとうございました。着席してください」

斉木が手で座るように示す。俊雄は、その指示に従って着席する。満足感とわずかばかりの疲労を感じる。後は、質問を受け、銀行の役員たちの評価を待つだけだ。

銀行は貸してくれないもの、という母とみゑの言葉が明瞭《めいりよう》に浮かんでくる。赤羽店の開店資金の融資を得られただけでも御《おん》の字ではないか。そう思うことにしよう。恨みっこなしだ。

もしここが駄目なら、どこか別の銀行に相談すればいい。スーパーサカエの仲村も銀行には苦労したと話していた。

「説明してもスーパーのことなんか分かってくれる銀行なんかあらへん。スーと現れて、パーと消えるだけやと馬鹿にされた。あちこちの銀行に頭を下げて、なんとかしてくれと頼みまくった。それでようやく応援しましょうと言うてくれる銀行が現れた。干天《かんてん》の慈雨《じう》、地獄に仏や」スーパーサカエを率いる仲村力也の、カラカラと乾いた笑いが響く。

もし日本の銀行が駄目なら、アメリカの銀行に頼みに行こう。アメリカならスーパーマーケットに対する理解があるだろう。そうだ、アメリカの銀行に相談しよう。アメリカの金融街を思い出す。どんな銀行があっただろうか。モルガン、チェース、ゴールドマン・サックス……。

俊雄の頭には振り払っても振り払っても次々とマイナスイメージが浮かび、終わることが無い。

「スーパーサカエに行ったことがありますが、決して感心するような建物じゃあなかったですぞ。歩くたびに床はミシミシと鳴るし、壁まで物がいっぱい並べてあって、私は買う気はしませんでした。デパートになさった方がいいのではないですか。七越のようにね」

一人の役員が、薄笑いを浮かべながら言った。

彼は大阪の仲村の店に行ったのだろう。俊雄もこっそりと見学に行った。その役員の言う通りなのだが、店には客が溢れ、床が落ちやしないかと心配をするほどだった。とにかく安い。圧倒的な安さで客を引き付けていた。

「多くの商品を安く提供して、人々の生活を豊かにするというのがスーパーマーケットの使命です。私はその使命に感動して、スーパーマーケットの時代が来ると確信しております。デパートになる気はありません」

俊雄は明瞭に答えた。

「そうですか」

役員は不機嫌そうに社長に視線を向けた。

「何店舗くらい造られる計画ですか」

別の役員が聞いた。

「スーパーマーケットはチェーンオペレーションで利益を上げる仕組みです。一か店、二か店では利益を出していくのは難しいのです。最低でも一〇店舗は必要だと思っています」

「おおぅ」どよめきが上がる。一〇店舗という数字に驚いたのだろう。赤羽店の四〇〇〇万円×一〇店舗で四億円になる。

銀行にとって融資が増えることは、商店のように売り上げが増えることと同義ではない。

だから単純には喜ばない。融資が増えることはリスクが何倍にも膨れ上がることを意味しているから、慎重になるのだ。臆病と言い換えてもいいかもしれない。

「いやぁ、大変な投資額ですね。この間、ある電鉄系のスーパーマーケットの社長と話をしましたが、『スーパーなんてものは儲からない。労多くして益少なし。すぐにでも止めたい』と言っていましたよ。社長……」

社長の傍にいるのは副社長だ。視線は、俊雄に向けたまま、社長に耳打ちをしている。小声で話せばいいものをわざと声を大きくしている。俊雄にもその否定的な内容が聞こえてくる。

駄目かもしれないなぁ。俊雄は弱気になった。

「今回は、不動産を担保にしていただいたようですが、これからはどうされますか？　不動産を購入するのではなく、あくまで借りられるようですが……」

また別の役員が聞いた。

「不動産は購入しません。そこまで投資額を膨らますことはできません。お客様へ低価格奉仕をするためには初期投資を抑えねばなりません」

俊雄は、自分の考え方を説明する。

「となると、土地を担保にしていただくことはできないわけですね」

「はい。そのつもりです。赤羽店は初回ということもあり、地主様に無理にお願いしました。今後、店舗の拡大のピッチを上げていきますので、土地の担保提供はできません。地主様に建物を建てていただき、それを私どもが借りる、いわゆるリース方式で進めて参ります」

「そうですか……。リースねぇ……」

役員は力なくうつむいた。

「店舗は、どのようなエリアにお考えですか」

また別の役員が聞く。

「赤羽の次は、浦和《うらわ》や江戸川区《えどがわ》、葛飾区《かつしか》などを検討しています。いずれもヨーシュウ堂にご来店していただいたお客様が多いエリアです」

「ということは今のヨーシュウ堂さんの売り上げが分散するだけになりませんか」

「そのようなことにはなりません。私どもが、そのエリアに出店することで、ヨーシュウ堂を中心として集客範囲が拡大するのです。また北千住でもそうでしたが、地元商店街と共存共栄を図り、その土地、その街の評価が上がるように努めていきます」

「なるほど……」

役員は納得したように頷き、「では東京都心や関西などに店舗を拡大することはないのですね」と聞いた。

「その計画はありません。将来はともかくとして、現在は、一定エリアに開店することで、徐々にヨーシュウ堂の商圏を拡大していく考えです。アメリカでもパブリックスはフロリダから出ません。このような店舗戦略をドミナント戦略というそうです。和音を作る際に音を重ねる意味のようですが、ある一定エリアに集中して店舗を展開する戦略です。これにより物流面でも認知度向上の面でも有利に働きます」

「なるほど、なるほど」　役員は、何度も頷く。「迂《う》を以て直となす。一見、時間がかかるようだが、成功への近道というわけだ」

役員は孫子《そんし》の兵法を持ち出して理解する。

俊雄は社長を見つめた。社長は、先ほどから一言も発言しない。書類に目をやったり、発言する役員や俊雄に視線を向けたりしている。

時間が過ぎていく。

いくつかの質問が続いた後、ついに質問が途切れた。

斉木が立ち上がった。

「千住支店の支店長として申し上げます。ヨーシュウ堂様は、戦後にスタートされ、今や東京でも一、二を争う繁盛店になっておられます。この度、お店のチェーン化を実行され、さらなる発展を目指そうとされています。誠実で正直な商売を私は非常に高く評価しております。残念ながら私は、スーパーマーケットの将来を絶対に成功すると言い切れるまでの知識も自信もございませんが、ヨーシュウ堂様なら、藤田様なら成功されると信じております。他の誰でもありません。藤田様こそが担保なのです。ぜひとも役員の皆様、千住支店をヨーシュウ堂様と一緒に歩ませてください」

熱弁と言ってもいいだろう。斉木は声を震わせていた。

俊雄は、嬉しかった。もし結果が思わしくなくとも斉木の努力には感謝したいと心から思った。こんなにも評価してくれることに身が引き締まる。

誰も何も言わない。じっと何かを待っている。社長の決断を待っているのだ。室内の緊張が高まっていくのが俊雄にも感じられる。

「藤田社長」

社長が初めて口を開いた。

「はい」

俊雄は姿勢を正した。

社長は、小柄だが威厳がある。太い眉が意志の強さを表しているようだ。

「よろしくお願いします。健康に気を付けていただき、社業の発展に邁進《まいしん》してください」

社長は頭を下げた。

俊雄は戸惑った。社長の発言の意味が十分に理解できたとは言い難い。

よろしくお願いします、とは支援するという意味なのか。頭を下げたということは、融資を了解したということなのか。

「斉木支店長」

社長は、笑みを浮かべて斉木に声をかけた。

「は、はい！」

斉木が椅子を蹴って立ち上がった。

「ヨーシュウ堂様をご支援して差し上げてください。よろしく頼みましたよ。ご苦労様でした」

社長は、穏やかな口調で言った。

「ありがとうございます」

斉木が深々と礼をした。

上手く行ったのだ。俊雄は、喜びが込み上げてきた。席を立ち、「ありがとうございます」と大きな声で言い、頭を下げた。

目の前に赤羽店の賑わいの中で、必死に働く新店長の保夫の顔が浮かんできて、思わず涙ぐんでしまった。

四

大木将史《おおきまさし》は怒っていた。

焦りだろうか。それとも少し違う。もともと気が急《せ》くタイプで、結果を早く求めてしまう。だから結果が思い通りにならなかったり、苛立《いらだ》ったりするのだ。それが怒りとなって表に出てしまう。

あがり症だった過去が性格に影響しているのかもしれない。気が急くから顔は火照り、言葉まで詰まってしまう。ゆっくりと話せば、なんでもないのだが、答えが頭に浮かんでいるのに言葉が追いついてこない。

あがり症はなんとか克服したが、性格は直らない。性格は個性だから、直す必要はないとはいうものの、あまり結果を急ぎ過ぎると、前のめりになって転倒しかねない。

「ここか。なんだかみすぼらしいなぁ」

大木は、ヨーシュウ堂の本部が入居したビルの前に立っていた。低層階の古びたビルだ。

ヨーシュウ堂は、チェーン化に伴って昭和三七年一一月に本部組織を北千住から台東区《たいとうく》金杉上町《かなすぎかみちょう》に移していた。

すすけたビルを見たら、さらに怒りが沸々とわき上がってきた。

何をやっているのだ。自分はこんな会社にスポンサーになってくれと頼み込むような仕事をしていていいのか。

いったい何をやるためにこの世に生を受けたのだ。いったい何のために生かされているのだ。こんなケチな仕事をするために生まれて来たのか。もっと何か崇高《すうこう》な目的があるはずだ。

将史は、怒っている理由が徐々に形になり始めたのを感じていた。今、勤務している会社に対する不満が爆発寸前なのだ。

古臭い、因習がはびこった会社。若い者の意見など聞かない。そうした風土に嫌気が差して、強引にことを進めて、成果を上げたとしても、さほど注目を浴びない。認められない。

将史は、出版取次《とりつぎ》会社である東亜《とうあ》出版販売に勤務していた。取次とはあまり一般には馴染みのない、出版社と書店との間に立つ書籍流通業で、取次が卸、書店が小売りの立場になるだろう。

しかし普通の卸、小売りの関係と違うのは、書籍の在庫管理やそれに伴う資金を取次が負担していることだ。出版社にとっては取次が一手に書店への配本を行い、代金回収も責任をもってくれるので便利この上無い。また書店も在庫負担なく書籍や雑誌を仕入れることができるので経営が安定する。出版社、書店にとってメリットのある組織なので、取次の立場は強い。

その上、戦前は国策会社であった。そのため戦後一八年が過ぎたのに、相変わらずプライドが高く、尊大でさえある。

取次は、戦前は三〇〇社以上もあったと言われている。しかし一九四一年に国策で日本出版配給株式会社に統合されてしまった。戦時体制である国家総動員体制の一環だ。

戦後、この会社は解体され、取次会社は多くの会社に分割されたが、その中の大手が将史が勤める東亜出版販売である。

将史は、昭和七年（一九三二年）に長野県で生まれた。

今から訪ねようとしているヨーシュウ堂の社長である俊雄は大正一三年（一九二四年）生まれだから、八歳年上ということになる。

将史の家は代々の地主で、農業や養蚕業を幅広く行っていた。

将史は一〇人兄弟の九番目である。しかし兄弟は女が六人。男は将史を入れて四人だ。

長男は将史が生まれる前に亡くなっているので、将史は四人の男兄弟の三人目ということになる。

戦争中は、いっぱしの愛国少年だった。というのは父耕太郎《こうたろう》の下に地元の名士が夜な夜な集い、戦争や国際情勢について議論しているのを聞いていたからだ。

耕太郎は、日露戦争に自ら志願して従軍するほどの愛国者だった。当然、将史も兵士となって国のために尽くすという強い気持ちでいたのだが、一三歳の年に終戦となった。

信じられなかったのは日本が負けたことだ。負けるはずがないと信じ切っていた。自分も戦争に行き、アメリカ相手に戦うのだと覚悟していた。

目の前から目標が無くなり、呆然とした。虚無感が心を支配した。それに追い打ちをかけたのが、農地解放だ。戦後の民主化政策の一環だが、大木家の広大な農地が小作人に払い下げられた。財産が目の前から消えていく。

そして学校へ行くと、昨日まで鬼畜米英と声を嗄《か》らして叫び、将史に勇敢な軍人になって国に命を捧げるのだと教えていた先生が、戦争反対、軍国主義反対、民主主義万歳と唾を飛ばす。

将史には何が何だか分からなくなった。一つだけ分かったことは、信じられるのは己だけということだ。

父耕太郎と母八重《やえ》は、そんな時代の急激な変化でも変わらなかった。間違ったことをするな、嘘をつくな、一生懸命に働け、と言い続けていた。これは時代が変わっても、変わらぬ真理だ。

何もかも変わる。しかし変わらないものもある。不易流行という言葉がある。変化しなければいけないが、その中で軸となるものは変えてはならないという意味だ。

将史は世の中が時代に流されて行くのと、それに流されず真面目に暮らす父母を見て、自分の生き方を考えるようになった。

学校には苦労した。勉強は嫌いではないし、できなかったわけではない。しかしあがり症で旧制中学受験に失敗し、養蚕の実業高校へと進学した。

この症状をなんとかしようと弁論部に入った。

自分には、現状を良しとせず、改善していく力があると自分に言い聞かせた。冷や汗が出るのを我慢し、弁論では相手を見つめ、早口にならないように嚙みしめて話すように努力した。徐々にあがり症は改善した。

しかし今でも人前で気持ちが早まる時に、顔が赤くなり、言葉が出にくくなる。それでつい、「馬鹿野郎」「この野郎」という罵声《ばせい》しか発せられない時があり、相手から誤解を受けることがある。困ったものだ。

弁論部で活動する過程で、あがり症を克服するためには知っていることを必要なだけ話すという、極めてシンプルな考えに目覚めた。自分が知らない、考えてもいない、借りものの知識で話そうとするから、あがってしまい言葉にならないのだと気付いたのだ。

知っていることを確実に話す。そうすれば言葉は少なくても人を動かすことができる。これは弁論部で身につけたテクニックだ。

大学は、そのまま養蚕の専門学校へ進学しようと思ったのだが、弁論部で鍛えた弁論技術を生かせる政治家になりたいと思った。

世の中が、大きく変化する中で政治家になり、自分が理想とする国をつくりたいと思ったのだ。

専門学校への進学をやめ、東京の中央大学に進学することになった。

中央大学では長野県選出の政治家と交流し、政治家への道を進んでいたのだが、大学の自治会に誘われ、たちまち書記長になってしまった。

思えば、奇妙な人生だ。終戦で世の中の価値が不変ではないことに気づき、信じられるのは自分だけだと思った時、人見知りのあがり症から、攻撃的な性格に変化していった。

弁論部に入り、人前で話せるようになったら、大学自治会の書記長だ。その挙げ句に就職ではブラックリスト入りとなり、どこにも採用されず、結局は父耕太郎の勧めで東亜出版販売に勤務することになってしまった。

しかし全く現状に満足できない。いつ辞めようかと考えてばかりいる。新しいことに挑戦して成果を上げても認めようとしない会社の古い体質に、ほとほと嫌気がさしていた。

転職をしようと、不動産斡旋《あつせん》業を営んでいた小松川透《こまつかわとおる》に「どこか面白い会社はないか」と相談した。

小松川は大学の友人だが、最近、羽振りがいい。どうしてかと思っていたら、成長軌道に乗ったスーパーマーケット向けに不動産を斡旋して儲けているという。

「ヨーシュウ堂がいいんじゃないか。事業を拡大するために人材を募集している。俺から話しておいてやる」

小松川は言った。

その時、独立してテレビ用の番組制作会社を作る話が同時に持ち上がっていた。時代は映画からテレビに移りつつあった。友人が持ってきた話だが、この話に乗ってもいいと思っていた。

「将史、ヨーシュウ堂にスポンサーになって欲しいって行けよ。そこで自分を売り込んだらいい」

「俺は、そんなセコイことはできん」

売り込もうとして、欲に駆られて焦ると、あがり症が復活してくる危険性が高い。かつて受験や就職試験などの節目の重要な時に、あがり症の症状が表れて、なんども辛い目にあっている。

「まあ、そうだな。お前は、他人に頭を下げて、ゴマを擂《す》ったり、おべっかを言ったりできないからな。厄介な奴だよ」

小松川は笑った。

「ヨーシュウ堂には行く。しかしそれは就職のために俺を売り込むんじゃなくて、あくまで独立のためにスポンサーになって欲しいという出資依頼のためだ」

「出資でもなんでもいいから。とにかく行けよ。俺が推薦しておくから」

小松川は、調子がいい。この調子で不動産を斡旋しているのだろう。こんなに軽々と他人と話ができれば、どれだけ楽しいだろうか。ふと、羨《うらや》ましい気にもなった。

「分かった。義理を欠くようなことはしない」

将史は、スーパーマーケットに関する知識は全くなく、また関心もない。

ヨーシュウ堂に買い物で立ち寄ったこともない。

小松川の情報だと、現在は三店舗、売り上げは一〇億程度だという。

「三店舗で一〇億だぜ。すごいだろう」

小松川は目を輝かせる。

将史は、小松川の弾んだ表情を見れば見るほど、気持ちが沈む。いったいどこがすごいのか、基準もない中で判断のしようがない。

――こいつは俺をダシにしてヨーシュウ堂に食い込む気でいるんじゃないか……。

スーパーマーケットに心は動かないが、今はどこにも行く当てがない。自分を、本当に必要としているところなど、この世にあるのだろうか。

「さあ、行くか。俺は、あがり症もなんとか克服してきたではないか。まあ、何とかなるさ。ケセラセラだ」

将史は、ヨーシュウ堂の本部に向かって一歩を踏み出した。

第七章　驚異の躍進

一

——人材、人材……。

　俊雄は、最近、うわ言のように繰り返す。

　妻の小百合が、朝食の席で奇妙な顔をして俊雄を見つめる。なにか付いているのか、と顔を撫でると、そうじゃないと答える。

「朝ご飯を食べながらぶつぶつ喋っているから、それを聞いていたのよ」

「えっ、本当か？」

　俊雄は驚く。自分では何も意識をしていない。

「さっきから人材、人材って。せっかく鮭《さけ》を焼いたのに上の空なんだから」

　小百合が膨れる。

「そうか……。悪いことをしたね。実は店を増やすのはいいが、人材が全く足りないんだ」

「でも社員さんは五〇〇人にもなったんでしょう。まだ増やすの？」

「斉木さんのお蔭で四井銀行が応援してくれるから、店をこれからも増やしていくつもりだ。そのために人材が必要なんだ。もっともっと大学卒が欲しい」

俊雄は鮭の身をほぐす。

「大卒、大卒って……。そんなことを口にすると、昔から働いてくれている保夫さんたちが僻《ひが》みませんか」

小百合の口調が抗議調だ。

俊雄は、少し気分を害した。小百合に言われていることは十分に承知している。ヨーシュウ堂には女子社員、保夫のような洋秀堂以来の古参社員、そして株式会社に組織替えしてからの社員がいる。彼らの学歴は中卒、高卒、そして数は少ないが大卒もいる。社員構成は複雑だ。彼らを一つにまとめて同じ目標に向かわせなければならない。

彼らは皆、育った環境も、ヨーシュウ堂に勤務する目的も違う。古参社員の中には、のれん分けをして欲しいと思っていた者もいるだろう。

しかし現在は、のれん分けをする時代ではない。そこで株式会社ヨーシュウ堂を設立する際に、保夫たち古参社員には株を保有してもらうことにした。

保夫は、こんなもの要りませんよ、給料を頂いてますからと言ったが、無理やり保有させた。

株式市場に上場をすれば株の資産価値は上がり、保夫たちに大きな利益をもたらすことになるのだが、俊雄は、株式上場には積極的ではない。株を公開するということは、自分の会社ではなくなるということだ。それに株主とはいえ、他人の資金を当てにして事業を拡大するということに、どうもわだかまりがあった。古い経営者なのかもしれない。

たとえ上場しなくても、会社が成長すれば株の価値は向上する。フロリダで教えを請うたスーパーマーケット、パブリックスの創業者ジェンキンスも従業員に株を分け与えていた。

彼は、「社員が株主になってくれれば会社の成長が社員の資産形成に大いに役立つのです。私が、資産家になるのではなく、社員が資産家になるのです。それでみんな楽しく、喜んで働いてくれます」と言った。

会社というのは、社長だけが楽しくてもだめだ。社員が楽しく、未来に希望を持って働いてくれれば成長する。社長は、その環境づくりをするのが仕事だ。そのことをジェンキンスは俊雄に教えてくれた。

保夫たち古参社員ばかりでなく新しく入社させた社員たちにも株を保有させた。その際、俊雄はジェンキンスに触発された自分の考えを説明した。

社員たちは、俊雄が本気で自分たちの幸福を考えてくれていることに感激していた。

女子社員は売り場で頑張ってくれているが、母とみゑの躾の厳しさに感激した親が、ヨーシュウ堂に娘を入社させてくれと言ってくる。

かつては自宅に住み込ませていたが、今では女子寮を建設した。躾は、寮監に任せているが、とみゑも時折、行儀作法を教えに行っている。

とみゑの一番偉い点は、今でも創業の店である千住店の掃除をかかさないことだ。このことが多くの社員の心に響き、新しく開業した赤羽店や北浦和店でも、店の周囲を社員たちが頻繁に掃除をする習慣が根付いたのである。

言葉より行動で社員たちを動かすとみゑの力には感服する。ヨーシュウ堂が、客から、いつも清潔で気持ちがいいと言われるのは、とみゑのお蔭だ。

少しずつ増えている大卒社員は、どういうつもりでヨーシュウ堂に入社してきたのだろうか。

スーパーマーケット業界が伸びていることは間違いない。しかし「スーと現れて、パーと消える」と揶揄されている現状は変わらない。

経済は池田勇人内閣の所得倍増計画で絶好調だ。一九六三年の経済成長率は実質で八・六％以上、名目で一四・四％以上だ。それに来年の一九六四年（昭和三九年）には東京でオリンピックが開催される。

街中が、オリンピックに向けての工事の音でうるさくて仕方がない。しかしこれは嬉しい騒音だ。

東京でオリンピックを開催するということは、日本人にとってどういう意味があるのか。戦後が完全に終わり、新しい時代に突入することなのである。

米軍の空襲で、完膚なきまで焦土となった東京。その地に世界の人々を迎え入れてオリンピックが開催される。日本は立ち上がったぞ、負けないぞ、と世界に宣言することができる。戦争に負け、多くの人が亡くなったが、日本は再び日出づる国になる。それも力強く……。

この誇らしさ、嬉しさのためなら騒音など気にはならない。しかし日本橋川にかかるお江戸日本橋の上には高速道路が通り、築地川《つきじがわ》も埋め立てられ、高速道路に変わってしまった。旧代々木《よよぎ》練兵場はアメリカ軍宿舎地となっていたが、アメリカから返還され、競技場やNHKなどになった。ここから世界にオリンピックが放送されるのだろう。

とにかくオリンピックまでに、日本を世界の人が驚愕《きょうがく》するほどに改造するとの意欲に溢れた工事が進められていた。

都電も一部を残して無くなり、全ては自動車対応の世界に変わっていく。モータリゼーションという言葉の下、自動車優先の社会が出現し始めていた。

庶民の間に流行っている言葉は「バカンス」だ。とはいっても欧米のように長期休暇というわけではない。宮崎などが日本のハワイとして人気が沸騰し、庶民は競って団体で国内の観光地、温泉などに出かけて行った。会社の中には数百人もの社員を引き連れて、温泉地などに団体旅行を実施するところも珍しくなくなってきた。まだ戦争が終わって一八年しか経っていない。絶望的な焦土から人々は立ち上がり、希望を捨てずに努力した。その結果、世界が驚くほどの成長を遂げ、庶民は、豊かさを実感し始めていた。そしてさらに豊かさを求めて働くようになった。

俊雄は不安で仕方がなかった。そんななか、アメリカで、日本にもスーパーマーケットの時代が到来すると確信した。

そこで勇気を奮って四井銀行を説得し、店舗を作り、チェーンストア化へと舵を切った。

赤羽店、北浦和店、小岩《こいわ》店、立石《たていし》店などを次々と開店させた。この後もまだまだ計画が目白押しだ。

赤羽店の開店の当日、俊雄を驚かせたことがある。

それはスーパーサカエの仲村が訪ねてきたことだ。

部下を数人引き連れて「敵情視察だ」と大きな声で言い、店の中にずかずかと入って来て、何品か、商品を購入した。俊雄が礼を言うと、「あんたがチェーンストア化に踏み切ったということは敵になったということや。敵には容赦せえへんで」と言い、不敵な笑みを浮かべた。仲村の中では戦争がまだ終わっていないのだという考えがふと浮かんだ。仲村は、戦い続けないと落ち着かないのだろう。

もう一つ、これは仲村の訪問以上に驚かされたことがある。それは、池袋から東京の西部方面に伸びる西東京鉄道沿線にスーパーマーケットセイヨーを展開する大《おお》館誠一《だてせいいち》に出会ったことだ。

俊雄が店内に溢れている客をかき分けるようにして巡回している時だった。一人のスーツ姿の若い男が、ワイシャツの棚をじっと見つめている。上品な雰囲気を漂わせていて、主婦たちの中で異質な存在だ。

同業者だろうか、と俊雄は思い、声をかけてみることにした。

何かお探しでしょうか？

男が振り向いた。お久しぶりです。俊雄は、男が微笑を浮かべながら言った言葉がとっさには理解できなかった。

どこかで会ったことがあるのか。失礼があっては申し訳ないと、必死で記憶の糸を手繰《たぐ》る。男の顔を見つめる。

男が、相好を崩しながら、何かを手に持って口に運ぶ格好をした。

ああ、あの時の……。

俊雄が、将来について悩んでいた際、闇市で柿を買った。あの時、五円を提供してくれた学生服の若者ではないか。

しかし今ではスーツ姿で、立派な紳士となっている。

「私は、セイヨーを経営している大館誠一です」

男は名刺を出した。

俊雄も慌てて名刺を出した。

あの学生が、西東京鉄道沿線にスーパーマーケットを出店している大館だとは！

俊雄は言葉にこそ出さないが、驚愕していた。

「いい店ではないですか。これから多くの店を出されるおつもりですか」

大館は静かな物言いで尋ねる。仲村とは大きく異なる態度だ。インテリというのだろうか。醸し出す雰囲気に知性を感じる。

「いえ、まだどうするかは考えておりません」

俊雄は謙虚に答えた。

気持ちの上では、この赤羽店に続いて店舗を増やすつもりだ。しかし一店一店が着実に成功する見込みが見えてからだ。

「そうですか？　私は、西東京鉄道と兄弟会社ですので、その沿線をセイヨーで埋めるつもりです。商機の波に乗ろうと思います。沿線を充実させることで鉄道客の増加も見込むことができますから」

俊雄は、大館をまじまじと見つめた。西東京鉄道と言えば、東京鉄道や東方鉄道と並ぶ私鉄の雄ではないか。

初めて出会った時、大館は父が政治家だと話していたが、西東京鉄道を創業した大物政治家の大館哲也《てつや》だったのか。

「この店には文化がありませんね」大館が突き刺すような視線を俊雄に向けた。

「文化？」

考えてもいない言葉に戸惑う。

「日本の消費者は、いずれ大量仕入れ、大量販売の売り方に飽きがきます。豊かになるからです。その時は、彼らに文化を提供しなければなりません。私たち流通業は、ただ物を売るのではなく文化産業となる。いわば思想を売ることになるのでしょう」

大館は静かに、しかし確信を込めて言った。

俊雄は大館の言葉を十分に消化できなかった。文化を売るなどということを考えたこともない。それはあまりにも観念的過ぎるのではないか。流通業は、あくまで流通を通じてお客様の生活を豊かにすることだ。それは物質的にという意味が強い。しかし、いずれ大量仕入れ、大量販売の時代は終わるという大館の言葉は俊雄の心に深く突き刺さった。

仲村、大館などライバルとも称すべきスーパーマーケット経営者が次々と現れてくる。

しかし俊雄は、こういう時こそ生来の慎重さを見失うことはしまいと心に誓った。ライバルたちの動きに刺激され、動揺し、自分を見失うことは、戦う前から敗北することだ。自分のスタイルで商売をやること。それでもし商機を得ることができなければ、それも運命だ。貞夫から引き継いだヨーシュウ堂を潰さないこと、これが重要だ。

幸いどの店も業績は順調だ。四井銀行も支援に前向きで、斉木支店長は「どんどん行きましょう」と威勢がいい。

しかし俊雄は、店舗が拡大していくにつれ不安で仕方がない。貞夫だったら店舗を増やしただろうか。千住店だけを最高の店にするために努力したのではないだろうか。

元々、俊雄は店舗を増やして会社を大きくすることに夢を抱いていたわけではない。組織人になるより商人として自由に生きたいと考えていただけだ。

たまたま戦争から死なずに帰ってくることができた。それには何の意味があるのかと考え続けてきた。こうして店舗を増やし、大きな会社にすることが、その意味なのだろうか。

俊雄が見出した意味は、生き残った者の責任を果たすこと。それは多くの人に豊かさを実感してもらうために努力することだ。ならばやはり店舗を拡大しなければならない。

俊雄は、自分の中に蠢《うごめ》く不安の原因は何かと考えてみる。元々人の何倍も慎重な性格ではあるが、商売の師である桜屋の谷口がアドバイスしてくれたことが、心に強く残っている。

「人間は好みに滅ぶ」と谷口は教えてくれた。

「俊雄さんは商売が好きだ。あなたほど商売が好きな人は見たことがない。毎日、毎日、あなたの頭の中は商売のことばかりだ。そうなると視野が狭くなる。人間は好みに滅ぶということがある。時代の変化、お客様の好みの変化に合わせて、自分も大胆に変わっていく勇気を持たねばならない。自分のやり方が絶対に正しいというような視野の狭いことになってはいけない」

谷口は言った。

実際、豊かになればなるほど庶民の好みは変わる。

今までのように、店頭に物を置けば売れるという物資不足の時代は終わった。

どんな物が売れ筋になるのか、どのようにすれば売れるようになるのか、今までの経験がこれから先まで適用できるとは限らない。考えれば考えるほど不安だ。

「なあ、小百合」

俊雄は、箸を置き、小百合を見た。

「はい、なんでしょうか?」

小百合が俊雄を見つめる。

「私を思い切り抱きしめてくれないか」

真剣な顔で言う。

「なんておっしゃいましたか」

戸惑った表情で小百合が聞き返す。

「私を強く抱きしめて欲しいんだよ」

「いやですよ。朝っぱらから」

笑いながらも戸惑いが浮かぶ。

「そういう意味じゃない。とにかく抱きしめてくれれば、少しはこの不安な気持ちが和らぐかもしれない」

声に必死さが伴ってくる。

「仕方がないわね」

小百合は、苦笑いをしながら俊雄に近づいた。「こう?」と言いながら両腕を俊雄に回し、力を入れる。俊雄も両腕を小百合の体に回す。

「あなた、ちょっと力を入れ過ぎ。痛いわよ」

小百合が困った顔になる。

「悪い、悪い」

俊雄は力を緩める。

「どうしたの？　あなた。何がそんなに怖いの？」

小百合が俊雄を抱きしめながら聞く。

「なんとなく……。順調過ぎるだろう？　このまま店を増やし続けていいんだろうか。私にそれだけの能力があるんだろうか？　人材を一人でも多く採用したいのだが、彼らを統率する能力があるのだろうか？」

「心配よねぇ。大きくなればなるほど心配よねぇ」

小百合が感に堪えないというように呟く。

「そうなんだ。分かってくれるか」

俊雄は強く言う。

「分かるわ。私にもね。だって高円寺の小さな洋品店しか知らないのに、こんなに大きな店を何店舗も作っちゃって。これからも作るんでしょう？」

「作る。応援してくださる人もいるし、ここで止まるわけにはいかない」

俊雄は強く言った。

「私も応援するわ。あなたはやりたいようにやったらいいと思う」

小百合も強く言う。

「店を増やすためには人材が必要だ。多くの人材の上に立つ力が私にあるだろうか」

「あると思う。あなたは私から見ても慎重で、ちょっと臆病なくらいだわ。そんな人だから若い人たちをひっぱっていけるんじゃないかな」

「随分、逆説的なことを言うね」

「だって馬車の御者を見なさいよ。走りたくて走りたくて興奮している馬を、冷静で慎重で、あまりスピードを上げたくない御者が上手くコントロールしているから、馬車は順調に走るんじゃないかしら。反対に御者が馬より先に走ろうとしたり、ただやみくもにスピードを上げろと鞭《むち》ばかり打てば、馬は勝手に暴走して、馬車は転倒し、壊れてしまうんじゃないの」

小百合は、俊雄の体に回していた腕を放した。俊雄も小百合の体に回していた腕を放した。二人は、じっと見つめ合った。

「私は、慎重で、臆病なくらいがいいんだね」

俊雄が言った。

「そうよ。自信を持ってね。その代わり、人材を集めるならあなたと違ってどんどんスピードを上げて走る人がいいんじゃないかなと私は思う」

小百合は強く言い切った。

「ありがとう。少し不安がぬぐえた気がする」俊雄は微笑んだ。「小岩店に行ってみるか。保夫が、赤羽店の成功を踏まえて頑張っているからね。その後は本部に寄ってみる」

「あなたはお店を見て回るのが本当に好きね。そうやって第二、第三の保夫さんを育てるのがあなたの役目だわ」

小百合は、もう一度、俊雄の体に両腕を回し、力を込めて抱きしめた。その強さに俊雄は勇気をもらっていた。

二

将史は、ヨーシュウ堂の営業本部長の田中彰《たなかあきら》と会っていた。

番組制作会社を作るに当たってスポンサーになって欲しいと率直に頼んだ。テレビの時代が来ると強調した。

「そうだね。君はユニークだね。テレビの広告を見て、みんながそれを欲しくなるというんだね。面白いな。テレビはまだまだ値段が高いよ。そんなに一般には普及していないんじゃない。映画の方が主流だね」

田中は、将史の全身を舐めるように見ている。なにやら書類を見ているが、小松川が事前に将史の経歴を送っているのだろうか。

「電気製品などというものは、価格はどんどん安くなります。今はまだ三割程度の普及率ですが、その内、一家に一台はテレビがあるのが普通になります。なぜならテレビは便利だからです。映画館に行かなくても映画を観ることができます。そこでヨーシュウ堂の宣伝を放送すれば、効果絶大です」

「君の言う通りだ。経歴を見ると、君は取次店で出版物の広告宣伝や宣伝雑誌の編集などもやっているんだね」

「はい。やっています。得意です。客が何を求めているかを見抜いて上手く宣伝すれば効果抜群です」

「それなら提案だけどね。うちの会社に入って、広告宣伝をやればいいじゃないか。番組制作会社を設立するにしても資金がいるだろう。うちで広告宣伝をやりながら、資金を貯めればいい。応援するよ」

田中は前向きだ。

将史は、どうするべきか考えた。

東亜出版販売を退職する気持ちにはなっている。会社に残ったまま、会社を立ち上げるほど、厚かましくはない。

確かに資金は必要だ。田中の提案の素晴らしいところは、ヨーシュウ堂の広告宣伝を請け負いながら、独立してもよいと言っている点だ。

これは十分に検討する余地があるだろう。あがり症で苦しみ、面接での成功率は相当低い。今回ほどとんとん拍子に事が運ぶことなどなかった。将史は自信がついた。

「君ね」

田中は、長年の知己《ちき》のように親し気に話しかけてくる。

「はい、なんでしょうか？」

将史が聞く。

「会社を設立しようって言うんだから、仲間はいるんだろう」

「ええ、まあ、いることはいますけど」

田中の意図が今ひとつはっきりしない。

田中の表情が緩んだ。

「だったら仲間も一緒にうちに来ればいい。みんなまとめて面倒見るよ」

勢いよく言う。

決めた。将史は決意した。ヨーシュウ堂に一時的に入社して、会社設立準備をしよう。しかし、スーパーマーケットには何の関心もない。将史に関心があるのは、番組やテレビコマーシャルを制作し、それで消費者を動かすことだ。

「あのぅ私、スーパーマーケットに関心もありませんし、知識もありませんが、よろしいですか?」

「いいよ、いいよ。そんなこと宣伝物を作成する際に、おいおい学べばいいんだから」

田中の言う通りだ。こっちは宣伝用などのテレビ番組を制作する会社を作ろうとしているのだ。入社してからヨーシュウ堂のことを学んだらいい。

「分かりました。そういうことなら、信頼する仲間が一人、おりますから、彼も連れてきます」

将史が返事をすると、余程嬉しかったのか、田中の手が伸びてきて将史の手を摑んだ。

「ここでちょっと待っていてくれないか。社長が来ているか見て来るから。もし来ていれば会ってくれないか」

「社長って、藤田俊雄さんですか?」

「そうだよ。お店を巡回して、もうそろそろここに戻っているはずだから。君も会いたいだろう?」

田中は、立ち上がって出て行こうとする。

将史も立ち上がった。「ではお待ちしていますから、よろしくお願いします」礼をする。顔を上げた時には田中はいなかった。

まさかここで社長にまで会えると思わなかった。将史は緊張し、喉が渇いた。目の前の茶を飲む。もうすっかり冷めていた。この茶で喉を湿らせておかなければあがり症が復活して、せっかく上手く行っているのが台無しになってしまう。

ドアが開いた。田中が顔を出した。

「待たせたね。社長を連れてきたから」

田中の言葉に、将史は慌てて立ち上がった。心臓が飛び出るほど、驚いた。

田中の後ろに、背が高いせいか、やや背中を丸めた男が入ってきた。

「彼が大木将史君です」

田中が紹介する。

「大木です。よろしくお願いします」

将史は頭を下げた。

「藤田です」

俊雄も頭を下げた。

「お座んなさい。緊張しなくていいから」 俊雄は優しく声をかけた。

将史は、俊雄に促され、椅子に座った。目の前には、俊雄がいる。

「君は長野県出身なんだね。お父さんは何をやっておられるの？」

俊雄の口調は柔らかだ。

「農家ですが、養蚕をやっております」

「ほう、養蚕をね」

俊雄は、相好を崩し、楽しそうな表情をした。

「それなら相馬愛蔵さんを知っているかな。パン屋さんの中村屋のご主人ですよ。あの人も長野出身だね」

「名前は耳にしたような気がしますが、よく存じ上げません」

将史は、まずいと思った。俊雄が現れたということは、これは入社を決める最終面接に違いない。そんな場所で、社長の質問に否定的に答えてしまった。しかし知らないものは知らないと言うしかない。覚悟を決めた。俊雄の隣に座る田中がいかにもまずいといった空気を眉宇《びう》に漂わせている。

「相馬さんはね、私の尊敬する商人だよ。長野県出身でね、養蚕の研究家だったのです。相馬さんが書いた『一商人として』という本があるから、読んでみたらいい。とてもいい本だから」

「分かりました。読んでみます」

「ヨーシュウ堂はどうやったら他のスーパーマーケットと差別化できますか」

俊雄が聞いた。手にはメモと鉛筆を持っている。

将史は、田中を見た。田中が目を逸《そ》らす。いったい自分のことをどういう人物だと説明したのだろうか。スーパーマーケットのことは全く知らないし、関心もないと言ったはずだ。

将史は息をのんだ。緊張をほぐすためだ。ここで慌てたら、せっかく克服したはずのあがり症が出現して、何もかもが水泡《すいほう》に帰《き》してしまう。

「私はスーパーに関しては何も知りません」

将史ははっきりと言った。ここで取り繕っても仕方がない。

「ほう、そうですか」

俊雄は少し驚いた顔をした。田中が、非常にスーパーマーケットに関心が深いとでも入れ知恵したのだろうか。

「ただし、私の経験から申しますと、お客様が何を欲しているかを真剣に考えることだと思います。私が勤務していますす東亜出版販売では新刊情報という雑誌を出しています。広告宣伝用の雑誌ですが、私はそれを五〇〇〇部から一三万部へ飛躍的に伸ばしました。何か目新しいことをしたわけではありません。私は読者が何を求めているのだろうと考えたわけです。それで読み物を増やし、読者が楽しめるように編集を変えました。勿論、宣伝の機能は維持したままです。判型も手に取りやすいB6判にしました。新しいこととは無から有を生み出すことですが、色々な物を組み合わせて新しい物を作るのも一つの方法です。とにかく相手の立場に立って考えるということです。この立場に立てば本であろうとワイシャツであろうと売り上げを伸ばすことができます」

将史はとうとうと話す。

その話を俊雄は静かに聞いて、メモを取っている。人の意見を傾聴する謙虚な人柄のようだ。どんなことも勉強するという姿勢には感心する。

「あなたは非常に合理的に物事を考えられる方のようだ。商人は物を売らねばなりません。その考えをヨーシュウ堂に生かして、新しい風を起こしてください。今、とにかく人材が足りません。一人で二役も三役も務めてもらわねばならないのですが、あなたには商品管理と広告宣伝を担当してもらいます。いいですか?」

いいですかと言われても、俊雄の質問には、なぜか有無を言わせぬ迫力があった。これが創業者のオーラというものだろう。俊雄が、他人の意見を聞く経営者であれば、何かと意見を言いやすい会社なのではないだろうか。

俊雄が出て行くと、田中と二人きりになった。

「田中さん、私のことをどんな風に紹介したんですか？　スーパーに関心があるなんておっしゃったんでしょう？」

将史は田中を睨んだ。

「まあね、でも、社長は君が気に入ったみたいだから良かったよ。早速、頼むね」

田中が気楽に言う。

「入社が決まってしまったのですか？」

将史はあっけにとられた。

「そうだよ。頑張ってくれ」

再び、田中が握手を求めてきた。将史は、その手を握ったが、これから起こる可能性のある騒動を考えると憂鬱になった。

東亜出版販売に辞表を出せば、「なぜスーパーなんだ？」と言われ、引き留められるだろう。両親に報告しても同じことだろう。新興企業で、まだ先が見通せないスーパーマーケット業界に転じることを両親が賛成するわけがない。お前のようなお世辞の一つも言えない、頭《ず》が高い者が商人に向いているはずがないと叱責するだろう。それに東亜出版販売に比べてヨーシュウ堂は中小企業であり、両親のプライドを大いに傷つける。

言い訳は、たった一つ。表向きはヨーシュウ堂に入社だが、入社ではない。独立して番組制作会社を設立する支援をしてもらうのだということだ。

しかし、俊雄は、そのことに何も触れなかった。それが一抹《いちまつ》の不安だった。商品管理と広告宣伝をやってもらいたい？　いったい何をすればいいんだ。田中に問いただそうと思ったが、田中は将史を見て、嬉しそうに笑みを浮かべているだけだった。

こんなに運命が簡単に変わってしまっていいのだろうか。田中の笑顔を見ていると不安が募っていく。

三

――変わった男だ。というより非常に興味深い。

俊雄は、社長室に戻りながら、先ほど会った大木将史のことを考えていた。

人材が欲しいと、多くの社員を雇った。将史もそのうちの一人だ。田中が、「面白い男がやって来ました。出版の取次店の社員ですが、その会社を辞めて独立したいというんです。それならうちに入ってから独立を考えたらどうかと入社を勧めたんです。その気になりましてね。社長、ぜひ会ってみてください」

「誰かの紹介なのかね？」

「不動産屋の小松川透さんの紹介です。あの人に誰かいい人がいたら紹介してくれるようにお願いしていたんです」

「小松川さんか……。私はあの人が勧める土地はあまり好きではない。あの人、山っ気がありすぎだからね」

　小松川は、ヨーシュウ堂の店舗用の土地を紹介してくれる不動産業者の一人だった。

「まあ、社長、そう言わずに、会ってみてください。なかなか根性がある顔をしているんですよ」

　田中に勧められるままに会った。会った瞬間に何か縁を感じた。

　長野出身で養蚕業と言えば、相馬愛蔵ではないか。そんな外形的なことも縁を感じた要素の一つだが、自分とは全く違うタイプのように思えたのだ。

　俊雄は、今や五〇〇人以上の社員を雇う身だ。貞夫の時には考えられなかった規模だ。これからさらにもっと多くなっていく。

　俊雄の最大の悩みは、経営の規模も社員の数も、自分の想像する以上に早く、大きくなっていくことだ。

　俊雄は、自分の経営の才能に自信を持っているわけではない。どちらかというと商売下手であるし、事業を進めるに際しても慎重過ぎるほど慎重だ。

リーダーとは、他者との約束を守り、広い視野を持ち、物事を決定し、その決定に責任を持つ人物だと言われる。その通りだと思う。ここからイメージするのは、一〇〇〇人の兵の先頭に立ち、敵陣に飛び込んでいく姿ではないだろうか。

俊雄は、自分はそういうタイプではないと思っている。貞夫は、強引なまでに人を引っ張るタイプだった。ヨーシュウ堂が大きくなるにつれて、貞夫のようなタイプのリーダーがいないか気付かないうちに探していた気がする。

慎重な自分とコンビを組んでくれる強引な誰か……。自分とは異質なリーダーシップを持っている誰か……。社内を見渡してもそういうタイプのリーダーはいない。しかし将史の中に、それらしき萌芽《ほうが》を見たような気がしたのだ。

――あの自信たっぷりな表情の男はヨーシュウ堂にはいない。これは楽しみが一つ増えた。

「お客様の立場に立てば売り上げを伸ばすことができますだと？　生意気なことを言う奴だ」

俊雄は思わず笑みをこぼした。

四

俊雄は、数人の幹部たちを連れて埼玉県の郊外に来ていた。店舗予定地を見学に来たのだ。

幹部の中には将史もいた。

将史は、商品管理、広告宣伝ばかりでなく人事も担当し、いわゆる八面六臂《はちめんろっぴ》の活躍をしていた。

大卒の社員が徐々に増えてきた。彼らは、古参の幹部社員らを加えヨーシュウ堂七人衆などと自称し、支店経営は勿論のこと、本部の管理分野においても俊雄の期待以上の働きをしてくれている。

俊雄は、彼らにこまごまと指示はしない。というよりも指示をする前に彼らがやるべきことを考えて実行してくれる。成長している時は、何もかも上手く行くものだ。

俊雄は、方針を出し、彼らの動きをチェックする。極端なことを言えば聞くだけだ。耳だけの経営。かつて司馬遷の『史記』で読んだ高祖劉邦の統治と同じである。劉邦は、才能溢れる部下の将に助けられて天下を統一した。どうしてそのようなことができたのか。それは劉邦が自分の才能に自信がなかったからだと俊雄は思っている。

自分の才能に自信過剰な人は、その自信に潰される。「人間は好みに滅ぶ」と師匠と仰ぐ桜屋の谷口裕之に教えられたことがあるが、劉邦のライバルであった項羽《こうう》は自信過剰で滅んだ。謙虚に、慎重に、部下の意見、客の意見に耳を傾け、そして決断する……。

俊雄は決して結論が早い方ではない。あれをやりたい、これをやりたいと部下が申し出てきてもすぐには結論を出さない。

しかし彼らが焦《じ》れて勝手に動くと、その時は烈火《れっか》のごとく叱ることにしている。前向きな失敗は許容するが、俊雄に全く相談せずに動くことは許さない。

結論を保留するのには、それだけの理由がある。提案するプランには、もっと検討すべきことがあるのではないか。本当に自分がやりたいことなのか。それらをもっと突き詰めて考えてから、再度、提案させるのである。

俊雄に叱責されて、そのままお蔵入りさせるようではたいしたプランではない。自分だけでできることは、たかが知れている。ましてや自分の思い込みで、視野を狭くして突き進むと失敗する可能性が格段に高くなる。商売は、多くの人の協力を得て発展するものだ。一言で言えば、社員との間、客との間のチームワークで発展する。そのことを分かってもらいたいから俊雄は叱る。

「みんなここを見てどう思う?」

俊雄たちは、駅から随分と離れた場所に立っている。

周囲は遠くまで畑が広がっている。俊雄の目には、大豆畑のように見えるが、はっきりとは分からない。

幹部たちは、俊雄の質問にやや戸惑う。店舗用地を見に行くと俊雄に誘われて、忙しい時間をやりくりしてやって来たのだ。そこで突然、どう思うかと問われた。まるで幹部試験をされているようで、いい気持ちではない。

「ここに新しい店舗を作ろうと思うんだ。君たちの意見を聞かせて欲しい」

俊雄は幹部たちに背中を見せている。

「ここは良くないんじゃないですか？　あまりにも駅から遠い。人なんて誰も歩いていないじゃないですか？」

幹部の一人が口火を切った。俊雄がここを新店舗の候補地の一つに挙げていることは知っているが、その言葉に遠慮はない。

「駅から随分歩いたけど、出会ったのは一人か二人だ。こんなところに客が来るんですか？」

また別の一人が意見を言う。

俊雄は黙って聞いている。

「スーパーサカエは、レインボー作戦というのを始めているんだってさ」

ある幹部が言う。

仲村の経営するスーパーサカエが、本格的に関東進出を実施に移し始めている。仲村は、店舗戦略をレインボー作戦と名付けている。俊雄は、さすがに歴戦の勇士だけのことはあると、戦後の焼け跡を眺めながらも悄然《しょうぜん》としていなかった仲村の姿を思い出した。

レインボー作戦とは、都心の一等地を避けて、東京都心を囲むように郊外に店舗を配置するものだ。東京駅を起点に半径一〇キロから五〇キロのエリアに適当な距離を保って店舗を配置する。やがてはそこから都心へと攻め上がる考えなのだろう。

「サカエの積極さには驚くよね。だけどセイヨーにも勢いがある。兄弟会社の西東京鉄道沿線に集中出店しているぜ」

皆、店舗戦略については関心が深い。それが企業の勢いを示しているからだ。

「我が社は、どうも慎重過ぎて、サカエらとの戦いを避けているようだと噂されている。悔しいじゃないか。サカエなんかに絶対負けやしない」

幹部の一人が地団駄《じだんだ》を踏む。

俊雄の耳にも、ヨーシュウ堂は逃げの経営だという悪口が入って来る。いちいち否定はしないが、気分の良いものではない。

「大木君はどう思うか？」

俊雄は、将史に聞いた。

変わった男だと思いつつ、俊雄は幹部社員の中で将史に目をかけていた。いつも何かを考えているように眉根を寄せた顔で働いている。商人に必要とされる愛嬌《あいきよう》はない。

一度、紳士服売り場を手伝わせたことがある。正式に配属したわけではない。売り場が忙しくなり、将史も少し現場に出てみろと言ってみたのだ。

しかしそれは見事に失敗だった。客からクレームが来る始末だった。あの目付きの鋭い店員さんをどうにかして欲しいというのだ。こんな評判では、一着もスーツを売ることはできなかった。

ところが将史は、そのことに悪びれもせず、あんなやり方ではワイシャツは売れない、サイズはSMLだけじゃなくて、もっと客が選びたがるように首のサイズなども細かくしないといけないなどと提案してくる。

他の幹部と比べると、やや傲慢なところがあり、もっと謙虚な姿勢じゃないと商売はできないのだが、色々な個性が集まってこそのヨーシュウ堂だとあまり注意はしないようにしていた。

将史は、いわゆる商人的ではない。しかし、これから光ってくるのではないか。小器用なところがない。小手先で物事を進めず、なぜなのかを突き詰める学者的なところが持ち味と言えるだろう。

将史は、ヨーシュウ堂でぜひとも働きたかったわけではなく、番組制作会社を設立する支援を期待しての入社だったと営業本部長の田中から聞いた。だが、そのまま働き続けている。そのことが気になって、田中に、「大木君は、まだ独立を考えているのか」と確認したが、「このままヨーシュウ堂で働くようです」と嬉しそうに答えた。

聞くところによると、両親や元の勤務先の東亜出版販売からヨーシュウ堂への入社を強く反対されたらしい。しかし反対されればされるほど、意固地になる天邪《あまのじゃ》鬼《く》的性格なのだろうか、彼らの反対を振り切って入社したようだ。

それ以来、将史の仕事振りをそれとなく注視しているが、なかなかのものだ。自分で考え、自分で行動している。他人とあまり相談している様子が見えないところが少し心配ではあるが、今は、採用関係で全国各地を飛び回っている。

「私の意見ですか」将史は、わずかに斜め下から俊雄を見上げると、ひと呼吸置き、「何にも無いところから新しい物を造り上げるのは、楽しいと思います」と答えた。

俊雄は我が意を得たりと思わず笑みをこぼした。

「大木君はいいことを言う。その通りだ。場所がいいと人というのは怠けてしまう。黙っていても客が来るからね。こうした何も無いところだと、どうしたらお客様に来てもらえるかと工夫をするから繁盛店になるんだ。それに安く土地を借りることもできるから、ＲＯＩも高くなる」

ＲＯＩ（Return On Investment）とは、投資利益率のことで投資額に対してどれだけ利益が上がったかを示す指標だ。俊雄は、この数字を非常に重視していた。

「我が社がサカエのように出店に際して土地を購入しないのはＲＯＩ重視だとは理解できるのですが、スピード感が無さすぎやしませんか。土地を買えば、好きなように店づくりもできますし、将来的に土地が値上がりすれば、それを担保にして銀行から借金をして、どんどん店を増やすことができると思うのですが」

幹部の一人が得意気に発言する。

俊雄は、「考え違いするんじゃない」と叱った。

こうして店舗用地を眺めながら幹部社員と議論することで、俊雄は自分の考えを彼らに理解してもらおうとしていた。多くの社員を導き、同じ目的に向かって力を合わせるということは、俊雄にとって極めて難事業だ。しかしそれをやらなければ企業としての存在も成長もない。

ではどうするかと考えた時、幹部社員に俊雄の分身になってもらえばいいと気づいた。彼らを通じて、より多くの社員たちに俊雄の考えを浸透させていく。そのためにここに連れてきていた。叱られた幹部社員は首をすくめ、目を見開いておずおずと俊雄を見つめている。

「ヨーシュウ堂は土地の値上がりで利益を上げようとは思いません。あくまでお客様から頂く一円が積み重なっての利益です。心得違いをしないように。それに借金は他人様のお金です。借りたら返さねばならないんですよ。そこをきっちり考えるようにしなさい」

俊雄は滅多に大きな声で叱責することはない。しかし絶対に譲れない場合は、声を荒らげることがある。土地を買わないこと、借金をむやみにしないこと、これは絶対に譲れない方針だ。

「分かりました」

叱られた幹部社員は、申し訳なさそうに頭を下げた。

「社長の店舗出店は、セイヨーと同じでドミナント方式だと思います」

将史が意見を言う。ドミナント方式とは、特定地域に集中出店する方式だ。

「特にそのようにこだわっているわけではない。しかしアメリカのスーパーマーケットであるパブリックスのジェンキンス社長と話した時、それぞれのスーパーには得意なエリアがある、自分たちはフロリダから出ないという話を聞いたんだ。それでヨーシュウ堂も得意エリアで勝負をしようと思っている」

「社長の考えはよく分かります。ドミナント方式で出店すれば、お互いの店で客を食い合う可能性もないではありませんが、エリアでの認知度が高まり、集客効果が見込まれるのは確かです。しかしですね」

将史が、俊雄をぐいっと睨む。

「しかし……何かあるのか」

俊雄が聞く。

「それにしても出店スピードが遅過ぎませんか。一年に一、二店では他社にいい場所を押さえられてしまいませんか？　それに一向に認知度が上がらず、学生採用面でも苦労しているんです。我が社は千住店と環境が似ているところに出店しているだけではないかという気がしてなりません。もっと明確に出店方針を立てる必要があるんじゃないですか」

将史の意見は鋭い。だが、一店、一店の採算性を見極めつつ、慎重に出店を進めてきた。それを否定するのか。俊雄は、むっとしたが、高まる怒りを抑えた。ここで怒鳴ることがあれば、誰も意見を言わなくなる。

「そんなに知名度が無いか」

俊雄は将史に聞いた。

「はっきり申し上げてありません。サカエやセイヨーのことは知っている学生が多いです。しかし我が社のことは知りません。特に地方では全くと言っていいほど知られていません。我が社と同じ名前の会社があり、そこに間違って訪問する学生まで出る始末です」

将史の意見は容赦ない。彼は人事担当で従業員採用のため、地方の学校訪問を精力的にこなしているのだが、知名度の低さに困惑しているのだろう。

ヨーシュウ堂の名前は、貞夫がのれん分けをしてもらった緑川武秀の店である洋秀堂に由来している。これと同じ名前は都内や近郊にいくつかあるのだ。

「ではどうすればいい？」

「一つは名前を変えることです。もう一つは従業員採用のために最も採用数の多い、福島県に出店してください。これは従業員採用のための店舗です」

将史の意見は明快だ。

「うーん」俊雄は、唸った。

他の幹部社員の顔を見渡す。皆、一様に視線を下げて、俊雄と視線を合わさないようにしている。将史だけが、「さあ、結論を出せ」とばかりに俊雄を睨むように見つめている。

「福島への出店は、皆でよく考えてみよう。地方への出店は経験が無いからね。もう一つの名前を変えるということだが、どうなのかなぁ。皆の意見を聞かせて欲しい」

　俊雄は他の幹部社員に意見を言うように促した。

　田畑を抜けてくる風が、肌に心地よい。まさか店舗候補地を見学に来て、会社の名前を変える議論になるとは思ってもみなかった。

「仕入れ先から、どちらのヨーシュウ堂さんですかって聞かれることが頻繁にあります。北千住のヨーシュウ堂ですと答えますが、店舗が増えると問題が大きくなります」

　一人の幹部社員が発言すると、それに呼応して、他の幹部社員も発言し始めた。

　採用のための学校訪問に行くと、もうすでにヨーシュウ堂さんは来られましたと言われた。仕入れ先が商品の届け先を間違ったなどの意見が出て、幹部社員たちは、そうだ、そうだと頷き合っている。

「皆さんの意見は分かった。実は、そういう話は聞いていたのだが、このヨーシュウ堂は大切なのれんだからねぇ。変更する決断がつかなかったんだよ」

　俊雄は、戸惑った顔を見せた。

「社長、これから店舗を増やしていくなら、問題が大きくならないうちに変更しましょう」

　将史が強く言う。

「看板の変更など、大きな資金が必要になるね。それに名前を変えたことを世間の人に周知させる広告費もね……」

俊雄は渋い表情になった。

「しかし、店舗が今以上に増えてからでは、もっと費用がかかります」

将史が強く言った。

「分かりました。それなら大木君、あなたが中心になって幹部社員で新社名を検討してください。専門家にもくれぐれも相談するようにね」

俊雄は、将史に指示をした。将史なら、広告マーケティングにも詳しいから、上手く社名変更を進めてくれるだろう。

「了解しました。早速、検討会を作って社名変更を協議します」

将史が弾んだ声で答えた。

一方、俊雄は、長年親しんできた社名を変更することに一抹の寂しさも感じていた。

社名を変え、ブランドを統一することをＣＩ（コーポレート・アイデンティティ）と言うらしいが、客の支持は得られるだろうか。俊雄の心配事は、会社が大きくなればなるほど増えていく。

五

俊雄は、母とみゑに会社名を変更することを相談した。とみゑは、ヨーシュウ堂の株主であり、役員でもある。それに何と言っても俊雄の商売上の師匠だ。

「母さん、ヨーシュウ堂の名前を変えようと思うんだ。どうだろうか？」

俊雄の問いかけに、部屋で茶を飲み、寛《くつろ》いでいたとみゑは、顔を上げ、俊雄を見つめた。

「なぜなの？」

とみゑが聞く。

「この名前は、貞夫兄さんが緑川の叔父さんからのれん分けしてもらったものだけど、都内や都下に同じ名前の店があってね、随分、混乱を招いているみたいなんだ」

「そうなのかい。皆が変えようというなら、変えたらいい。しかしヨーシュウ堂という名前で培ってきた信用を失ったらだめですよ」

とみゑの言う意味はよく理解できる。洋秀堂、ヨーシュウ堂と変わってきたが、その間、信用第一で営業してきた。ヨーシュウ堂という名前はブランドであり、信用の代名詞なのだ。これは一朝一夕でできたわけではない。そのことを肝に銘じようと俊雄は誓った。

＊＊＊

社員から名前のアイデアが出てきた。

ダイヤモンド・ストア、朝日ヨーシュウ堂などいろいろな案が出てきたが、将史が最終案として提案してきた新社名に俊雄は驚いた。

「フジタヨーシュウ堂か……」

「如何《いかが》ですか？」

将史が目を輝かせている。

「マーケティングの専門家にも相談しました。ヨーシュウ堂という名前も残しつつ、藤田社長の名前を冠することで、ヨーシュウ堂には創業者の精神が息づいているということを社内外に示そうというのです。ウォルマートもシアーズも皆、創業者の名前を付けています。登記上は藤田ヨーシュウ堂ですが、外へはカタカナ表記にします」

自信満々だ。

「弱ったな」

俊雄は心底困ったという表情で将史を見た。顎に手を当て、何度もそこを触っている。

「社長、どうしてそんなにお困りなのですか？　検討会では、これしかないだろうという意見です」

将史は、不機嫌そうに言った。創業者である俊雄の名字を冠したら、喜ぶのが普通のことだろう。

「なにか面はゆい気持ちがしてね」

俊雄は尻を触る。

「この辺りがむず痒《がゆ》く感じるんだ。それに藤田という名前を付けることは、とても覚悟がいる。もし会社に不祥事が起きた場合は、藤田家の名誉にもかかわるからね」

「それがいいのです。小売店は信用が命です。ですから経営者の責任を明確にするためにもフジタという冠《かんむり》を付けることが必要なのです」

将史は、説得するのが上手い。話が非常に論理的で、さすがの俊雄も折れざるを得ない。検討会で議論した名前を付けろと言った手前、フジタヨーシュウ堂の名前を承諾せねばならない。

「君がそこまで言うなら、この名前で了承しよう。その代わり、社員みんなで新しい名前が浸透するように努力してくれよ」

俊雄は将史に言った。

「分かりました」

将史は、大きな声で返事をする。最初、フジタの名前を見た時、社員の中に創業者である俊雄に忖度《そんたく》し、追従《ついしょう》の気持ちがあるのだろうかと心配になった。お客様を見ないで、社長である俊雄を見るようでは、大鉈《おおなた》を振るわねばならないと思ったが、そうではないようだ。経営責任を明確にするためにフジタの名前を冠したと将史は言う。普通は、お世辞にも藤田家の会社ですからフジタと名付けるのは当然のこととか言うだろう。俊雄に対する忖度《そんたく》は微塵も無いことに少々呆れる。

「社長、名前変更を周知するために、社歌を作ります。よろしいでしょうか」

「それはいい。誰に作詞してもらうんだ。まさか私に作れって言わないだろう」

「そんなことは申し上げません。社内から募集します。これで一体感がより強くなるでしょう」

将史が楽しそうに言う。

俊雄は、将史を心強く思った。この男は、仕事が好きでたまらないようだ。元々はスーパーマーケットに全く関心がないと言っていたが、今ではすっかりなくてはならない人材だ。

俊雄は、貞夫や母とみゑ、そして他の多くの人によって商売の道を教えられ、そして育てられてきた。

しかし将史は違う。何も教えないでも、どんどん自分のアイデアを実行していく。彼にとってみれば、ヨーシュウ堂は未開の荒野のようなものなのだろう。組織も、人材育成も、広告宣伝も何も完成していない。未開の荒野に自分の考えを実行していく喜びは、以前の東亜出版販売では味わえなかった喜びなのではないだろうか。

「大木君、仕事は楽しいかね」

俊雄は聞いた。

「さあ、どうでしょうか？」

将史は、皮肉っぽい表情を浮かべた。楽しいとか、辛いとか、主観を口にしても仕方がない。

やるべきことは、新しい社名であるフジタヨーシュウ堂をいかに定着させるかだ。広報戦略を練り、それを一つ一つ実行に移さねばならない。楽しいとか、楽しくないとかとは、別次元の話だ。将史の表情からは、そんな考えが読み取れた。

――戦略を組み立て、それを実行に移すことに限りない喜びを見出す。

将史の中に新しい時代の経営者像を俊雄は見出していた。

＊＊＊

昭和四〇年（一九六五年）は俊雄にとって記念すべき年となった。社名をフジタヨーシュウ堂に変え、新社名変更特売会を実施し、チラシやマス広告で新社名を大々的に宣伝した。さらに高級ホテルで新社名記念パーティを開催した。そこでは社員が作詞した社歌が披露された。

社歌は力強いメロディーに乗せて、お客様に誠意と努力を尽くすことを誓う。

俊雄は、社歌が流れる中、売り上げが一〇〇億円を超えたことの感謝を出席している取引先に述べた。

独立創業した直後の昭和三四年の決算では売上高一億円程度だったことを考えれば、隔世の感がある。しかし俊雄は舞台の上で、

「フジタヨーシュウ堂は、まだまだこれからです。三年後には売り上げ三〇〇億円、営業利益五〇億円を達成します」

と高らかに宣言した。

参加者の中から、怒濤《どとう》のような歓声が上がった。取引先ばかりではない。会場に

いる大勢の社員たちが、驚きの目で、一斉に俊雄を見つめるのが俊雄にははっきりと見えた。

売り上げを伸ばし、利益を上げることだけが会社の目的ではない。しかし高い目標を掲げることで社員が一丸になり、邁進《まいしん》することが期待される。社員に希望を持ってもらうことはリーダーの重要な役割だ。そして取引先も今まで以上にフジタヨーシュウ堂を信頼し、一緒に歩んでくれることだろう。

「私たちは、フジタヨーシュウ堂という新しい陣羽織《じんばおり》を着て、新しい発展のためのスタート地点に立ったのです。皆さん、一緒に歩みましょう」

俊雄は、力を込めて発言し、参加者をぐっと強く見据えた。

その時、ふと、陣羽織という表現は理解されただろうか、と余計な心配事が浮かんだ。強気な言葉とは裏腹に、会社が自分の意思を超えて巨大化していくことに足下が震えだすほどの恐怖を覚えていた。

第八章　コンビニエンスストア

一

「このままではスーパーは滅びます」

　将史が周りを気にせずに強い口調で言う。経営の方針を決める会議で、主要な幹部が集まっている。

　俊雄はじっと将史を見つめたまま何も言わない。そのまなざしに、怒っている様子はない。好きになんでも言いなさい。聞くだけは聞くという態度だ。

「おい、おい、大木君、我が社は、上場の準備をしているんだよ。その会社に向かってこのままではダメだとはどういうことか。ことと次第によっては懲罰《ちょうばつ》ものだよ」

　古参で役員の保夫が顔をしかめる。

　将史は、フジタヨーシュウ堂に入社して一〇年近くが経つ。その間、広告宣伝、人事、総務、販売促進、商品開発など多くの部署の責任者として八面六臂の活躍だ。その仕事振りには他の幹部も一目《いちもく》置いている。

「理由を言えよ」

他の幹部が言う。表情は険しい。彼も古参の一人であり、将史に対して新参者が何を言うかと憎々し気な視線を向けている。

「私たちは消費者のために仕事をしていると言っていますが、百貨店からも小売店からも客を奪うと大いに批判されています。このままだと規制が強化されてスーパーはますます出店が難しくなります。百貨店はともかく、小規模小売店との共存を考えるべきでしょう。スーパーの未来は、地元商店との共存なくしてはありません」

「そのことを心配しているのですか。それならチェーンストア協会で政府に申し入れをしていますから大丈夫です。心配しなくてもいい」

俊雄がようやく口を挟んだ。

将史は、会議で何度も地元商店との共存共栄ということを発言する。その表現がだんだんと激しさを増し、今回は「滅ぶ」とまで言い出した。縁起でもない……。

俊雄たちチェーンストアの経営者たちは、各社の企業規模が拡大し、社会的な影響力が高まったため、十数社で昭和四二年（一九六七年）に日本チェーンストア協会を設立した。

政府が、スーパーの出店に強く規制をかけようとしている情報は入っている。

現在は、店舗の面積が一五〇〇平方メートル（大都市では三〇〇〇平方メートル）以上の出店が規制されている。

小売店のスーパー出店への反対は、どこでも激しい。情報では、政府は、店舗面積ばかりでなく営業日数や営業時間まで規制し、もし違反すれば、営業停止をも勧告できるという法律を作ろうとしているらしい。

これでは社会主義の国ではないか。俊雄も協会の会議に出席するたびに反対意見を強く言い込んでいた。

「政治力に頼るのですか。商人ともあろう者が政治に頼ってどうするのですか。私たちが変化するべきでしょう」

将史は俊雄を皮肉っぽく見つめた。

俊雄は、将史の言い方にむかっときた。

規制を嫌い、会社を辞め、自由な商人になった者に対して言う言葉か。

将史は俊雄の八歳年下だ。平時なら兄と弟のような関係だが、戦争を経験した俊雄にこの差は大きい。

戦争で地獄を見て、政治など金輪際信用せず、頼りにしないと思って商人になった俊雄からすると、終戦時はたかだか一三歳程度の中学生だった将史に生意気なことは言われたくない。たった二坪ほどの場所を借りて、足袋やメリヤスを売ってきた苦労が、お前に分かるか。この青二才めと怒鳴りつけたくなった。

「政治は嫌いだ。そんなものに頼ることはない」

俊雄はいつにも増して強い口調で言った。

将史は、予想していたのとは違う俊雄の激しさを感じ取り、黙った。

俊雄は、将史を見つめた。将史が黙ったのを確認すると、もはや激高しそうな気持ちは収まりつつあった。

俊雄は、本気で怒る時は、本部の廊下まで聞こえるほど大声になる。しかしそのようなことは滅多にない。オーナーである自分が怒れば、誰も何も言わなくなる。幹部でも社員でもできるだけ自由に意見が言い合える社風を築くのは重要な仕事だ。

「スーパーは大型化の時代を迎えている。だからサカエもセイヨーもどこも地元商店街の反対で出店が厳しくなっている。それでも大型化を進めている。当社も三三〇〇平方メートル以上の大型店が半数以上を占め、他社より圧倒的に大型店比率が高い。それは当社の出店の考え方が地元やオーナー様に支持されているからだ。君が頑張ってくれた千葉の野田《のだ》店もそうだね」

フジタヨーシュウ堂の店舗戦略は、俊雄の経験に基づき、ある意味では性格そのものの体現だった。実に慎重なのである。

他のスーパーは、勢いに任せるままに店舗を急ピッチで展開していた。

流通系の記者は、俊雄に「アメリカでナショナルチェーンとは同一エリアに四四店舗以上あって初めてそう呼ばれます。二二店舗以上はリージョナルチェーン、一一店舗以上はローカルチェーンです。A&Pは約五〇〇〇店、シアーズ・ローバックでも約八〇〇店もありますよ。他のスーパーは出店を加速しています。鼻息が荒《あら》いです。フジタヨーシュウ堂はナショナルチェーンを目指さないのですか？」と不躾《ぶしつけ》に聞いてくることが多かった。

社員の中にも焦るものがいた。特にスーパーサカエに対する警戒感は強かった。なにせ千住店のすぐそばに仲村が率いるスーパーサカエが出店し、客の奪い合いになっているからだ。千住店だけではない。赤羽店などでも同じだ。

「スーパーサカエは、うちを叩き潰せと号令をかけているらしいです。慎重と言えば言葉はいいが、実は臆病で全くがつがつしていないので、一番潰しやすいからだそうです。当社も出店を増やさないといけないのでは……」

社員の不安気な声が俊雄の耳に聞こえない日はない。しかし俊雄は出店を加速させることはしない。

「出店はロングランで見なければならない。チェーンストア化を目指したスーパーである以上、店舗を増やすのは当然だ。しかし採算の悪い店舗を増やして規模だけを追い求めても砂上の楼閣《ろうかく》だ。私たちは足下を固めて、店舗の質を高め、着実に進むんだ」

俊雄は記者に説明し、社員たちにも口を酸っぱくして一店当たりの採算重視を徹底していた。

俊雄の経営方針の結果、フジタヨーシュウ堂の財務の健全性については極めて高い評価を受けていた。

しかし、それは山椒《さんしょう》は小粒でもぴりりと辛いの格言のようにフジタヨーシュウ堂の誇れるところであったが、他の大手スーパーから見れば、手ごろな買収対象とみなされる存在でもあることを意味していた。

俊雄は、将史たち幹部に対して次のような店舗展開の方針を徹底し、社内の動揺を抑えた。

日本経済の中心である関東に集中出店するドミナント化を進めること。チェーンストアのトップグループに並ぶ収益力をつけること。企業文化のことなる企業間での合併や提携などはしないことなどだった。

この方針は、俊雄の慎重な経営姿勢から発したものだ。よく言えば、現状の徹底だが、批判的に見れば単なる現状肯定と言えなくもない。

「森本さん、当社の店舗展開方針を復唱してください」

俊雄は、隣に座る保夫に命じた。

保夫は、神妙な顔で頷いた。ちらりと将史に視線を送る。

「ドミナント化、リース方式、二等地出店、立地創造です」

「ありがとう。皆さんに確認しておきます。ドミナント化は配送や集客、宣伝上のメリットがある。リース方式は、他社、とくにサカエは不動産を購入して店を作っているが、私たちは不動産屋じゃない！」

俊雄は強い口調で言った。

「あなた方の中にも、リース方式は、オーナーの資金負担で建物を建ててもらう必要があるため、どうしても説得に時間がかかる、買ってしまった方がてっとり早いと思っている者もいるだろう」

俊雄の表情が険しくなった。特にこのリース方式には俊雄のこだわりがある。

幹部たちは静かに聞いている。この話は何度も聞いて、暗記するほどだが、俊雄はそんなことはお構いなしに繰り返す。

「スーパーは不動産業だという愚か者がいる。土地を買い、スーパーを作り、不動産価格が上がれば、それを担保にまた店を作る。借金に借金を重ねて、店を増やす。中には土地の売買で利益を上げるスーパーもある。これを正道だと持ち上げる評論家もいる。フジタヨーシュウ堂は臆病だ、時代の波に乗り切れていないと批判する。これは大いなる間違いだ」

「間違いはいつか証明されますか」

保夫が聞く。保夫は、俊雄と創業時から苦楽を共にしてきた。だからこのリース方式を採用している俊雄の気持ちが痛いほど理解できる。ここでこの質問をすることを俊雄は望んでいるのだ。

――大奥様のとみゑ様の教えを社長は忠実に守っておられるのだ。大奥様は口癖のように言っておられた……。

「絶対に証明されます」

俊雄は、自信に満ちた表情になる。続けて、

「私が借金嫌いなのは、これは母の教えですが、お客様は商品を買ってくれないもの、問屋は品物を売ってくれないもの、銀行はお金を貸してくれないものという『三つのない』からくるものです。無尽蔵に借金などできるはずがありません。担保があるからいくらでも貸してくれるようなことはありません。担保価値が下がれば、借金の返済を求められ、たちまち窮します。私は商売を始めたころ、お金がありませんでした。銀行から借金をするのにも苦労しました。ですからリース方式を採用したのです。今もお金が十分にあるとは言えません。しかし銀行に借金をすれば銀行に卑下し、自分を卑しくします。店は私たちとオーナーさんとの共有財産で

す。一緒に育っていくのです。借金をして不動産を買ってしまっては、オーナーさんと共に成長するという喜びを味わえません。皆さん、このことを戒めにしてください。この方針のお蔭で大木君、野田店は上手く行ったのでしょう。そうじゃないですか？　野田店に絡めて当社の二等地出店と立地創造について話してください。他社の攻勢が続いていますから、ここで考え方の共有を確実にしておきましょう」

将史は、動揺した。突然、指名されたからだ。

そもそも店舗開発の進め方について問題提起をしたのは自分だ。

他の者が大いに意見を戦わせるのなら理解できる。それなのに社長は、なぜ俺に野田店の解説をさせるのだ。

将史は、不愉快そうな顔で俊雄を見つめた。

社長は人使いが上手いと言うべきか、それともずる賢いと言うべきか。問題提起者である俺を解説者にしてしまうことによって店舗開発の問題検討というより、全員の意志統一に変えようとしている。

仕方がない。社長のいう野田店は最近では画期的であった。しかし将史は、これはあくまで標準化できる成功事例ではないと考えていた。

「私たちは社長の方針に則り、二等地出店と立地創造を店舗開発の基本的考え方としております。一等地ではなくあえて二等地に出店することで投資コストを抑えるとともに、普通の努力では来店客を見込めない二等地であるからこそ私たちが努力して来店客を増やすことができるためです。そしてそこに新しく人々が集う街を造り上げるのです。これが私たちの立地創造です」

将史の説明を、俊雄は満足そうに微笑を浮かべて聞いている。

他の幹部も同様だ。特に店舗開発の責任者である藤代武《ふじしろたけし》は将史をじっと見つめている。その表情には真剣な中にも自信が溢れ出ている。苦労して野田店を開店に導いたからだ。俊雄も藤代の功績を大きく評価していた。

藤代は、将史の東亜出版販売での部下だった。将史が組合の書記長の時、その下にいたのだ。年齢は六歳下だ。

実は、将史は東亜出版販売から、かつての部下を七人ほどフジタヨーシュウ堂に入社させていた。

将史自身は、相変わらずスーパーにそれほど深い関心があるわけではない。

そして仕事が格段に面白くなったわけではない。とにかく忙しい。仕事が、次から次へとまるで地中からわき出す水のように涸れることなくある。それが皆、今まで誰も経験したことがないことばかり。その点では面白いと言えば、言えなくもない。

とにかく人材が欲しい。だから将史は、かつての部下たちに声をかけた。

彼らに対して甘い誘い文句は言わない。

働いてみて分かるが、スーパーという流通の最前線の仕事は、決して生易しいものではない。出版界のようにインテリぶっていては務まらない。どんどん自分で他人の仕事に首を突っ込んでいかなければいけないし、客に怒鳴られ、理不尽だと思っても踏ん張って堪えねばならない。

将史には人を惹きつける魅力があるのだろうか。否、それよりも人を巻き込んでしまう才能があるのだろう。

それは父親が村長であったり、幼いころから実家に出入りする政治家を見てきたりした影響かもしれない。

将史から声をかけられたかつての部下たちは、迷うことなくフジタヨーシュウ堂に転じたのである。

これには将史もいささか参った。責任も感じた。東亜出版販売の人事部長に謝罪を入れたが、当然のことながらこっぴどく叱責され、「以後、出入り禁止」を申し渡されたのである。

将史が言った誘い文句の中でかつての部下たちの心を捉えた言葉がある。それは「オーナーはうるさくないから。好きに仕事ができるぞ」だった。

東亜出版販売のような長い歴史の中で作られた会社と違って、フジタヨーシュウ堂のように俊雄というオーナーがいる会社は、一般的にサラリーマンにとって働きにくいと思われている。

それはオーナーが我がままで理不尽な要求をすることが多いからだ。

しかし俊雄はそういった類《たぐい》のオーナーではない。我慢強く、部下の意見に耳を傾ける。その意見が正しいか、正しくないかということではなく、どれだけしつこく説得してくるかで、「そこまで言うならやってみたらいい」と消極的賛成をする。ぜひやろうという積極的賛成でないところに、やや不満が残るが、とにもかくにも賛成してくれるのだから、部下としてはやるしかない。

加えてあれこれ細かく口を出さない。将史は、自分で何もかもやらないと満足しないところがある。だから、ついついやり過ぎになってしまうことがある。しかし俊雄は、大まかに自分の考えを口にするだけだ。それが将史にとってはやりやすい。

結局、将史たち部下は、自分で提案したのだから自分で仕事に追い込まれ、必死にならざるを得ない。そうしているうちに力がついて来た自分に気づく。将史は「社長は人使いが上手い。というか、ずる賢い」と口に出すことがある。いずれにしても「好きに仕事ができるぞ」という将史の言葉に嘘はない。

将史には心配なことがあった。これだけ自分が誘った者が入社すると、派閥を作る気なのかなどと俊雄に讒言《ざんげん》する人間が現れないとも限らないことだ。

しかしフジタヨーシュウ堂に限っては、世間にはよくある人事の醜い争いや妬みなどとは全く無関係だった。

成長している企業は人事などという余計なことに頭や気を使わなくてもいい。成長は全てを癒すとはよく言うが、その通りだと将史は思った。俊雄の下で、会社の成長に追いつこうとがむしゃらに働く間に、経営の神髄を理解しつつあったのだ。これが歴史のある出版取次会社に勤務していた将史の実感だった。

「野田店は、藤代君が中心になってくれました」将史は、左隣に座る藤代に目を遣った。藤代は、何事も無いかのように俯《うつむ》いている。「ワンフロア五〇〇〇平方メートルの日本最大の規模の店舗として企画しました。野田店の候補地は東武鉄道野田線の愛宕《あたご》駅の西側でしたが、この辺りは竹藪と畑、そして墓地だったんですよね」

墓地と言った時、幹部たちから笑いとも嘆きともつかない声が漏れた。

「本当にこんなところに店を開いて人が来るのかと思いました。古い商店街がありましたが、道路はダンプが頻繁に走り、砂ぼこり、騒音でとても買い物を楽しむ環境ではありません。しかしこれこそ立地創造の象徴店になり得ると確信しました。ここで藤代君に説明を代わってもらいます」

突然、交代を告げられた藤代は、文字通り目を白黒させ、将史を見上げた。

「おい、話せよ」

将史が促す。

藤代は、慌てて立ち上がる。

「私たちは、ここに五〇〇台収容の駐車場を設け、ワンフロアのショッピング空間を作ることにしたのです。フロアには、多くの専門店、人気店にも出店していただき、賑わいを演出する工夫を凝らしました。その結果、今まで見向きもされなかったこの場所に人が集まり、新たな街が作られることになったのです。成功を信じて開発して良かったと思いました」

藤代は苦労を思い出すように、しみじみとした様子で話した。

「皆さんのご努力には感謝します。野田店は何も無いところにショッピングセンターを作ることで地元の皆様に喜んでいただき、古くからあった商店の皆さんにも客が増えたと喜んでいただきました。私は、いつも地元商店との共存共栄に努めてきています。今までも、これからもこの方針に変わりはありません。大木君の問題意識は良しとしますが、今は問題にすべき時ではありません。多くの人に買い物の喜びを味わっていただくのです」

俊雄は、将史を見つめて「分かりましたか」というように一度、大きく頷いた。

将史は、一旦、俊雄を睨み返したが、すぐに視線を下ろした。納得はしていないが、今は、これ以上、問題提起はしないという態度だ。

実は、俊雄は、将史の「このままではスーパーは滅びる」という問題意識を共有していたのである。

しかし将史との違いは、俊雄には成功体験があることだった。

戦後、貞夫や母とみゑとともに北千住で商売を始めた。地元の人たちの支援を受け、店は徐々に大きくなった。その間、地元商店街との関係は極めて良好で、ヨーシュウ堂さんが大きくなってくださったお蔭で千住の商店街も客で賑わうようになりました、と何度も礼を言われた。

俊雄は、貞夫の後を引き継ぎ、自分の会社とし、フジタヨーシュウ堂となった今でも、決して千住商店街の人たちに傲慢な態度で接することはない。

街とともに発展し、街を賑やかにすること。地元の人たちに謙虚であること。これは絶対に忘れないようにしている初心だった。

もう一つ大事なことがある。それは俊雄やスーパーサカエの仲村に共通することだが、店にモノが溢れていることにどうしようもないほど満足感を覚えるのだ。逆にモノが溢れていないと不安でたまらない。

それは戦後のモノ不足の中で商売を始めた人間の共通心理だ。溢れるようにモノを提供する。モノが不足することは許されない。これは強迫観念かもしれない。おそらく将史には分からない気持ちだろう。

世間は大型店が商店を潰すと批判する。そんなことはあり得ない。アメリカでは全く問題になっていない。多くの人が大型店で、買い物を楽しんでいる現状を知らないのか。日本も必ずそうなるんだ。

国会で審議中の大店法（大規模小売店舗法）は悪法である。スーパーを悪者にしている。許せない。意地でも大型店を展開し、地元商店との共存共栄を図る。多くの人にスーパーの存在意義を理解してもらいたい。これは俊雄の信念である。そのためチェーンストア協会において、俊雄は大店法制定反対の先頭に立っていた。

店舗用地視察のために将史と千葉県柏《かしわ》市を歩いたことがある。

地元商店会会長を事務所に訪ねた時だ。

七月の暑い日だった。気温が三〇度を優に超えていただろう。俊雄の白いワイシャツが汗で染みになっていた。将史も同じだった。このまま商店会会長に会うのは失礼だと思い、喫茶店にでも入って汗を乾かそうかと将史に言った。しかし将史は、大丈夫ですと答えた。

我慢できると言うのだ。俊雄は、商店会会長に失礼だと思ったのだが、将史にはそんな考えはない。

この男は思い込んだら結論が見えるまで、とことん一直線に進む。面白い男だと改めて思った。

商店会会長と面会した。汗だくの俊雄と将史を見て、彼は「冷たい物でも飲みますか」と同情した顔で言い、麦茶を出してくれた。

しかし好意的だったのはそこまでだった。俊雄が、面会の礼を型通り済ませ、将史が出店の説明をし始めた。

その時だ。

「その話はいい。帰ってくれ。あんたらのお蔭で街があちこちで破壊されているんだぞ。スーパーサカエが出店した街は根こそぎ客を取られて廃業に次ぐ廃業だ。モータリゼーションかどうかは知らないが、駅前は人通りなんか全く無くなった。みんな車で買い物に行くようになった。スーパーのために日本全国で商店が無くなっているんだ」

彼は血相を変えて、怒鳴りだし、まだ飲み切っていない麦茶を引き揚げた。

事務所内の壁には、「フジタヨーシュウ堂進出絶対反対」のポスターと地元選出の代議士が彼と握手している写真が貼られていた。その写真には赤い字でスーパーは地元を破壊しますと書かれていた。

「私たちはスーパーサカエではありません」

将史が必死の形相で言う。

「サカエもヨーシュウ堂も同じだ。あんたらは安売りで客を奪うんだ。安売りできない店は潰れるしかない。私も洋品店をやっているが、潰れる寸前だ」

会長の額には興奮で血管が浮き出ていた。

俊雄と将史は、這《ほ》う這うの体で事務所を飛び出した。

「なんとかしないといけませんね」

将史が汗を拭きながら言った。この汗は暑さのせいではなく、冷や汗だった。

「こんな抵抗は序の口だ。どのスーパーも大型化を競っている。立地創造で説得するんだ」

俊雄は、会長の剣幕のあまりの激しさに驚きはしたが、負けてはいけないと気持ちを奮い立たせた。

「しかしこんなことをいつまでも続けられません」

将史は深刻な顔をした。

「分かっている。地元商店と共存共栄の道を探らねばならない。大型店の出店と矛盾しない方法を模索するんだ」

俊雄は「さあ、行くぞ」と言い、商店会の会長以外の有力者巡りに向かった。

今はスーパーサカエの仲村やセイヨーの大館と戦いの真っ最中だ。慎重に進めるとはいえ、大型店投資を後退するわけにはいかない。後退は敗北になる。

大木将史という人間を採用した。ぜひ入社して欲しいと頭を下げたわけではない。最初に面談した田中によると、独立して事業をおこすための手段としてフジタヨーシュウ堂を選んだらしい。全くの偶然の出会いであり、お互い特段の熱意があったわけではない。

しかしこうやって一緒に仕事をしてみると、他の社員たちと違うところがあるのはよく分かる。

それは才能というより資質だ。将史が持っている資質が、他の人間とは違うのだ。どんな資質かというと、上手く言えないのだが、不満居士《こじ》とでもいうのだろうか。とにかく現状に満足しない。まるで現状維持だと死んでしまうとでも思っているかのように、現状否定なのだ。

地元商店との共存共栄ということは、スーパー経営者や社員なら誰でも考えていることだ。

しかし誰もが共存共栄と口にしながら本気で考えているのだろうか。お題目のように口先だけで唱えているスーパー経営者もいるのではないか。

例はあまり良くないが……と俊雄は日本の軍隊のことを思った。戦争末期、軍人なら誰もがこれからは空軍力を強化すべきだと考えていた。アメリカは空母を造り、それに搭載した戦闘機で攻撃するという戦略を採用して、日本軍に大きな損害を与えていたからだ。

しかし日本は、空軍力の強化を考えながら大艦巨砲主義から方向転換できず大和や武蔵を造り続け、それらは大した戦果も上げずに悲劇的な末路を迎えてしまった。

あの時、日本にも空軍力の強化を訴えた軍人はいた。その重要性は誰もが理解していた。しかし徹底できなかったのだ。

ふいに「徹底」という言葉が口をついて出て来た。

――そうか。

俊雄は、将史の資質を言い表す言葉を見つけた気がしたのだ。それは「徹底力」という言葉だ。これが最適だ。とにかく問題意識を持つと、解決するまで徹底するのだ。

たしか将史を販売促進の責任者にした時のことだ。スーパーにとってチラシは重要だ。それを見て客はスーパーに買い物に来るからだ。誰もがチラシの重要性を理解している。だから他のスーパーのチラシを見て、あれがうちより安い、これが安いと、どうしても価格ばかり気にしてしまう。

これは当然のことだ。価格が最も客に対して訴求力を持つからだ。

ところが将史は、価格よりも他のスーパーとの差異化、価格よりも客を惹きつけるものはないかと考え、鍋物祭りや魚河岸大会などのイベントをチラシに刷り込んだ。買い物の楽しさを訴えたのだ。

あれには目から鱗《うろこ》が落ちる思いがした。俊雄が感激したジェンキンスが率いるスーパー、パブリックスでもイベントを盛んに行い、客に買い物の楽しさを提供していた。そのことを思い出させてくれたのだ。

そのチラシの効果は抜群で、客の入りが通常より四割も五割も増えた。

「イベントとは良いところに気が付いたね」

俊雄はチラシを指さして将史を褒めた。

「客が当社に求めるのは価格だけではなく楽しさや品質です。それを徹底的に追求しました」

成果は計算されていて、さも当然だと言わんばかりの表情をした。

もっと素直に喜べないのか、生意気な男だとやや憮然《ぶぜん》としたが、あの時、将史を面白い男と認識した。

客は買ってくれないものと母とみゑはよく口にした。それは俊雄の教訓にもなっている。俊雄がこの言葉を繰り返すために、社員なら誰もが客は買ってくれないものだと知っている。

ではその先に一歩踏み出す社員がどれだけいるかだ。客が買ってくれないのなら、どうしたら客を呼び込み、商品を手に取らせ、財布の紐を緩めさせるか……。そこまで徹底して考え、実行する社員は極めて少ない。漫然と前例踏襲の仕事を繰り返すだけだ。

変化を嫌っているわけではない。分かっているけど、できない、やらないことが世の中には溢れているではないか。分かっているなら、一歩踏み出すべきなのだ。言葉で言えば小さいことだが、結果は大きな差になって表れる。

将史が商店との共存共栄を何度も会議で持ち出すのは、誰もが考えていることの、ほんの一歩先に踏み出そうとしているのだろう。おそらく誰もが持っている問題意識から一歩踏み出そうと考えあぐねているのだろう。

問題意識は俊雄も共有している。じっくりと検討したい。

幹部会が終了した。

俊雄は、将史の提起した地元商店との共存共栄という問題を俊雄なりに考え続けていた。どうしたら一歩を踏み出せるのだろうか……。踏み出さないと将史がいうようにスーパーは「滅ぶ」のだろうか。まさか上場がピークなんてことはないだろう。俊雄は不吉な考えを振り払うように頭を振った。

――慎重過ぎるほど慎重な心配性が顔を出して来た。これは私の資質だな。いいのか、悪いのか。

二

一九七二年（昭和四七年）九月一日、フジタヨーシュウ堂は東京証券取引所市場第二部に上場した。

この年は、日本にとってターニングポイントとして記憶すべき年である。一月、佐藤栄作《さとうえいさく》首相がアメリカ大統領リチャード・ニクソンと会談し、沖縄返還を五月一五日とする、と共同発表した。

第二次世界大戦の激戦の地として多くの住民たちが犠牲になった沖縄の復帰は、沖縄の全ての人たちの希望であったかと言えば、そうでもない複雑さがあった。戦争で本土防衛の楯として犠牲になったことへの屈折した感情、ベトナム戦争が苛烈さを極め、米軍基地の重要性が増して行く不安、本土との経済格差への苛立ちなどから「沖縄人の沖縄」というスローガンで反復帰活動も盛んだったのである。しかし沖縄の本土復帰によって戦争の一つの大きな清算が実現したことは事実だった。

同じく一月にグアム島で元日本兵横井庄一《よこいしょういち》氏が保護され、翌月帰国した。横井氏は一九四一年に召集され、三一年ぶりの帰国だった。

「恥ずかしながら帰って参りました」

帰国後、皇居参観時に、皇居に向かって深々と頭を下げた。

横井氏が最後の日本兵と思われていたが、同年にフィリピンのルバング島で日本兵が発見され、現地の警察と交戦状態になった。残念なことに小塚金七《こづかきんしち》元一等兵は銃撃戦で死亡。悲しみの帰国となった。共に行動していた小野田寛郎《おのだひろお》元少尉が無事に保護され、帰国したのは、それから二年後の一九七四年だった。

すっかり戦争を遠い記憶のように感じていた日本人に、彼ら元日本兵の存在は、強い衝撃を与えた。いかに戦争というものが無慈悲なものであるかを今一度思い知らせたのである。

一九七二年二月には札幌で第一一回冬季オリンピックが開催され、七〇メートル級ジャンプで笠谷幸生《かさやゆきお》、金野昭次《こんのあきつぐ》、青地清二《あおちせいじ》の金銀銅メダル独占に国民は熱狂した。

オリンピックの興奮がまだ冷めやらぬ中、人々を震え上がらせたのは連合赤軍によるあさま山荘事件、その後に発覚した山岳ベースリンチ殺人事件である。革命を目指す新左翼の集団が閉塞環境の中で、人間性を失い仲間を次々と殺害した様子が明らかになり、人々は大きな衝撃を受けた。

また、世界を驚かせたのはアメリカ大統領ニクソンによる二つのニクソンショックである。

ニクソンは二月に中国を訪問し、米中対立の時代から和解の時代への転換を図った。

ニクソンは前年一九七一年にこの方針を発表し、世界に衝撃を与えたが、実際に中国を訪問し、周恩来首相と乾杯する姿が世界に放映されると、日本の政界にも激震が走った。それまで政権の中心にいた岸信介、佐藤栄作、福田赳夫《ふくだたけお》という親台湾派の基盤を揺るがすことになったのである。

アメリカの対中政策は、七年八か月という長期政権を率いた佐藤首相を退陣に追い込んだ。その後継者とみなされていた福田を破った田中角栄《たなかかくえい》が、七月に首相に就任した。

学歴の無い田中は、今太閤《いまたいこう》ともてはやされ、空前の角栄ブームをもたらす。その勢いのまま、一気に中国との国交回復に踏み込み、九月には日中共同声明を発表し、日中の戦争状態に終止符を打つ。このスピード感は国民を熱狂させた。

さらに、田中が政権公約として発表した日本列島改造論は不動産バブル、物価上昇をもたらした。田中は、一九七四年一二月に不透明な金脈を追及され、不本意ながら退陣に追い込まれる。首相在任期間は二年五か月だった。

俊雄たちの経済界に衝撃を与えたのは、もう一つのニクソンショックだった。

一九七一年、アメリカは、ベトナム戦争拡大による戦費や国内のインフレ亢進《こうしん》により、二九八億ドルの赤字という過去に例を見ない総合収支の悪化に悩まされていた。

ニクソン大統領は貿易黒字国である日本に対してバイラテラルな繊維交渉など黒字削減を迫り、日本は譲歩を強いられたが、為替レート一ドル三六〇円は死守していた。

ところが一向に改善しない国際収支に業を煮やしたニクソン大統領は、同年八月一六日（ワシントン時間では八月一五日）に緊急経済政策を発表した。それはドルと金の交換停止、輸入品への一律一〇％の課徴金を導入することなどだった。

ニクソン大統領の考えは、アメリカが日本や西ドイツを支える時代は終わったというものだ。ありていに言うと、もう面倒は見ないということ。

これには世界が驚いた。特に日本は寝耳に水で驚天動地の衝撃だった。戦後、日本の復興は、アメリカの経済力を背景にしたブレトンウッズ体制、すなわちドル・金本位制の下で為替レート一ドル三六〇円の固定相場が維持され、アメリカに日本製品を安く購入してもらうことで成し遂げられたと言っても過言ではないからだ。

この戦後体制のお蔭で一九六四年にはアジア初の夏季オリンピック、一九七〇年に同じく日本万国博覧会を開催し、世界の一流国へと名乗りを上げることができたのだ。

日本の庇護者がアメリカであり、日本はアメリカが支える自由貿易の恩恵を最も受けていた国だった。

それなのにアメリカ自身が、もはや世界の貿易、経済体制を支える力はないとその役割を放棄したのだ。

アメリカという国は自国が不調になれば、いつでも身勝手にアメリカ第一主義の政策を採用する国であると、日本国民は思い知らされたのである。

東京市場の株価は暴落し、円の切り上げによる不況が到来するのではないかという沈鬱《ちんうつ》ムードが漂い始めた。

一九七一年一二月一八、一九日、日本、西ドイツなど主要一〇か国の蔵相らが、アメリカのスミソニアン博物館に集まり、ドルに対する自国通貨の切り上げ幅を検討し、なんとかドル基軸通貨の自由貿易体制を維持しようとした。その会議で円はドルに対して約一七%の切り上げで三〇八円と決められた。

一九七二年というのは、アメリカの優位が崩れ、もはやアメリカに頼ってばかりではいけないと、独自に国の基盤を築く必要性を日本が初めて自覚した年かもしれない。

このように国内外の状況が大きく変化する時期に、フジタヨーシュウ堂は東証二部に上場を果たしたのである。

俊雄は上場について積極的ではなかった。そのためスーパー各社の中で決して上場が早い方ではなかった。

すでに十文字屋、スーパー長崎は六〇年代に上場し、東京で勢力を拡大する仲村力也率いるスーパーサカエは、フジタヨーシュウ堂の前年七一年に上場していた。彼らは上場で得た資金を活用して積極的な店舗展開を図っていた。

俊雄もいつまでも上場を渋っているわけにはいかない。このままでは資金不足で店舗展開に後れをとってしまうからだ。

準備はかなり以前から行っていたが、後は俊雄の決断次第だったのである。

実は、株を保有している幹部も上場には密かに期待を寄せていたのである。俊雄は、昔の商店のようにのれん分けをするわけにはいかないため、その代わりに社員たちに株を保有させていた。

「社長、自己資金比率が一〇％程度まで落ちてしまっています。店舗開発費用がかさんでいるためです。他社は五％程度ですから、当社の健全性には問題がありませんが、財務内容の健全性が当社の評価になっていますので……。上場の決断をしていただきたいと思います」

将史は、上場準備でも中心的メンバーになっている。その立場から俊雄に申し入れをしてきた。すでに準備は完了し、幹事証券の村野証券からも急がされているからだ。

「君は上場にそれほど熱意があるのか」

俊雄は憂鬱そうに聞いた。

「熱意があるというよりも、武器です。武器を持っていないと戦えません」

「武器ねぇ」

俊雄は首を傾げ、疑問があるという表情を将史に向けた。「でもその武器は他人のお金だ。私はそのお金に責任を持たねばならない。勿論、幹部である君もね」

「その自覚はあります」

将史はきっぱりと答える。

俊雄は、この割り切りの速さを羨ましいと思う。

「今までは銀行など、顔が見える人からお金をお借りしていたが、これからは顔が見えない人からもお借りすることになる。その人たちに対する責任があるんだ。私は上場で金持ちになることには全く関心がない。それよりも株主に責任を果たすことができるかと考えると、連日、眠れないよ」

俊雄は苦渋を滲ませた。

将史には、私の悩みが本当に分かるのだろうか。上場して店舗展開を進めないと市場を他社に奪われてしまうと懸念を言ってくるが、こんなに順調に企業規模が拡大していいのだろうか。まるで狐につままれているようだ。どこまで大きくなれば、満足するのだろうか。

満足？　誰の満足？　社員の満足？　取引先の満足？　私の満足？　私は、満足より不安の方が大きい。

フジタヨーシュウ堂はチェーン化に舵を切ったが、こんなに時代の波に乗り、巨大化するとは想像もしていなかった。

上場後も私に舵取りができるのだろうか。

「社長、株主は当社に投資をしてくださるのです。融資ではなく投資です。一蓮托生、運命共同体です。株主と一緒に成長するのです」

運命共同体……。

俊雄は、将史をじっと見つめた。なかなかいいことを言うではないか。

運命共同体は取引先ばかりではない。社員や創業以来の幹部たちも運命共同体だ。彼らは私に運命を預けてくれているのだ。

「社員も期待しているんだろうね」

「勿論です。社長が、上場時に、株を社員にも分け与えるとの方針を出されていますので、皆、気持ちが高揚しています。モラールも高まっています」

「そうか……」

将史の言葉に俊雄の胸が熱くなった。

苦労を共にしてきた幹部たちや、フジタヨーシュウ堂に入社し未来を摑もうと働く若い社員たちに報いたい。それが私の満足ではないのか。個人的に金持ちになることなどは、全く私の満足にはならない。

上場は、店舗展開のためというより幹部や社員のためなのだ。

「上場の準備を加速してください」

俊雄の言葉に、将史は安堵した表情になった。

「ただし」

俊雄の視線が強くなった。

将史は、ごくりと音を立てて唾をのんだ。何を言い出すのだろうか。俊雄は、他人と違う箇所にこだわりを強く持つ。不安な気持ちが募る。

俊雄のこだわりは、例えば、店の利益が落ちたことは叱らないが、エレベーターの手すりがほんの少し汚れていたのを見つけると、顔を真っ赤にして店長が震え上がるほど怒鳴りつける。また店の通用口に吸い殻が一本落ちていた時も、烈火のごとく怒りだしたことがある。

「小さなことをちゃんとできないで、大きなことができるはずがない」これが俊雄の考えだ。

こうした俊雄の細部へのこだわりが、フジタヨーシュウ堂の社員の他社とは比較にならない真面目さに繋がり、客から評価を受けることになっていた。

「村野証券は公開価格を一〇〇〇円以上にしたいと言っているようだが、それは絶対にダメだ。高すぎる。五〇〇円の株を一〇〇〇円以上にしては、公開後に下落したらご迷惑をかけてしまうからね。できるだけ安くしてくれ。これは指示だから」

俊雄の真面目な顔に、将史は言葉を失うほど驚いた。

公開価格は企業の業績や同業者の上場実績を勘案して決められるのだが、ニュース性もあり、できるだけ高くしたいと創業者の誰もが考える。

公開価格を安くしろという創業者がいるなど、あまり聞いたことがない。

「公開価格はできるだけ高くしたいのが証券会社の希望です。株式市場も最近、低調ですので、当社の上場で弾みをつけたいと思っているようです」

「そんなこと君に言われなくても分かっている。しかし公開価格を目いっぱい高くして、市場を煽って、初値も幸い高くついたとしても、その後、急激に株価が下がる例が多い。私はそれは許しがたいと思っている。とにかくできるだけ安くしてほしい。頼みましたよ」

俊雄は、念を押すかのように将史に向かって大きく頷いた。

将史が、証券会社の担当役員に俊雄の意向を伝えると、彼は呆れた顔で「変わったご意向ですね。初めてです」と言った。

公開株価は、八八〇円と決まった。

株式公開すると初値は公開価格を大幅に上回り一四〇〇円となり、当日の引値（終値）はストップ高の一六〇〇円を付けた。

俊雄は、安堵した。そして同時に多くの人に評価されたことで震えるほど身を引き締めたのである。

翌一九七三年七月二日に東証一部への指定替えを行った。東証二部上場からたった一〇か月だった。株価は、七月二八日には三二〇〇円を付けた。東証一部の中でも上位の株価だ。

「保夫……」

俊雄は、気を許せる古参社員で役員の森本保夫に憂鬱そうな表情で呼びかけた。

「どうされましたか？」

保夫は体調でも悪いのかと心配した。

「こんなに株価が高くてもいいのかな。高過ぎやしないか」

「素直に喜びましょう」

保夫は言った。またいつもの心配性が出たと思ったからだ。

「そうだね。しかし身を慎み、努力しないといけないね」

俊雄は自分に言い聞かせるように答えた。

「社長、まだまだこれからですよ」

保夫は、俊雄を励ます。これじゃどっちが社長だか分からないではないか。保夫は、思わず苦笑した。

三

将史は水沢秀治《みずさわしゅうじ》の運転する車に乗り、カリフォルニア州ロサンゼルス郊外を走っていた。

道路はどこまでもまっすぐ続いている。日本にもオリンピックに合わせて急ごしらえの高速道路が造られたが、それらはまるでサーキット場のように複雑にうねっている。

しかしアメリカの道路は画用紙に定規で線を引いたように真っすぐだ。そして周囲に広がる景色は、砂漠のような赤茶けた大地。まるで日本とは違う。

「おい、眠っていないか」

将史は水沢の肩に手を触れる。

「大丈夫です。でもこんなに真っすぐだと、どこを走っているのか分からなくなりますね」

水沢はハンドルを摑んだまま、首を左右に振った。ポキポキと関節音が将史の耳にまで聞こえる。

フジタヨーシュウ堂は、上場後に新しい業態を開発し、多角化を進めるために業務開発部を新設した。

その責任者に将史が命じられた。直属の部下が水沢だ。

水沢は、この部に来る前は店舗開発を担当していた。そのころから将史とは、いろいろな街に行き、仕事について意見を戦わせていた。真面目な性格で仕事を手際よくこなすところが将史好みだった。要するに気が利くため、短気な将史をイライラさせないのだ。

業務開発部の役割は多角化の検討、実施だ。

スーパー各社は上場で資金的にゆとりができたため、多角化を進めていた。レストラン、ショッピングセンター、ファストフードなど、いろいろな業態を、流通先進国であるアメリカから導入して、日本への定着を図ろうとしていた。どんな業態を他社に先駆けて日本に導入するかという激しい競争を展開していたのである。

社長の俊雄は、将史に新しい業態を検討するに当たって条件を付けた。

まずは本業重視、次に地元小売店との共存共栄、そして流通小売業の生産性向上の三つだった。

この三つの条件に合う業態として俊雄は、アメリカのレストランチェーンに目をつけていた。

なんどかアメリカに行った際に、その明るいオレンジの看板を見た。チェーン店の名前は「チャーリーズ」。チャーリーの家族という意味だろう。

家族向けの気軽なレストランで、俊雄はその店で食べたトースト、ベーコン、スクランブルエッグの朝食がお洒落《しゃれ》で美味しいことに感激した。

商人の家庭で育った俊雄にとって、家族でゆっくりと朝食を食べることへの憧れがあったのかもしれない。

チャーリーズが味噌汁に塩鮭という日本の朝食文化を変えるかもしれない。これは流行すると俊雄は確信した。

チャーリーズはファミリーレストランという業態だ。

モータリゼーションの発達で、日本でもレストランで朝食を食べる時代が来るだろう。またスーパー内にレストランを展開すれば、客は今以上に買い物を楽しむことができるようになる。ぜひ日本で展開したい。

レストラン経営の経験はない。しかしスーパーサカエの仲村は経験の有る無しなど、一顧だにせずステーキハウスやドーナツチェーンを始めている。

あの業務拡大意欲は恐ろしいほどだ。飢えた人間ががつがつと食料を食い漁《あさ》るかのようだ。

よほど、戦地での経験が過酷だったのだろう。その時、極限まで味わった渇望を商売で埋めているように感じる。

俊雄は、仲村をライバルだと認識しないようにしていた。

しかし焼け跡で出会ったことが、偶然ではなく必然だったと考えざるを得ないほど、意識しないようにすればするほど意識してしまうのだ。

仲村が多角化を進めているから、刺激を受けているのか。俊雄は自問する。決してそうではない。慎重の上にも慎重な検討を重ねた結果だ。レストランはスーパーの多角化として相応しい。付加価値も高く生産性が高まる。なによりも洒落たアメリカンスタイルのレストランは地域の人たちに家族で食事をする楽しみを与えてくれ、フジタヨーシュウ堂のイメージ向上につながるはずだ。

俊雄は、早速、将史にチャーリーズとの提携交渉を開始するように命じたのである。将史は、水沢と共にアメリカに飛んだ。

「なあ、水沢」

将史は、真っすぐなハイウエイに視線を据えたまま、話しかける。

「なんですか？」

「このままじゃうちはダメになる、と思わないか」

水沢はちらっと目だけを将史に動かす。

「また始まりましたね。ダメになるっていう話」

将史は、不愉快そうに水沢を睨んだ。

「なんだ、その言い方は。また始まったなんて。失礼だな」

「失礼なら謝りますが、もう口癖みたいにダメ、ダメって言っていますよ」

「そうかな」将史は上目遣いになり、何かを考えている様子だ。「しかしなぁ、俺、本気でそう思っているんだ」

「聞きましたよ。大木さん、たまたま入社したんですって。全くスーパーには興味なかったって」

「そうだよ。全くなかったね。テレビ用の番組制作会社を作ろうと思ってさ。フジタヨーシュウ堂にスポンサーになってもらおうと思ったら、そのまま取り込まれてさ」

水沢は、将史の話を聞き、微笑んだ。

「その割に大木さんの口からは仕事のことしか出てきませんよ。フジタヨーシュウ堂をよほど好きになってしまったんですか」

「バカ言え」照れたように将史は否定する。「好きになったもなにも、これもご縁だからな。入社した以上は、しっかりと役目を果たすのが、俺の信条だよ」

水沢が急に左にハンドルを切った。将史の体が大きく揺れる。

「おい、どうした！」

将史が声を荒らげた。

「すみません。動物が横切ったんです」

水沢は、車の体勢を立て直した。

「気をつけろよ。俺はまだこんなところで死にたくないぜ」

「すみません」水沢はぺこりと頭を下げた。「それで、どうしてダメになるんですか？　当社は？」

「なにか画期的なものがないんだ。そういうことだ」

将史は、眉根を寄せた。

「でも上場して、財務内容も良好だし、今、こうやって多角化路線のためにアメリカにも来てますよ。結構、画期的だと思いますけど。私なんか、入社した時、申し訳ないけど、なんでこんな場末のスーパーに入社してしまったんだと後悔しましたから」

水沢は快活に笑った。

「場末なんていうと、社長が怒るぞ。まあ、それに関しては俺も同感だな。何を血迷ったんだって周囲からも言われるし、俺もそう思ったから。まさか上場にまでこぎつけるとは思わなかった」

車の中にはラジオからカントリーミュージックが流れている。中には日本で聞いた曲もある。渋滞もなく快適に車は走る。これが単なるドライブだったらいいのだが、レストランチェーンのチャーリーズの幹部と会うとなると気が重い。なにせ将史はレストランチェーン導入にあまり賛成ではないからだ。

「そういう意味じゃ、藤田社長はすごい人ですよね。千住の街かどで戸板の上に商品を並べて売っていたんでしょう。立志伝中の人物ですからね。その割に強引だったり、横柄《おうへい》だったりするところが無いのが不思議ですよね。闇市のヤクザと切った張ったくらいのことはご経験もあるでしょうに……」

「社長なら、そんなヤクザに対しても道に外れているよ、とかなんとか穏やかに話して、取り込んでしまうかもしれんな。なにせ他人の話には十分過ぎるほど耳を傾ける人だからな」

「ははは」水沢が笑う。「おっしゃる通りですよ。いつだったか社長と地主を訪ねたんです。その地主は絶対にスーパーなんか造らせないと息まいていたんですが、社長が言い分をじっくりと聞いたんですよ」

「何時間もだろう?」

「そう、何時間も……。五、六時間は対面していたんじゃないですかね」

「俺は無理だな。さっさと席を立ってしまう」

「そうでしょうね」水沢はにやりとした。「結局、地主の根負けですよ。ああいうところに執念を感じましたね。やっぱり立志伝中の人は違うと思いました」

「水沢の言う通りだけど、上場した以上は、他社と違う画期的な事業を始めないといけないと思うんだ。今から交渉に行くレストランだってスーパーサカエを始め、他のスーパーがやっているだろう。大型店を展開しているのも、慎重に進めるか、どんどん造るか、土地購入かリースかなんてのは、重要だけど、俺にはそんなのは画期的でもなんでもない気がする」

「そんなことが聞こえると、社長に怒鳴られますよ」

「構うもんか。俺はしょっちゅうそんなことを言っているから煙たがられていると思うよ」

「大木さんが煙たがられているなんてことはないですよ。諫言《かんげん》居士、逆命利君《ぎゃくめいりくん》ですから」

将史は、水沢を感心したように見つめた。

「難しいことを知っているじゃないか。一番、俺が言いたいのはさ。アメリカの物真似にはうんざりしているってことさ」

　将史が遠くを見つめた。大地の向こうにそびえる山脈が見えた。頂《いただき》は、白く、雪で覆われている。全く風土が日本と異なるアメリカで発達したチェーンビジネスは日本の風土に本当に適合するのだろうかと、将史はいつも疑問に思っていた。

　アメリカで発達したチェーンビジネスが日本の風土に適合するか――。

　将史が持つ、この疑問は俊雄にも共通していたのだが、俊雄には、貞夫や母とみゑから受け継いできた商人としての現場の知恵がある。それは骨身に沁みついている。それを一つ一つ社員たちに教えて行けば、アメリカ式のチェーンビジネスのノウハウに日本の商人の知恵を反映できると信じていた。

　そのため俊雄は、店を訪問し、社員に声をかけるのを厭《いと》わなかった。尊敬するアメリカのスーパーマーケット、パブリックスの創業者であるジョージ・ジェンキンスが、晩年まで店で客の購入した商品の袋詰めをしていたように……。

　一方、将史は、商人の経験も無ければ、知恵も身に付けていない。そういう環境にいなかったからだ。

　人事関連の部署の責任を持たされている時、将史は、俊雄の仕事振りを見ながら、もっと科学的、普遍的に商人の知恵を社員が学べるようにしなければならないと思うようになっていた。

売れ筋を店頭に並べること一つを例に挙げても、問屋が売れ筋と言う商品を並べるのではない。それぞれの店で売れ筋は違う。大量に物を仕入れて、大量に店頭に並べるだけではいけないのだ。

日本は、アメリカのように所得階層が明確に分かれ、利用するスーパーもその階層ごとに違う社会ではない。

一つのスーパーに低所得層も高所得層も買い物に訪れる。アメリカとは比較にならないほど細分化した客のニーズに応えなければならない。それが今のスーパーにできているのか。これは将史がいつも考えていることだ。

どうしたらいいか。その答えはなかなか見つからない。将史の苛立ちは「アメリカの物真似をするな」という言葉に表れていた。必死で物を考えていると、克服したはずのあがり症が出現して、言葉が激しくなる。頭の中には溢れんばかりの考えがあるのだが、上手く表現できないのだ。どうしたら他社と完全に差別化したスーパーにすることができるのか。

「そんなに物真似していますか?」

「している。今回のレストランもそうだ。他のスーパーがレストランに手を付けるから、うちもやるという発想じゃないの。その上、やっぱりアメリカで適当な提携先を探してくることになる。これでいいのかと考えてさ。社長にある提案をしたんだ」

将史は、分かるかと言うようにちょっと顎を上げ、水沢を見た。

「どんな提案したんですか。また社長を怒らせたんでしょう」

水沢はにやりとした。

「そうなんだよ。俺はさ、チャーリーズにラーメンを置けって言ったんだ」

「ラーメン！」

水沢は大仰に驚いた。

「そりゃ怒られたでしょう。アメリカ風の洒落たレストランを作ろうっていうんだから」

「怒られたなぁ。あの時以来だよ。社長から、大木君は、頭の下げ方が悪い。商人は、腰から曲げるんだ。君のは首をぴょこって下げているだけじゃないかってね」

将史は、入社して二年目のころ、本社の廊下で社長とすれ違った時、おいおいと呼び止められてお辞儀の仕方が悪いと叱られたことを思い出していた。

「俺は、ラーメンが必要だと思った。いくら日本人の暮らしが洋風になったと言っても、毎日、スクランブルエッグにトーストでもないだろう。近所の客にしょっちゅう来てもらうなら、安いラーメンで腹いっぱいにならないとな」

日本は一九七二年に札幌《さっぽろ》で冬季五輪を開催し、経済も潤ってはいたが、将史はチェーンビジネス同様に、アメリカのレストランのメニューがそのまま日本で受け入れられるほど、簡単なものではないと思っていた。

「そう言われればそうですけど。大木さんのアイデアは突飛《とっぴ》すぎますよ。やっぱりラーメンは合わないでしょう」

「そうかな」将史は首を傾げた。「いずれはファミリーレストランでラーメンやとんかつを食べる日が来る。きっと来るぞ。日本人が食べたい物を提供するようになるからだ。それがあるべき姿だ」

「ちょっとガソリンが少なくなってきました。スタンドに寄ります」

水沢は、将史がレストランのことについて熱弁を振るっているのを聞き流しながら、ハンドルを切った。

道沿いの少し中に入ったところにガソリンスタンドがあった。水沢はそこに車を止めた。

「ちょっと外に出る」

将史は、車のドアを開け、外に出た。

目の前にオレンジ、緑、赤のストライプの看板が見えた。店の名前は「Early Bird」とある。

「アーリーバードか？」

将史はひとりごちた。

「あの店、あちこちで見ましたね。市内でも郊外でも。ここにもあるんですね。ガソリンスタンドに併設されているようですね」

水沢があちこちにあったと言ったが、将史は気付かなかった。なぜだろうか。あまりにも周囲に溶け込んでいたからか。

「ちょっと行ってみる」

将史は店に向かった。水沢はガソリンをタンクに注入している。ここでは自分でやらねばならない。いわゆるセルフサービスだ。

将史は店に入った。中には女性店員が一人いるだけだ。

「小さな店だな」

将史は店内を歩く。雨合羽、懐中電灯、ねじ回しなどの工具類。

飲み物コーナーにはジュースやコーラ。パンやサンドイッチもある。

「なるほどね」

将史は何かが心の中で動くのを感じていた。

「コーヒーもあるのか」

店員にコーヒーを二人分頼む。店員は、ポットから紙コップにコーヒーを注いだ。

決して美味そうではない。しかし長時間のドライブで疲れた神経を和ませるには十分な香りだ。

「なんだかこまごまとした日用品や食品が揃っているんだな。こんなものもある」

ちょっとくたびれたような熊やウサギのぬいぐるみだ。子どもに土産として購入する人がいるんだろうか。

「この店のアーリーバードって早起きって意味だけど、何時にオープンするの」

将史は店員に聞く。

「この店は朝の七時から夜の一一時まで営業しているの。他の地域では二四時間営業しているわよ。看板のオレンジは夜明け、赤は夕暮れ、緑は癒し。まあ、朝から晩までゆっくりしてねって意味かな」

店員は、にこっと笑みを浮かべた。

「二四時間だって！」

頭の中のモヤモヤが何かの形になろうとしている。

コーヒーの入った紙コップを両手に握ったまま、その場に立ちすくんでいる。

「大丈夫？」

店員が心配そうに声をかけてきた。

将史は、店員の顔を見て「大丈夫」と答えて、もう一度、店内を見渡す。

「アメリカに、なんでも巨大化しているアメリカに、こんなささやかな店があるんだ」

将史は、心に浮かんだことを言葉にして自分の頭に浮かんだことを形にしようとした。

「店は、いくつくらいあるの？　一〇か店？　二〇か店？」

将史は店員に聞いた。

店員が笑いだした。

「なにがおかしい」

将史は言った。

「あなたが一〇とか二〇とか言うからよ。五〇〇〇店ぐらいあるわよ」

店員はこともなげに言った。

「五〇〇〇店！」

将史は、驚いて思わず紙コップを落としそうになった。

「あなたは日本人ね。日本にはコンビニエンスストアは無いの？」

「無い」

将史は怒ったように答える。

「それは残念ね。名前の通り、とても便利なのに」

店員がウインクをする。

——コンビニエンスストア。便利な店……。

「これだ！」

将史は、水沢がいるガソリンスタンドへ走った。

「水沢、これだ、これだぞ」

将史は、ホースを摑んで車にガソリンを注入している水沢に大きな声で叫んだ。

水沢は、ホースを摑んだまま、何事が起きたのかと驚きと不安が混じった表情で将史を見つめていた。


（下巻に続く）

この作品は、二〇一九年九月に日経BPより刊行された『二人のカリスマ・上 スーパーマーケット編』を改題し、加筆・修正したものです。

著者紹介
江上　剛（えがみ　ごう）
1954年、兵庫県生まれ。早稲田大学政治経済学部卒業。77年、第一勧業銀行（現・みずほ銀行）入行。人事、広報等を経て、築地支店長時代の2002年に『非情銀行』で作家デビュー。03年に同行を退職し、執筆生活に入る。
主な著書に、『創世の日　巨大財閥解体と総帥の決断』『我、弁明せず』『成り上がり』『怪物商人』『翼、ふたたび』『百年先が見えた男』『奇跡の改革』『クロカネの道をゆく』『再建の神様』『住友を破壊した男』『50代の壁』、「庶務行員 多加賀主水」「特命金融捜査官」シリーズなどがある。

ＰＨＰ文芸文庫　スーパーの神様
二人のカリスマ（上）

2023年２月22日　第１版第１刷

著者	江上　剛
発行者	永田貴之
発行所	株式会社ＰＨＰ研究所

東京本部　〒135-8137 江東区豊洲5-6-52
文化事業部　☎03-3520-9620（編集）
普及部　☎03-3520-9630（販売）
京都本部　〒601-8411 京都市南区西九条北ノ内町11
PHP INTERFACE　https://www.php.co.jp/

組版	朝日メディアインターナショナル株式会社
印刷所	大日本印刷株式会社
製本所	株式会社大進堂

ISBN978-4-569-90270-8

PHP文芸文庫

住友を破壊した男

江上 剛 著

この男なくして「住友」は語れない――危機に瀕した住友を救った〝中興の祖〟の知られざる生涯に迫る感動のノンフィクション小説。